秘め事は雨の中

Kyoko & Yukinari

西條六花

Rikka Saijo

EB
エタニティ文庫

目次

秘め事は雨の中

1

仕事が終わって外に出た途端、湿《しめ》った雨の匂いが全身を包みこんだ。

朝から降りはじめた雨は、夕方になり、仕事を終えて帰る頃になってもまだやまない。辺りには水溜まりがいくつもできていて、落ちてくる雨粒が水面に小さな波紋を広げていた。

赤い傘を差した杏子《きょうこ》は、バス停の列に並んだ。職場は街の中心部からほど近い場所にある、市立図書館だ。その目の前にあるこのバス停は、通勤のために毎日使っている。四、五人いる利用者の顔ぶれはいつもだいたい同じであるものの、雨の日にだけ見かける人もいた。

（あ、やっぱり今日もいる……）

年齢は杏子と同じ、二十代半《なか》ばくらいだろうか。細身で今風の服装をしている彼は、いつも本を読んでいる。バスを待つあいだも、そしてバスに乗りこんだあとも、片手になんらかの本を持って読み耽《ふけ》っているのが印象的だった。

読んでいる本のジャンルはベストセラー小説だったり、自己啓発的な本だったりと幅広い。図書館の司書という職業柄、杏子はつい気になってチラリと彼が手にしている本を見てしまう。

青年はかなりの読書家のようだが、杏子がカウンターを担当しているときにその姿を見たことはない気がする。とはいえ勤務先の図書館は規模が大きく、来館者も多い。彼が来ていたとしても、わからないかもしれない。

ふと時計を見ると、バスが来るまでにはまだ数分あった。何気なくスマホを開いてみたところ、メッセージがきている。

送信者は、交際相手の孝一《こういち》だ。「ちょっと急ぎで必要だから、金を貸してほしい」と書かれた内容を見た杏子は、憂鬱《ゆううつ》な気持ちで目を伏せた。

大学時代から交際している木下《きのした》孝一とは、かれこれ五年ほどのつきあいになる。だがここ最近は、あまり会えていない。大学を卒業したあと、杏子は図書館司書に、孝一は会社員になった。営業マンの彼は仕事の帰りが遅く、この三カ月ほどは会っても「疲れた」と言って寝ていることが多い。

そんな素っ気なさを目の当《ま》たりにするたび、杏子は互いのあいだに吹く隙間風を感じていた。それでもしばらく会わなければ寂しく、顔を見れば好きだと思うから、どうにか続いている。でもつきあい始めの頃のような熱は、すでにない。

（こんなふうにお金の話でさえなければ、もっとうれしい気持ちで会いに行けるのに）
ため息をつきながらスマホを操作し、「六時には家に着くけど」と返信する。すると
さほど待たず、孝一から「じゃあ、七時に俺ん家《ち》に来て」と返事がきた。
それを見た杏子は、釈然としない気持ちになる。
（いつもなら、もっと帰りが遅いって言うくせに……）
こちらが会いたいと言ったとき、「仕事で帰りが遅いから会えない」と断られたこと
が何度もあった。「営業職だから帰る時間はまちまちな上、遅くなりがちだ」という彼
の言葉を、杏子はこれまで鵜呑《うの》みにしてきた。しかし返信を見ると、つい「こんなとき
ばかり早いのか」という皮肉な考えが浮かぶ。
鬱々《うつうつ》とした気持ちを画面を閉じることでやり過ごし、杏子はスマホをバッグにしまっ
た。多少自分勝手なところがあるものの、孝一は基本的には優しい人間で、そんなとこ
ろが好きだ。近頃都合よく使われているように感じてしまうのは、コミュニケーション
不足からきているのかもしれない。
（会って話をすれば、こんな気持ちも少しは晴れるかな）
ふと顔を上げると、ちょうど道のむこうからバスがやってくるところだった。思考を
切り上げた杏子はバスに乗るため、雨の雫《しずく》が滴《したた》る傘を閉じた。

＊＊＊

図書館は午前九時十五分が開館で、杏子は毎朝八時半頃出勤している。開館までの時間は、朝礼や返却本の整理、新聞の穴あけやファイリングなど、やるべき仕事が多い。開館後も、午前中はカウンターでの本の貸し出し業務だけでなく、新刊図書の選定会議やレビュー書き、来館者の要望に応じるレファレンス業務などに追われ、なかなかの忙しさだ。

午後、仕事が一段落してパソコンに向かった杏子は、重いため息をついた。

孝一に呼び出された日から、すでに二日が経つ。あの日、約束したとおり午後七時に孝一の家に着くと、スーツ姿で出てきた彼は「今帰ってきたところなんだ」と言った。

『でさ、さっきお願いした件だけど』

顔を見るなり玄関先でそう切り出され、杏子はため息をついて答えた。

『一万円でいいの？』

差し出したお金を嬉々《きき》として受け取る孝一を、杏子は複雑な気持ちで見つめた。

『助かるよ、サンキュ。ここんとこ、飲み会が多いんだ。給料が出たら返すから』

これまでも何度か金を貸しているが、孝一から返ってきたことはない。そんな現状に少しモヤモヤしつつも、久しぶりに笑顔を向けられるとそれも些細《ささい》なことに思え、杏子は「まあいいか」と考えた。

しかしそんな杏子の目の前で、彼が言葉を続けた。

『それでさ、ごめん。俺、これからちょっと友達と会う約束があって』

『えっ……』

孝一の目的は自分が持ってくる金だけだったのだと気づき、杏子は言葉を失う。

彼に会うのは、十日ぶりだ。せっかく今日は一緒に過ごせると喜んでいたのに肩透《かたす》かしを食らい、うれしい気持ちが急速に萎《しぼ》んでいく。代わりにこみ上げてきたのは、理不尽な扱いに対する怒りだった。杏子は思わず孝一に向かって言った。

『何それ。友達と遊ぶからわたしには帰れって――それじゃわたし、まるでＡＴＭみたい』

『いや、だからごめんって』

『今日だって久しぶりに会ったのに、話すのはお金のことだけ？　最近は会っても寝てばっかりだし、孝一はわたしのことなんか』

『……あー、もう』

杏子の矢継《やつ》ぎ早《ばや》な言葉を遮《さえぎ》り、孝一が言った。

『グダグダうるせえなあ。それならいいよ。俺急いでるし、金は返すから』

『えっ』

『ほら、これでいいんだろ』

杏子に一万円札を突き返し、孝一は舌打ちしてドアノブに手をかけた。

『悪かったよ、ATM扱いして。——じゃあな』

玄関から外に押し出され、目の前でドアを閉められた杏子は、呆然とした。

（じゃあな、って……）

こちらが言いすぎたのだろうか。——だから彼は、怒ってしまったのだろうか。でもここ最近の自分への扱いはあまりにもぞんざいで、杏子はどうしても言わずにはいられなかった。

あの日のやり取りを思い出すたび、ため息が漏《も》れる。二日経った今も、孝一からの連絡はない。気にはなったものの、彼への怒りがあった杏子は半《なか》ば意地になり、それを放置していた。

（……たまには向こうから、謝ってくれてもいいのに）

ぼんやりと作業中のパソコンの画面を見つめ、杏子は恨《うら》みがましく考える。

孝一を怒らせてしまった後味の悪さと、「自分は間違ったことは言っていない」という葛藤《かっとう》が、ずっと杏子の心を重くしていた。一切連絡がないことが、彼の怒りの強さを表しているように感じ、杏子の気持ちに次第に迷いが出てくる。

（やっぱりわたしから謝ったほうがいいのかも……）

不満はまったく解消されておらず、納得できていないが、このまま連絡がないならそうするしかないような気がする。

つきあった当初は、こんなことはなかった。孝一は四六時中一緒にいたがり、会えないときもまめにメールや電話をくれた。ときおり喧嘩《けんか》をしてもあまり長引かず、こちらに対する態度や話し方にも、もっと優しさがあったように思う。

五年のあいだに変化した関係を、杏子は最近少しつらく感じはじめていた。

パソコンの画面をスクロールしながら、孝一の態度が変わってしまった理由はなんなのだろうと考える。気づけば彼はよそよそしくなり、会う頻度《ひんど》が減っていた。しかし思い返してみても、これといって理由はない。

（倦怠期《けんたいき》、なのかな）

五年つきあっていて、飽きがきたのだろうか。杏子には心当たりがないが、彼のほうはこちらに不満を抱いているのかもしれない。

気づけばもう久しく、孝一と深い話をする機会がなくなっていた。生活リズムは微妙にずれていて、仕事に共通点もない。こうしてすれ違って会話すらしなくなるなら、はたして彼とつきあっている意味はあるのだろうか。

（でも……）

──別れるという選択ができないのは、きっとまだ彼のことが好きだからだ。こんなふうにぎくしゃくしていても、杏子は孝一とやり直せるかもしれない希望を捨てきれずにいる。

ふと窓の外を見ると、朝の晴れ空が嘘のようにどんよりと重い雲がたちこめていた。予報では曇りになっていたが、空は今にも雨が降りだしそうな気配だ。

このあいだロッカーの置き傘を使ったまま持ってきていないため、傘の用意がない。それを不安に思っているところで、カウンターから呼ばれる。

「佐伯《さえき》さん、資料のご相談の方がいらしてるんですが」

「はい、今行きます」

杏子は椅子から立ち上がる。カウンターに向かいつつ、終業後、自分から孝一に連絡してみようかと考えていた。

＊＊＊

天気予報は案の定はずれて、夕方から雨が降り出した。

遅番だった杏子は、午後八時の閉館のあと、図書館の外に出て途方に暮れた。雨足は強く、あたりにはあちこちに水溜りができはじめている。最寄りのバス停には図書館の駐車場を抜けて行かなければならず、それなりに距離があった。しかもこの時間帯はバスの本数が少なくなるため、次のバスまで二十分ほど待たなくてはいけない。

（あーあ、課長のお誘い、断らなければよかったかも……）

雨が降っているのに気づいた上司は、「車で送っていこうか」と申し出てくれた。しかし家の方向が逆なのに、遠回りさせるのは申し訳ない。そう考えた杏子はつい「大丈夫です」と断ってしまい、今に至る。

とりあえず孝一に連絡しようと考えた杏子は、図書館の入り口の軒下《のきした》でスマホを取り出した。

言いたいことはあるが、まずは気持ちを抑え、孝一に「話がしたい」と言ってみるつもりだった。先日のこちらの言い方が悪かったというのなら、謝ってもいい。杏子の中には、これからも彼と交際を続けていきたい気持ちが、依然としてある。

（「昔みたいに戻りたい」って……言ってみようかな）

意地ばかり張らず素直に接してみれば、孝一の態度も変わるかもしれない。

そんな希望を抱きつつ彼の番号に電話をかけてみたところ、「この電話はお客様のご希望により、お繋ぎすることができません」というアナウンスが流れた。思わずスマホを耳から離した杏子は、まじまじと画面を見つめる。

（えっ……？）

電話番号は登録されているため、間違いようがない。もう一度かけても同じアナウンスが流れ、杏子はじわじわと混乱した。

――こちらの番号が、着信拒否されている。そんな考えに思い至り、ためしに「連絡ください」とメールを送ってみると、案の定送信できずにメッセージが返ってきた。

（メールも、受信拒否されてるかアドレスを変えられてる……？）

ドクドクと心臓が鳴る。

あまりのことに呆然としながらも、杏子は徐々に事態がのみ込めてきていた。

孝一はおそらく、意図的にこちらを切ったに違いない。このままフェードアウトするつもりで、連絡の手段を断ち切った――そんな結論に至り、杏子はスマホの画面を見つめる。

（どうして……？）

確かに最近、自分たちの関係はぎくしゃくしていた。孝一は会ってもどこかおざなりで素っ気なく、杏子はそんな彼に不満を抱いている心情をあからさまに態度に出していたかもしれない。

だが、こんな終わり方はひどすぎる。

このあいだの一件が、それほど彼の気に障《さわ》ったのだろうか。――あるいは他に、何か理由があるのだろうか。

つきあいはじめてからの五年間、孝一とのあいだにはいろいろな出来事があった。何度も喧嘩《けんか》をして別れ話が出たときもあったが、こんなふうに話すことすら拒否されたのははじめてだ。

だからこそ、連絡を断たれたこの状況は、彼が本気だという気持ちの表れのように杏子は感じた。

（別れ話もしたくないってこと……？）

ふいに雨足が強まり、図書館の軒《のき》から大量の雨の雫《しずく》が落ちてくる。やりきれない気分でうつむいているうち、じわりと目が潤《うる》んだ。

さまざまな思いが心の中に渦巻《うずま》いて、杏子は顔を歪《ゆが》めた。まさかこんな形で、終わりにされるとは思わなかった。五年という交際期間をこんなにも呆気《あっけ》なくなかったことにされる自分が、なんの価値もない人間のように思えてくる。

しばらく図書館の軒下に立ちつくしていたものの、いつまでもこうしていても仕方がない。

杏子は雨の中、バス停に向かって歩き出した。降りしきる雨があっというまに髪や服を濡《ぬ》らしていき、シフォンのブラウスが肌に貼りつく。ベッタリとした感触が気持ち悪いが、もうかまうまいと思った。

図書館の敷地の外に出ると、目の前の大きな道路を車が何台も水飛沫《みずしぶき》を上げて通り過ぎていく。行き交う車のライトや赤いテールランプを眺めながら、杏子は暗いバス停に一人で佇《たたず》んだ。

（……わたしのことが嫌になったんなら、直接そう言えばいいのに）

言われたら言われたで、ショックだったかもしれない。でもこんなふうに一方的に終わりにされるよりは、よほどましだ。

これまで二人で積み上げてきた時間は、一体なんだったのだろう。大学三年のときに友人の紹介で知り合って、孝一はすぐに交際を申し込んできた。彼の熱意にほだされ、杏子はつきあいをＯＫした。

二十代半《なか》ばに差し掛かった一昨年《おととし》あたりから周りでも結婚する友人が出はじめ、杏子は「いつか自分たちも」と自然に考えていた。

（わたしの独りよがりだったのかな……）

思えば彼の口から、結婚に対する具体的な話を聞いたことはなかった。そんな事実に、杏子は今頃になって気づく。

（馬鹿みたい……わたし）

本当はずっと前から、孝一の気持ちは冷めていたのかもしれない。そして自分は、そんな彼の変化をあっさり見過ごしていたのかもしれない。そう考え、杏子の心は苦い気持ちでいっぱいになる。

気づけば降りしきる雨で、全身がすっかり濡《ぬ》れていた。前髪から雨の雫がポトポトと落ち、肌に貼りつく衣服が気持ち悪い。しかしバスが来るまであと十五分もあり、杏子は苦笑いする。

（ひどい格好。でも何かもう、どうでもいいや）

別に誰に会うわけでもないのだから、不都合はない。

投げやりな気持ちで車が行き交う往来を眺めていると、ふいに一台の大型バイクが目の前を通り過ぎていった。バイクは少し離れたところで一旦停まり、すぐにUターンしてバス停の前まで戻ってくる。

杏子は不思議に思ってそれを見つめていた。バイクの運転手が、かぶっていたヘルメットを脱ぐ。中から現れた顔を見た杏子は、驚きに目を瞠《みは》った。

（この人……）

――雨の日にだけこのバス停を利用し、いつも傘を差しながら本を読んでいる男性だ。

明るすぎない色の髪にすっきりとした頬、どこか人懐《ひとなつ》こく見える目と甘い顔立ちが印象的な、同年代の青年だった。

彼は全身濡れそぼった姿で立ちつくす杏子に、声をかけてきた。

「――たまにバスで会いますよね？」

「えっ……はい。あの」

「ここで何してるんですか」

話しかけられると思っていなかった杏子は、戸惑《とまど》いながら答える。

「バスを……、待ってるんですけど」

泣いていた自分が恥ずかしくなり、杏子は急いで頬を拭《ぬぐ》う。

雨で濡れていてわからないかもしれないが、もし涙に気づかれているなら、非常に気まずい。

(……どうしてこの人は、声をかけてきたんだろう)

黙って通り過ぎてくれればよかったのに——そう考えていると、彼が言った。

「……ひょっとして、泣いてるんですか」

不躾《ぶしつけ》な言葉にじわりと頬が熱くなり、杏子は即座に否定する。

「な、泣いてません……っ」

(なんなの……この人)

彼がどういうつもりなのか、まったくわからない。たとえ泣いているように見えたとしても、普通は見て見ぬふりをするだろう。それがほぼ知らない相手なら、なおさらだ。

早くいなくなってほしい——そう考える杏子を、彼はじっと見つめてくる。「でも……」と何か言いかけたが一度口をつぐみ、彼は気を取り直したように言った。

「よかったら後ろ、乗りませんか」

「えっ？」

「ヘルメット、もうひとつあるんで。送っていきますよ」

「け、結構です」

唐突な提案に驚き、杏子は慌てて断る。それにかまわず、彼はバイクの後部シートを開けてヘルメットを取り出すと、ニッコリ笑って差し出してきた。

「どうぞ」

「あの、わたし、ほんとに……」

「送ります。いつまでもここにいたら風邪を引くし、そんな状態じゃバスにも乗りづらいでしょうし」

彼が濡《ぬ》れた服のことを言っているのか、それとも泣いている顔について言っているのかは、わからない。

だが確かにこのままバスに乗るのは気が引けて、杏子は押し黙る。すると彼はバイクから降り、こちらまで歩み寄ってきた。

──彼の背がとても高いことに、杏子は目の前に立たれて初めて気づいた。見上げた杏子の頭に、彼がヘルメットをかぶせてくる。そして驚く杏子の手首をつかみ、バイクのそばまで連れていった。

「あのっ、わたし……」

彼の髪が、降りしきる雨で濡れていく。服の袖で濡れた後部シートを拭《ぬぐ》った彼は、杏子に微笑《ほほえ》んで言った。

「すみません。ちょっと濡れてるけど、どうぞ」

先にバイクに跨《また》がり、彼はもう一度後ろのシートを示す。

「早く。車来ちゃうんで、乗ってください」

「えっ？　は、はい」

半《なか》ば強引に押し切る形でそう言われ、杏子はためらいながら後部のシートに跨る。

（……今日はスカートじゃなくてよかった）

そんなことを考えていたら、彼が突然後ろ手に杏子の両手をつかみ、自分の腰に回す。ドキリとする杏子を見下ろし、彼は言った。

「危ないから、ちゃんとつかまって」

細身に見えて、彼の体格はしっかりとしていた。急に知らない男性に密着することになった杏子が戸惑《とまど》っていると、彼はヘルメットをかぶり、バイクを発進させた。

動き出したバイクは思いがけないスピードで、つかまる手に自然と力がこもった。杏子は目の前の背中を、複雑な気持ちで見つめる。

――顔を見知っていた自分が雨の中あんなところに立っているのを見て、彼は気の毒に思ったのだろうか。もしそれでわざわざUターンしてきたのだとしたら、相当なお人《ひと》好《よ》しに違いない。

しばらく走ったところで、バイクは赤信号で止まった。彼は杏子を振り向き、ヘルメット越しのくぐもった声で言った。

「先に俺の家に寄ります。タオルを貸しますから」

「いえ、あの、適当なところで降ろしてくれれば――」

そこで信号が青に変わり、彼は杏子の言葉に答えずにバイクを発進させる。

いつも同じバスに乗っていたのだから、おそらく彼の自宅も杏子の家と同じ方向なのだろう。申し出はありがたいものの、杏子はすぐに帰ろうと思っていた。

（……これだけ濡《ぬ》れてるんだから、今さらタオルを借りてもね）

バイクに乗ったのは初めてだが、スピードを感じて結構怖い。

なりゆきで彼の体に強くしがみつきながら、降りしきる雨をヘルメット越しに浴び、杏子は心の中の戸惑いをじっと押し殺した。

2

バイクは市立図書館から十分ほど走り、とあるマンションの駐車場に乗り入れた。

杏子の自宅からは、バス停ふたつ分ぐらい離れている。この程度の距離なら、きっと歩いて自宅に帰れるはずだ。そう考え、停車したバイクから降りた杏子は、ヘルメットを脱ぐと彼に渡して言った。

「乗せていただいて、本当にありがとうございました。わたし、ここからは歩いて帰りますから」

「うちに寄っていってください」

「あの、ご迷惑になりますし、本当にここで……」

屋根つきの駐輪スペースにバイクを停めた彼は、予備のヘルメットを後部シートにしまう。そして自分のものをホルダーにかけると、杏子をじっと見つめてきた。

その眼差《まなざ》しの強さに、杏子はひそかにたじろぐ。短い沈黙のあと、彼が言った。

「……すごく言いにくいんですけど、服、濡れて透《す》けてるんですよね」

「えっ？」

自分の胸元を見下ろした杏子は、にわかに恥ずかしさが募《つの》るのを感じた。ベージュの薄いシフォンのブラウスは、彼の指摘どおりキャミソールと下着のラインが透けている。

杏子の顔を見つめた彼は、ニッコリ笑って言った。

「だからそのまま歩いて帰るの、どうかと思って。うちの洗濯機、乾燥機能がついてるので、よかったら乾かしていってください。そのあいだは服を貸しますし、帰りは傘も貸しますから」

「でも……」

ほぼ初対面の彼に、そこまで親切にされる理由がない。

杏子の戸惑《とまど》いを察したのか、彼は「そんなに警戒しないでください」と言った。

「確かにお節介かなとは思いますけど、一応顔見知りじゃないですか。見かけた以上、放っておけないですし」

元々人好きのする顔が笑うと、さらに人懐《ひとなつ》こい印象になる。その邪気のなさに、杏子はわずかに毒気を抜かれた。

警戒しているこちらのほうが、なんだかいたたまれなくなるような爽《さわ》やかさだ。杏子が申し出にためらっているうちに、彼は「こっちです」と言ってさっさとマンションのエントランスに向かう。

（どうしよう……）

断りきれずについていきながら、杏子はブラウスの胸元を掻き寄せる。

ちょうど一階に停まっていたエレベーターに乗りこみ、彼が三階のボタンを押した。

やがて開いたドアのすぐそばの部屋の鍵を開け、彼が「どうぞ」と杏子を招き入れる。

部屋は1LDKで、典型的な単身者用の造りだった。玄関を入って正面のドアの向こうは、八畳ほどのリビングになっている。室内は男性の一人暮らしにしては整頓《せいとん》されていて、シンプルな三人掛けのソファとテーブル、ラグや小さな観葉植物が置かれていた。

リビングの奥にある部屋は寝室のようで、ドアが開け放たれた薄暗い部屋の中には、シングルサイズのベッドや備えつけのクローゼット、大きな本棚が見える。

彼は寝室からタオルと黒いTシャツとハーフパンツを持ってくると、リビングの入り口で立ちつくす杏子に手渡した。そしてキッチンの奥の洗面所を示して言う。

「むこうで着替えてきてください。たぶん二十分くらいで乾きますから」

微笑《ほほえ》みかけられ、タオルとTシャツを抱えた杏子は、言われるがままに洗面所に向かう。

洗面所のドアを閉め、濡《ぬ》れて肌に貼りつくブラウスとキャミソール、クロップドパンツを脱いだ。タオルで髪と体を拭いた杏子は、渡された服を着る。下着が透けない黒いものを選んでくれたのは、おそらく彼の配慮なのだろう。

洗面所を出た杏子から、彼が脱いだ服を受け取る。入れ替わりに洗面所に向かいつつ、彼は笑って言った。

「牛乳、飲めますか？　ホットミルクを用意したんで、よかったらどうぞ」

リビングのローテーブルの上には、温かい牛乳の入ったマグカップと砂糖が置かれている。至れり尽くせりのもてなしに、杏子は驚いた。

（なんでこんなに……親切なの）

リビングのテーブルに向かいながら、杏子は部屋の中を眺める。ラグに座り、シンプルなデザインのカップに砂糖を少し入れた。口をつけた途端、ホッと息が漏《も》れる。

（……あったかい）

五月の半《なか》ばとはいえ、夜はまだ空気が冷たい。自分で思っている以上に冷《ひ》えていた体に、ミルクの温かさがじわりと沁《し》みた。

彼が洗面所から戻ってきて、杏子はカップをテーブルに置き、慌ててお礼を言った。

「あの……本当にすみません。何から何までお世話になってしまって」

「いえ、たまたま通りかかってよかった。俺、普段はバイク通勤なんですよ。雨の日だけバスを使うんですけど、今日は夕方から降ってきたので、そのままバイクで帰ってきたんです」

いつもは夕方五時頃に仕事が終わるが、今日は職場で用事があって遅くなった、と彼はつけ足した。あの時間に通りかかったのは、本当に偶然らしい。

目が合うと、彼はニッコリ笑いかけてくる。その爽《さわ》やかさに落ち着かない気持ちになり、杏子はぎこちなく視線をそらした。

再度カップに口をつけながら、「あのバス停を使うということは、彼の職場は自分の勤める図書館の近くなのだ」と考える。見たところ服装はカジュアルで、なんの仕事をしているのかは想像がつかない。

彼はテーブルのすぐ横のソファに座ると、何かを思案するようにしばし沈黙した。やがて顔を上げた彼が、杏子を見つめて問いかけてくる。

「こんなこと聞くの、失礼かもしれないんですけど……。さっきなんで泣いてたのか、聞いていいですか」

突然の質問に戸惑《とまど》ったが、彼のまっすぐな眼差《まなざ》しに見つめられると、なんだか拒否しづらい。ここまで世話になっておいて突っぱねるのもどうかと思い、杏子は開き直って答えた。

「別れたんです、つきあっていた人と。別れたっていうか――一方的に終わりにされて」

言葉にすると、その事実にズキリと心が痛んだ。

自分の中ではまだ納得しておらず、何ひとつ消化できていない。そう思いながらも、杏子はわざとなんでもないふうを装《よそお》って言った。

「ひどいですよね？　五年もつきあったのに、なんにも言わずいきなり着信拒否されちゃったんです。メールもＳＮＳもブロックされて……。お金だって、貸してたのに」

語尾が震えそうになった杏子は、マグカップを持つ手に力をこめる。落ち着くためにゆっくり大きく息を吐き、杏子は言葉を続けた。

「本当は少し前から、彼とはぎくしゃくしてたんです。それでもわたしはやり直したいって……昔みたいに戻りたいって、思っていたんですけど」

――杏子は孝一とつきあっていた頃のことを思い出す。喧嘩《けんか》もたくさんしたはずなのに、脳裏に浮かぶのはなぜか楽しかったことばかりだ。

「でもきっと、彼のほうは……そうではなかったんですよね」

ふいに涙がこぼれて、杏子はカップを置くと急いで頬を拭《ぬぐ》う。

急にこんな話をされたら、目の前の彼は困ってしまうに違いない。ましてや泣くなんて――そう思いながらも、涙をこらえることができなかった。

鼻をすすると、無言でティッシュの箱を差し出される。杏子はそこから二、三枚抜き取り、鼻をかんだ。濡《ぬ》れた目元も拭い、一息ついたところで、彼が言った。

「……泣いていたのは、そういう理由だったんですね」

杏子は黙って肯定する。彼が小さく嘆息した。

「うーん、なるほど。なんていうか……うまく言えないですけど」

彼は言葉を探すように一旦黙り、言葉を続けた。

「あくまで俺個人の意見ですが、つきあっている相手を突然切るような男とは、別れて正解だったって考えるのはどうですか？　きっとこの先つきあっていっても、いつか絶対あなたを傷つけると思うんです、そういう相手は」

彼の言葉を聞いた杏子は苦く笑い、目を伏せる。

「あなたの言うとおりかもしれないけど……。でもわたし、こんな終わり方をされて、なんだか自信がなくなっちゃって。五年もつきあったのに、わたしはあっさり捨てられる程度の存在なんだって考えたら――なんの価値もないように思えて」

「そんなことないですよ」

杏子の言葉を、彼はすぐさま否定した。

「価値がないなんてこと、絶対にないです。相手の人が、ちゃんとあなたに向き合う勇気がなかっただけだと思います。ほら、よく言うじゃないですか。『最近の若者は人とぶつかるのが怖くて、すぐ逃げる』って」

きっぱりと言い切られたことに驚き、杏子はまじまじと彼を見つめる。

そして思わず噴き出した。雰囲気からして、彼は自分より少し年下に感じる。そんな彼に「若者」呼ばわりされる孝一が滑稽《こっけい》で、わずかに溜飲《りゅういん》が下がった。

（ぶつかるのが怖い……。本当にそのとおりなのかも）

確かに誠意のある人間ならば、きっとこんな終わり方は選択しないだろう。人ときちんと話すことも、向き合うこともできない——そんな人間だったのだと考えると、孝一の行動に説明がつく気がした。

自分は孝一に依存しすぎたのかもしれないと、杏子は思う。

別れて一人になるのが怖くて、ここ最近の彼の態度、そしてそれを不満に思う自分の気持ちから、目をそらしていた。本当は別れることだって少しは頭をよぎっていたのに、実際に行動に移さなかったのは、自分もぶつかるのが怖かったからだ。——現状を変えたくないという、後ろ向きな気持ちがあったのだ。

「……ごめんなさい、こんな話をして」

杏子はポツリと謝罪した。

「さっき、一度バス停の前を通り過ぎたのに、戻ってきてくれたんですよね？　わざわざそんなことしなくても……よかったのに」

すると彼は「あー、それは……」と言い、返事をためらうように視線を泳がせる。

その態度を不思議に思った杏子が見つめると、彼は少しばつが悪そうに黙りこみ、やがて口を開いた。

「……放っておけなかったんです。あなたのことはいつもバス停で見ていて——気になっていたので」

「えっ？」

「俺はあなたに、近づきたかったんです。あなたに対して、以前から好意を持っていました。だからさっき、あそこで見かけて――チャンスだと思った。知り合うきっかけになればいいなって、安易に考えて……。すみません、あなたは彼氏のことで傷ついて、泣いてたのに」

彼の言葉を聞いた杏子は、急に心の芯《しん》が冷めていくのを感じた。彼に抱いていた感謝や好感が、みるみるうちに頑《かたく》なものに変わる。

「気になっていた」と彼は言うが、一体自分の何が彼の興味を引いたのだろう。

(わたしのことなんて……なんにも知らないくせに)

よく知りもしない自分への好意を語る彼に、杏子の胸に警戒心が湧く。

そもそも彼はなぜ、初対面に等しい人間にここまで親切にしてくれるのかと、杏子は疑問を抱いていた。笑顔にごまかされるようについてきてしまったが、彼の気持ちを聞いた今は、「下心があったのか」と嫌なことを考えてしまう。

孝一のこともあり、杏子は殺伐《さつばつ》とした気持ちになっている自分を感じていた。

愛や恋といった感情が、すべて薄っぺらいもののように思えてくる。五年もつきあっていたのに、好きでつきあっていたはずなのに――そんな孝一にあっさり捨てられた現実は、目の前の彼に仄《ほの》めかされた好意を、孝一と同様のひどく軽薄なものに思わせていた。

気がつけば杏子は、彼に問いかけていた。

「――わたしが気になるって、どうして？」

杏子を取り巻く空気が変わったことを感じ取ったのか、彼が訝《いぶか》しげな視線を向けてくる。彼を見つめて、杏子は続けた。

「あなたはわたしのこと、なんにも知らないのに。名前も、歳だって……。それで何が気になるのか、すっごく不思議」

「気になったら、おかしいですか？」

「だって顔しか知らないでしょ？」

思いがけず強い声が出て、杏子は内心驚いた。

杏子の態度から苛立《いらだ》ちを感じた様子で、彼が黙りこむ。自分の気持ちを持て余した杏子は、彼から目をそらした。自分を気にかけて親切にしてくれた人間に、なぜここまで攻撃的になるのかわからない。

ふつふつと身の内を焼く怒りにも似た思いは、制御できずに溢《あふ》れ出そうとしていた。

「……そっか。わたしをここに連れこんだのは、だからなんだ」

杏子の言葉に、彼は驚いた顔をして言った。

「――違います、俺は」

「家に連れこめば、どうにかできるって思ってた？」

杏子は挑発的な眼差《まなざ》しで彼を見た。

「わたしをここに入れたのは、『あわよくば』って思ったからじゃない？」

彼は眉をわずかにひそめ、じっと杏子を見つめる。

「言いすぎだ」と理性は押し留めようとしていたが、杏子は簡単に好意を仄《ほの》めかしてくる彼がどうしても許せなかった。

今の杏子は、人の好意なんて不確かなものは信じられない。人の気持ちは変わり、冷めてしまえば、たとえ好きだった相手でも平気で傷つけられる。そういうものなのだと、孝一との件でよくわかった。目の前の彼がこちらにどんなイメージを抱いているのかはわからないが、いっそそれを壊してやりたいという気持ちが、杏子の中に渦巻いている。

（幻滅《げんめつ》して……わたしへの好意なんか、失ってしまえばいい）

杏子は彼を見つめて、軽い口調で言った。

「いいですよ。じゃあ、しましょう」

彼は怪訝《けげん》な表情になり、杏子を見た。

「……何をですか」

「密室で男女がすることって、ひとつでしょ。わかってるくせに」

杏子の言葉を聞いた彼が、眉をひそめる。杏子はわざと明るく続けた。

「わたし、もうフリーなんです。さっき言ったように、彼氏に一方的に切られちゃいましたし。だからあなたとそういうことをしても、全然かまわないの」

彼が無言で杏子を見る。テレビなどの音がない室内は、しんと静まり返っていた。

彼の沈黙が、じりじりと杏子を追い詰める。理不尽でひどい絡み方をしているのは、自分でもよくわかっていた。それでも引くに引けず、杏子は往生際《おうじょうぎわ》悪く言い募《つの》る。

「わたしに好意を抱いてるんなら、あなただって多少はそういうつもりで……この家に連れこんだんでしょ？　だったら素直になればいいのに」

言っているうちにいたたまれなさをおぼえ、杏子は顔を歪《ゆが》めた。話せば話すほどひどい言葉が出てきて、止まらない。そもそも自分は、一体何に対してここまで苛《いら》ついているのだろう。

彼はじっと杏子の横顔を見つめていたが、やがてため息をついて言った。

「……どうしてそんなことを言うのか、わからないです。俺はそういうつもりで家に入れたんじゃないので」

落ち着いた彼の声にどこか呆《あき》れた雰囲気を感じ、杏子は視線を揺らした。

思わず衝動《しょうどう》のままに口走ってしまったが、自分が滅茶苦茶《めちゃくちゃ》なことを言った自覚はある。勝手に彼の言葉に煽《あお》られ、苛立って――やっていることは、完璧に八つ当たりだ。

気まずく押し黙った杏子に、彼が言った。

「俺があなたに好意を持っていると言ったことが、そんなに嫌でしたか？」

「……それは」

「気になっていたのは確かですけど、別に何もするつもりはありませんでしたよ。濡《ぬ》れた服のまま帰るのはどうかと思って、親切心で誘ったんです。……でもまあ、男の独り暮らしだし、誤解されるのは仕方ないかな」

彼の声に自嘲《じちょう》するような響きを感じ取り、杏子は居心地悪くうつむく。

(何やってるんだろう……わたし)

罪悪感がこみ上げ、杏子は膝の上の手を強く握《にぎ》りしめた。

おそらく彼の、言うとおりなのだろう。先ほどまでの彼の態度には、下心など微塵《みじん》も感じなかった。むしろその邪気のなさに驚きすらおぼえていたのだから、杏子の発言は完全に八つ当たりで、ひどい言いがかりだ。

熱を持っていた頭の芯《しん》が徐々に冷めていき、惨《みじ》めさで胸がいっぱいになる。杏子は苦く笑って言った。

「……そっか。どうせわたしなんか、あっさり捨てられるような女だし。……あなたがその気にならないのも、当たり前かも」

彼に拒否されて冷静になった一方、なおも恨《うら》みがましくこんなことを口走る自分に、嫌気が差す。いたたまれなくなった杏子は、バッグをつかむと立ち上がった。

「ごめんなさい、もう帰ります。服、返してもらっていいですか?」

「——待ってください」

すぐにでもこの場から立ち去りたい一心で洗面所に向かおうとした瞬間、突然彼に手首をつかまれて、杏子は驚いた。有無を言わさぬ程度に強い力に、心臓がドキリと音を立てる。

「……っ、あの」

「あなたの置かれた状況を馬鹿にしたつもりはないし、魅力がないとも言ってません」

切りこむような鋭《するど》い口調に、杏子は息をのむ。彼が言葉を続けた。

「そんなふうに挑発するような言葉を口にして——俺がなんて答えれば、あなたは満足なんですか？」

その問いかけに、杏子は動揺《どうよう》した。

彼の様子からは、努めて理性的であろうとしているのが見て取れる。杏子は唐突に自分の言葉が、彼を深く傷つけたことに気づいた。

向けられた好意を否定し、親切な行動すら揶揄《やゆ》した。いくら孝一にひどい扱いを受けたとしても、自分が彼に言ったことはあまりにも失礼だ。

しかし罪悪感をおぼえる一方で、「自分はしょせんこの程度の女なのだ」という、捨《す》て鉢《ばち》な気持ちにもなっていた。もう彼にもわかっただろう——と杏子は諦めに似た感情を抱く。自分は彼の親切も好意も、素直に受け取ることができない。彼が好きになる価値などない、惨めで卑屈《ひくつ》な女だ。

一刻も早く帰りたくなり、杏子はつかまれた手を振りほどこうとする。そのとき彼が、口を開いた。

「――あなたがそんなことを言うなら、俺はつけこみますよ」

「えっ？」

「そのつもりで連れこんだと思いたければ、そう思ってくれていいです。あなたがつきあっていた相手と別れたんなら――俺には好都合だ」

彼の言葉の意味を考え、杏子はにわかに危機感をおぼえた。自分が言ったことは彼を挑発する内容だったのだと、今頃になって気づく。勢いで誘ってみたものの、本当に彼と寝る覚悟があったわけではない。むしろ断られることが前提で、嫌われたくて口走った言葉だ。

（早く……帰らないと）

「あの、わたし……」

焦りをおぼえた杏子が失礼を詫《わ》びて帰ろうとした瞬間、彼は手首を握《にぎ》る手に力をこめる。

おもむろに立ち上がられ、背の高い彼に間近で見下ろされた杏子が息をのむと、彼はニッコリ笑って言った。

「――むこうの部屋に行きましょうか」

＊＊＊

リビングから続く六畳間には、紺色のカバーがかかったシングルサイズのベッドがあった。ベッドサイドには小さな棚とランプが配置されており、棚の上には読みかけらしい文庫本が無造作に置かれている。

腕を引かれて薄暗いその部屋に連れこまれ、杏子は勢いよくベッドの上に押し倒された。すぐに体の上に覆《おお》いかぶさってきた彼は、呆然とする杏子を見下ろして言う。

「誘ったのは、あなただから……もう止まりませんよ」

リビングから差しこむ明かりの逆光で、彼の表情が見えない。

名前すら知らない男とこんなふうになっていることに、杏子の頭はついていけず混乱していた。

彼が身を屈《かが》めて、こめかみに口づけてくる。ビクリと引きつる杏子の体の上を、確かめるように大きな手が這《は》い回った。

Tシャツの裾《すそ》から入りこんだ手に素肌を撫《な》でられ、杏子の背すじをゾワリとした感覚が駆け上がる。そのままブラ越しに胸に触れられ、焦って声を上げた。

「ま、待って……！」

「雨で濡《ぬ》れて湿《しめ》ってる。——脱がせますよ」

杏子の言葉をあっさり無視し、止める間《ま》もなく背中に回った彼の手が、ホックをはずす。Tシャツとブラを頭から引き抜かれ、無防備な姿にされた杏子は、内心パニックになった。

（どうしよう——どうしよう、こんな……）

調子に乗ってあんな言い方をした先ほどの自分を、思いきり引っぱたいてやりたい。そんな強い後悔で、杏子の胸はいっぱいだった。

思い返せば、彼が怒って当然の流れだ。ずぶ濡れの自分を厚意で家に招き、服を乾かしてもてなしてくれた人間を、わざとひどい言い方をして傷つけた。実際に行為をするつもりはなかったということをどうしたらわかってもらえるのか、混乱して言葉がまったく思い浮かばない。

リビングからの明かりで真っ暗ではない部屋の中、肌を晒《さら》していることが恥ずかしく、ひどく不安になる。そんな杏子の表情を見た彼は、ふと眦《まなじり》を緩めて笑った。

「怖がらないでください。本当に嫌がることはしませんよ。優しくしますから」

そう言って彼は杏子の肩口にキスを落とし、手のひらでそっと肌を辿った。

「……細いですね。強く抱くと、折れちゃいそうだ」

「あっ……！」

肩から首筋に唇を這《は》わされる感触に、ゾクリとする。耳の後ろを舐《な》められ、耳朶《じだ》を軽く噛《か》まれて、杏子は思わず首をすくめた。

「や、……っ……」

「耳、弱いですか？」

ささやかれる声に心臓が高鳴った瞬間、耳の中に舌を入れられて、杏子は身を捩《よじ》る。

「あっ……」

体の上を這い回っていた手が、胸のふくらみをやんわりとつかんだ。頂《いただき》を指のあいだに挟みこまれ、杏子がその鋭《するど》い感覚に息を詰めると、彼がひそやかに笑う。

もう片方の胸を口に含まれ、濡《ぬ》れた感触に体が跳ねた。軽く吸われると一気に感覚が鋭敏《えいびん》になり、杏子の体温が上がる。

「んっ……ぁ、やっ……」

ときおり強く吸われるたび、勝手に体がビクビクと震えた。胸のふくらみに音を立てて口づけた彼が、顔を上げて柔和《にゅうわ》な笑みを浮かべる。

「ああ、そうだ。俺の名前は加賀《かが》っていいます。加賀、雪成《ゆきなり》」

体を起こし、杏子のハーフパンツを脱がせながら、彼がそう自己紹介する。こんな状況で名乗る呑気《のんき》さが理解できず、杏子は混乱した。

ハーフパンツを床に放り、へそのあたりにひとつキスを落として、彼——雪成が下着に手をかけてきた。杏子は慌てて声を上げた。

「ま、待って。わたし、謝りたいの、あなたに」

「何をです？」

「あなたに……その、下心があって、わたしを家に入れたんじゃないかって言ったこと。ごめんなさい、本当にひどい言い方をして——だから」

「ああ、いいんですよ、別に」

雪成はあっさりそう答え、早口でまくし立てていた杏子の言葉を遮《さえぎ》る。そして手を取って指先に口づけ、ニッコリ笑って言った。

「気にしてません。むしろそう思ってくれて、全然かまわないです。——俺はもう、やめる気はないので」

「……えっ」

状況に不釣合いなほど、彼の笑顔は爽《さわ》やかだ。呆然と見つめる杏子に、雪成は言った。

「なんだろうな、あなたの言葉で、俺の中の変なスイッチが入っちゃったみたいです。『そんなに挑発するなら、応《こた》えてやらなきゃ』みたいな」

「……っ、そ、んな」

——だとしたら、それは自業自得《じごうじとく》だ。動揺《どうよう》しながら、杏子はどうにかして彼を思い留まらせることはできないかと考えをめぐらせる。その最中《さなか》、突然指先を舌で舐《な》められて、ドキリとした。

「ぁっ……」

「でも、ひどくするつもりはありませんよ。怖がらせたくもないし……。うんと優しくしますから」

杏子の混乱はピークに達している。自分の言葉でスイッチが入ってしまったらしい雪成を止めることは、もう無理なのだろうか。

考えていると、彼の手が再び下着にかかった。杏子は咄嗟《とっさ》に強くその手をつかみ、押し留める。

「……っ……」

杏子が必死で手に力をこめると、雪成は動きを止めた。彼は一旦杏子の下着から手を離し、小さく息をつく。

「困ったな、嫌がることはしたくないけど——電気を消したらいいですか？」

明るさに羞恥《しゅうち》をおぼえていた杏子は、思わずうなずく。雪成は微笑《ほほえ》んで杏子の頬を撫《な》でた。

「ＯＫ。……じゃあ、ちょっと待っててください」

彼はベッドから下り、電気を消しにリビングへ向かう。そんな彼の背を呆然と見つめながら、杏子は内心、猛烈な焦りに駆り立てられていた。

（待って……別にわたし、暗ければいいって了承したわけじゃ）

今すぐ逃げ出したほうがいいと思いつつも、体が動かない。そうするうち、雪成が電気を消して部屋に戻ってきた。「どうしよう」と心臓をバクバクさせている杏子をよそに、彼はベッドサイドで自分が着ていたVネックのカットソーを脱ぎ捨てる。

途端に細身だがしなやかな印象の上半身があらわになり、薄闇に浮かぶそのシルエットに杏子はドキリとした。そのままベッドに上がってきた雪成は、杏子を見つめて甘いしぐさで頬にキスをし、下着を脱がせる。

（一体どうして……こんなことになっちゃったの）

そんなことを考える杏子の膝を押し、雪成が脚のあいだに体を割りこませてきた。杏子に覆《おお》いかぶさり、胸の先端に舌を這《は》わせながら、彼の手が太ももを撫で上げた。恥毛に触れた手が、そっと花弁を割った。

「は……っ」

わずかに潤《うる》んだ蜜口を、雪成の指が遠慮がちに探ってくる。愛液のぬめりをまとわせた指で花芯《かしん》に触れられると、じんと甘い疼《うず》きがこみ上げ、思わず杏子は足先でベッドカバーを乱した。

「あっ、あ……っ」

雪成は杏子の反応を見ながら、微妙に指先の力の加減を変えてくる。途端に潤《うる》みはじめた蜜口をときおり指がいたずらに辿り、そのたびにかすかに濡《ぬ》れた音が響いた。

「……んっ……」

やがて入り口をくすぐっていた指が内部にもぐりこんできて、隘路《あいろ》をゆっくりと進んだ。硬い指が内側をなぞる感触に、杏子の体がじわりと汗ばむ。根元まで指を埋められ、奥で少し動かされると、中が勝手に反応して強く締めつけた。

「は、ぁっ……」

「奥、ビクビクしますね。このへんが好きですか」

「待っ、……や、ぁっ……！」

敏感なところで指を動かされ、高い声が出た。

ひとしきり杏子の反応を確かめるように動かしたあと、雪成は指を一旦引き抜き、数を増やしてまた奥まで探ってくる。

狭い内部を穿《うが》つ動きに、肌が粟立《あわだ》った。溢《あふ》れた愛液で、彼の指が動くたびに濡れた音が出ることに羞恥《しゅうち》を煽《あお》られ、杏子は戸惑《とまど》う。

「はぁっ……あ……っ……」

(どうしよう——わたし、こんな)

——完全に流されている。自分の上にいる男は、顔だけは知っているものの素性はまったくわからず、つい先ほどなし崩しに名前を聞かされただけの相手だ。それなのにこんなにも感じているのは、彼の触《ふ》れ方が優しいからだろうか。

杏子が自分の反応に混乱していると、暗がりの中で雪成が笑う気配がした。

「……このまま指で達《い》って、終わりにしますか？」

「えっ……？」

意外な言葉に杏子は驚く。

「最後までするつもりだったけど、やっぱりやめておこうかな。あなたはためらっているようだし、無理強《じ》いはしたくないので」

彼の言葉を聞いた瞬間、杏子の胸にこみ上げたのは複雑な気持ちだった。

雪成がどんな人間なのか、わからない。話し方は丁寧で折り目正しく、快活で明るい笑顔には、人の警戒心を緩《ゆる》ませる不思議な魅力《みりょく》がある。だが、こちらの抵抗を笑顔で押し切ろうとするあたりは強引で、彼は見た目どおりの優しい人間ではない気もした。

しかしこうなったそもそものきっかけは、杏子がひどい言葉を投げつけたせいだ。雪成はその挑発に乗ったに過ぎず、現に今、こうして行為を途中でやめるという言葉からは彼の優しさが垣間見える。

杏子はいたたまれなさをおぼえた。

（わたしが悪いのに……）

――身勝手な自分を、雪成は尊重しようとしてくれている。そう考えると、杏子の胸がぎゅっと痛んだ。

孝一に一方的に関係を終わりにされ、自分に価値がないと思っていた杏子に、雪成は「そんなことはない」と強く言ってくれた。そのとき確かにうれしかったことを思い出すと、強烈な衝動《しょうどう》がこみ上げる。

気づけば杏子は雪成の顔を両手で引き寄せ、ささやいていた。

「いいから、して。――最後まで」

「えっ」

杏子の言葉に、雪成が目を瞠《みは》る。確かについ先ほどまで「嫌」だの「待って」だのと言っていた自分が急に態度を変えたのだから、驚くのは無理はない。

そう思いつつ、杏子は言葉を続けた。

「いいの。もう止まらないんだって、さっき言ってたでしょ。……あれは嘘だったの？」

「……それは」

わざと彼の台詞《せりふ》を復唱してやると、雪成はぐっと言葉に詰まる。彼はひどく驚いているようだったが、杏子もまた、大胆なことを言う自分に驚いていた。

緊張しながら彼の反応を待っていると、彼はしばらく考えこんだあと、杏子を見つめて問いかけてくる。

「……本当にいいんですか」

——「今だけ」なら、たとえ行きずりでもなりゆきでも、かまわないいんじゃないかという気がしていた。

つきあっている相手以外とこんなことをするのは初めてで、緊張する。だが、このまま突っ走ってしまいたい衝動を、杏子はどうしても我慢できない。

それは孝一の件がショックで投げやりな気持ちになっているせいなのか、それとも目の前の雪成の優しい触れ方に流されているからなのかは、わからなかった。

複雑な気持ちを抱えながらうなずく杏子を、雪成は真意を探るようにじっと見つめてくる。その眼差《まなざ》しに思わず高鳴る鼓動を持て余していると、彼は身を屈《かが》め、杏子の髪にキスをしてささやいた。

「……優しくします」

その一言を聞いた杏子の頬が、じわりと熱くなる。

改めて雪成は、杏子の体に丁寧に触れてきた。首筋から鎖骨、胸までを唇で辿り、手のひらで肌を優しく撫《な》でる。

長い指で再び花弁を開かれた杏子は、ぎゅっと目を閉じた。ゆっくり中に指を挿《い》れられ、内襞《ひだ》をなぞる動きに、ゾクゾクする。

「あ、……っ」

胸の先端を吸いながら動かされた途端、中がわななき、彼の指を強く締めつけた。指先がときおりひどく敏感なところをかすめ、甘ったるい感覚が湧き起こる。再び濡《ぬ》れ出したそこは、雪成の指が動くたびに湿《しめ》った音を立てた。

「っ……ぁ、は……っ……」

「声、我慢しないで聞かせてください。……すっごく可愛い」

雪成にささやかれ、杏子は顔を赤らめる。反応をつぶさに見られていると思うと恥ずかしくてたまらず、彼の顔から視線をそらして小さく言った。

「……っ、もう、いいから、早くして……」

「何言ってるんですか、もったいない」

肌に口づけを落とし、雪成が笑った。

「きれいですよ、あなたの体。細いのに柔らかくて、触れた分だけどんどん潤《うる》んで――うんと声を上げさせたくなる」

「あっ、あ、だめ……っ」

根元まで埋められた指が、奥の感じるところをぐっと押し上げてくる。触れればビクビクと反応するところを執拗《しつよう》に穿《うが》たれ、杏子は声を我慢することができなかった。溢《あふ》れ出した愛液が、雪成の手を濡らしているのがわかる。彼の指を受け入れたところからは耳を覆《おお》いたくなるような淫《みだ》らな水音が立ち、杏子の羞恥《しゅうち》を煽《あお》った。

（あ、もう、きちゃう……）

快感に追い詰められ、切れ切れに声が漏《も》れる。中を掻き回すのと同時に花芯《かしん》を押し潰された瞬間、杏子の体の奥で強烈な快感が弾《はじ》けた。

「っ、あっ……！」

強すぎる快感に、ビクリと体がしなった。一気に汗が噴き出し、心臓がドクドクと音を立てている。

息を乱してぐったりする杏子の中から、雪成が濡れた指を引き抜いた。彼が動く気配がして杏子がぼんやりと視線を向けると、雪成は腕を伸ばし、ベッドサイドから避妊具を取り出すところだった。

ほんの少しの間《ま》のあと、膝を押される。蜜口に熱をあてがわれ、杏子が緊張で息を詰めた瞬間、雪成が中に押し入ってきた。

「ん……っ……」

入り口のわずかな抵抗を、硬く張りつめた切っ先が割り開く。隘路《あいろ》をじりじりと進む重い質感が苦しく、杏子は手元のシーツをつかみ、ぎゅっと眉を寄せた。

何度か抜き差しを繰り返し、雪成が慎重に奥まで入ってくる。やがて先端が最奥に到達し、彼は杏子の顔を覗きこんでささやいた。

「……苦しくないですか」

「っ……」

根元まで埋められた大きさに、強い圧迫感をおぼえる。

杏子は手を伸ばし、雪成の腕をつかんだ。そして浅く息をしながら、小さな声で言う。

「少し、動かないで……っ……ぁっ……」

「いいですよ。慣れるまで、じっとしてますから」

雪成が笑い、杏子の瞼《まぶた》に優しくキスを落とす。なだめるようにあちこちに唇で触れられ、次第に杏子の体から緊張が抜けた。

「……はぁっ……」

体内の雪成を無意識に締めつけた瞬間、彼が軽く息を詰める。雪成は目を細め、緩《ゆる》やかに腰を動かしてきた。

「ん……っ……あ、っ……」

彼の大きさに馴染《なじ》んだ内部が、徐々に潤《うる》み出す。硬い屹立《きつりつ》に動かれると柔襞《やわひだ》が擦《こす》れ、ゾクゾクとした感覚が杏子の背すじを駆け上がった。

雪成は少しずつ律動《りつどう》を大きくし、ときおり深いところを突いてくる。中を埋めつくされる感覚に体温が上がり、杏子は思考が乱れていくのを感じた。

「あっ……はぁっ、……んっ……」

硬い熱を押しこまれ、奥を突き上げられる動きに、体の奥からじんとした愉悦《ゆえつ》がこみ上げる。

　驚くほど感覚が鋭敏《えいびん》になり、些細《ささい》な動きでも快感をおぼえて杏子はそんな自分に戸惑《とまど》っていた。少し眉を寄せて杏子を見下ろす雪成の目には、欲情が滲《にじ》んでいる。その視線を意識した途端、杏子は体の奥が熱く潤むのを感じた。

「あっ……」

　最初は気遣いつつ動いていた雪成が、杏子の反応に煽《あお》られたように動きを大きくする。苦痛はなく、揺さぶられるたびに甘い声が漏《も》れた。彼はときおり息を吐いては熱っぽい眼差《まなざ》しを向けてきて、杏子はそんな雪成から目が離せなくなる。

（わたし……）

　――好意を寄せられるのが嫌だった反面、求められて満足している自分がいる。

　ふいにそう気づいた杏子は、ひそかに動揺《どうよう》した。

（好かれるのは嫌なのに……どうして）

　蜜のように甘い快感が、次第に体の奥にわだかまっていく。思考が千々に乱れ、杏子が雪成の体に強くしがみつくと、彼が耳元でささやいた。

「奥、ビクビクしてる。……もう達《い》きそうですか」

　快感にかすれた雪成の声は、ひどく色気があった。杏子が息を乱しながら小さくうなずくと、彼は一気に抽送《ちゅうそう》を速めてくる。

「あっ……ぅっ、ん……あっ……！」

今にも達してしまいそうなほどの快感に、杏子は切れ切れに喘《あえ》ぐ。そんな様子を見下ろし、雪成は律動《りつどう》を緩《ゆる》めずに言った。

「俺も達《い》きそうです。……でも、なんだか達くのがもったいないな」

「……っ」

彼の言葉を聞いた杏子の心が、じんと疼《うず》く。

穏やかなのにどこか熱っぽさのある雪成の抱き方は、情がこもっていて優しい。自分と同じくらいに彼にも快感があるのかと思うと、杏子は面映《おもは》ゆい気持ちになった。

雪成が徐々に律動を速め、杏子は喘ぎながらしがみつく手に力をこめる。汗ばんだ彼の肌、しなやかで張り詰めた筋肉の感触に、煽《あお》られた。

「はぁっ……ぁっ、あっ……！」

体の奥で強い快感が弾《はじ》け、頭が真っ白になる。それと同時に雪成も達したのを、杏子は快楽の余韻の中でぼんやりと感じていた。

＊　＊　＊

窓の外ではまだ、雨の音がしている。

体の熱が冷めていくにつれ、頭の中も少しずつ冷静になっていた。薄暗い室内の空気は少し湿《しめ》り気を帯《お》び、雨音以外は聞こえない。だるい体を持て余しながらしばらくぼんやりしていた杏子は、やがて乱れたベッドから体を起こした。

自分の背後に横たわっていた雪成をチラリと振り返り、声をかける。

「わたしの服、返してもらっていい？」

無言で起き上がった雪成が、ズボンをおざなりに上げる。彼は上半身裸のまま、電気を点《つ》けずに洗面所に向かった。

やがて彼が持ってきた杏子の服は、乾燥機の熱を孕《はら》んで温かかった。暗がりの中で服を着る様子を、雪成は立ったままじっと見つめている。杏子がブラを着け、キャミソールを着たところで、彼が口を開いた。

「――名前を教えてくれませんか」

杏子は一瞬動きを止め、目を伏せる。そして淡々と問いかえした。

「どうして？」

「知りたいので」

「必要ないでしょ」

あっさりした杏子の答えを聞き、雪成が食い下がってくる。

「……どうしてですか」

彼とはあえて目を合わさず、杏子は答えた。

「もう、会わないから」

――杏子の中には、自分の行動に対する苦い後悔があった。

恋人でもない相手とゆきずりで寝るなど、初めてだ。いくら孝一とのことがあったとはいえ、雪成が寄せてくれた好意に甘えすぎたと思う。

(この人の気持ちに応えられないくせに……わたし、こんなことをしたりして)

だからもう、会わないほうがいい。そう考え、黙りこむ杏子を見つめて、雪成が言った。

「俺は途中でやめると言ったのに、それでもしていいって言ったのは、あなたですよ」

「……っ……それは」

確かにそのとおりで、杏子は返す言葉を失う。雪成は返事を待たずに続けた。

「俺はあなたが好きです。名前も知らないけど、ずっとバス停で見ていて、気になってました。今日、あなたが泣いてるのを見てますます気になったし、放っておけないとも思った」

雪成の言葉を気まずく聞きながら、杏子はブラウスのボタンを留める。彼は杏子から目を離さずに言った。

「今日のことは、後悔していません。むしろ俺は、前よりもっとあなたが欲しくなった。

あなたが元彼と別れて傷ついたのはわかるけど――俺とちゃんとつきあうことを、考えてみてくれませんか」

「………」

（ああ……どうしよう）

自分のした行動の結果とはいえ、杏子は返答に悩む。

今は誰ともつきあう気にはなれないし、恋愛する気力もない。そう思いながら、杏子は重い口を開いた。

「――ごめんなさい」

衣服を整えた杏子は、雪成の顔を見ずに謝った。

「本当にごめんなさい。わたし、あなたに八つ当たりなんかして――すごく反省してる」

杏子の言葉を、雪成は黙って聞いている。杏子は言葉を続けた。

「あなたの気持ちはうれしいけど、わたし、そんなふうに思ってもらえるほどの人間じゃない。それに正直……好きとかはもういいって思ってるの。恋愛のことは今は全然考えられないし、だからあなたとはつきあえない」

正直な、本心だった。

孝一に受けた仕打ちは、まだ自分の中で消化しきれていない。あんなふうに傷つけられるなら、恋愛などもうたくさんだと思う。

杏子の心に、改めて雪成に申し訳ないと思う気持ちがこみ上げていた。親切にしてくれた彼の気持ちを、自分は踏みにじるような真似をしてしまった。

「あなたを振り回したりして、本当にごめんなさい。わたし、もう……帰るから」

「待ってください」

立ち上がって部屋を出ようとした杏子の行く手を、雪成の体が遮《さえぎ》る。杏子は動揺《どうよう》し、視線を泳がせた。

「……ど、どいて」

「──じゃあ、体だけならどうですか」

唐突に彼が告《つ》げた言葉に驚き、杏子は思わず顔を上げる。

「……えっ？」

「恋愛が嫌なら、体だけ。それだけでも……俺にくれませんか」

──この男は一体、何を言い出すのだろう。

好きだ、つきあうことを真剣に考えてほしい──先ほどそう告白してきた彼に、杏子はきっぱりと断った。それで話は終わったと思っていたのに、なぜいきなりそんな提案が出るのかわからない。

雪成が手を伸ばし、困惑する杏子の頬に触れてくる。突然触れられて杏子がドキリとしていると、彼は言った。

「すみません、突然こんなこと言い出したりして。体だけとはいっても、あなたを軽く扱う気なんてまったくありません。むしろ誰よりも、大事にしたい」

動揺し、黙りこむ杏子を見下ろしながら、雪成は言葉を続けた。

「もちろん本当は、あなたの気持ちが欲しい。でもそれができないなら、体だけでも欲しいって思っちゃ駄目ですか」

「……そ、んな」

杏子は混乱する。

突然そんな提案をされても、すぐに言葉が出てこない。雪成が畳みかけるように言った。

「大事にします。あなたが嫌がることは絶対にしないし、誰よりも優しくしたい。満足するようにいっぱい尽くしますから、これからも俺と会ってもらえませんか」

「な、何言ってるの……」

杏子の顔が、じわりと熱を帯《お》びる。

自分がとんでもないことを言っていると、彼はわかっているのだろうか。

（つきあう相手には、まったく不自由してなさそうな人なのに……）

むしろ見た目も性格も、かなり女性にもてそうだ。そんな彼がなぜ自分に執着《しゅうちゃく》するのかわからず、困惑する杏子に、雪成が再度問いかけてくる。

「……駄目ですか？」

まるで大型犬がしょんぼりしているかのような雰囲気に、杏子はぐっと言葉に詰まる。

杏子は動揺《どうよう》しながら言った。

「さっきも言ったけど、わたし、本当に今は恋愛する気がないの。だからあなたに想いを寄せられても、それは無駄になるから……」

「無駄じゃないですよ。いつかあなたが好きになってくれるまで、努力するつもりなので」

杏子は押し黙る。――彼は本当にそれで、納得できるのだろうか。杏子が恋愛する気がなくても、体だけ手に入れて、はたして満足できるものなのか。

（そもそも体だけの関係なんて……わたしは望んでないのに）

きっぱりと断れないのは、先に変な絡み方をして煽《あお》ってしまった上、さっき抱かれたのが本当は嫌ではなかったからかもしれない。

体の奥にはまだ、甘ったるい快楽の余韻が残っている。思い出した途端にじわりと上がる体温を意識し、杏子は目を泳がせた。

そんな杏子を見つめ、雪成が笑って言った。

「むずかしく考えなくていいです。俺が勝手に大事にするので、あなたはただ甘やかされてください。それでいつか俺を好きになって、恋愛してくれたらうれしい。早くそうなればいいなって思ってます」

あまりにもこちらに都合のいいことを言う彼を、杏子はじっと見つめる。

気持ちを返さなくてもいい、ただ甘やかしたい――そんな彼を、本当に物好きだと思った。

雪成は杏子にニッコリと笑い、再び問いかけてきた。

「名前、教えてくれませんか」

（また、この笑顔……）

彼は絶対、自分の笑顔の魅力《みりょく》をわかっているはずだ。見る者の警戒心を解き、逆《さか》らえなくなるようなその笑顔から、杏子は視線をそらす。

ためらいはいつまでもまとわりついて、なくならない。しかし彼を無下《むげ》にもできず、小さな声で答えた。

「……杏子、よ」

「じゃあこれから、杏子さんって呼びますね」

雪成はそう言ってうれしそうに笑った。

恋愛じゃない、一方通行な関係――杏子と雪成の関係は、そんなふうにはじまった。

3

五月も残りわずかになった平日の昼下がり、図書館内はほどほどの人でにぎわっていた。杏子は目の前にうずたかく積まれた予約図書のバーコードを、一冊ずつ読み取る。

市内の他の図書館から取り寄せた予約図書は、結構な数だった。バーコードを読み終えると、プリントアウトされた予約者の名前が書かれた紙を本に挟みこみ、貸し出しカウンターの後ろにある棚に並べていく。

予約した人が来館した際には、図書カードのバーコードを読み取るとパソコンのアラートが鳴り、本が到着していることを知らせる仕組みになっていた。

ひと息ついた杏子は、チラリと窓の外を見やる。梅雨《つゆ》入りが近いからか、ここ数日の天気は不安定で、今日も空を厚い雲が覆《おお》っていた。湿度も高く、空気にはなんとなく雨の気配が漂《ただよ》っている。

(……今日は降るのかな)

——雨の予感は、心をざわめかせる。

ただの顔見知りだった加賀雪成と体を重ねてしまったのは、つい五日前のことだった。

思い返すたび、杏子は暗澹《あんたん》たる気持ちになる。雪成が以前からこちらに好意を持っていたという事実は、恋人に捨てられたばかりの杏子にとって、どうしても許せないことだった。衝動《しょうどう》的にわざとひどい言葉で彼を煽《あお》り、傷つけたが、あれはどう考えても自分が悪かったと思う。

孝一に一方的に関係を断ち切られた杏子は、確かにあのとき恋愛に対してうんざりしていた。しかしだからといって、好意を寄せてくれていた雪成を傷つける権利はない。

雨でずぶ濡《ぬ》れだった自分を親切で自宅に招き入れてくれた彼に、「家に連れこんだのは、下心があるからだろう」と発言したことを思い出すと、じわじわと自己嫌悪《じこけんお》が湧く。結局その言葉が引き金となり、杏子は雪成と関係を持ってしまった。

杏子はうつむき、ため息をつく。ひどい言葉を投げつけたにもかかわらず、彼は最後まで優しかった。挙句にそんな自分と「体だけでもいいからつきあいたい」と言い出したときには、本当に驚いた。

恋愛する気はないという人間を、一方的に大事にしたいという雪成の思考は、今でも理解できない。彼は「いずれ好きになってくれればいい」と言ったが、杏子の中には迷いばかりがあった。

(別にわたし――「体だけの関係ならいい」なんて言ってないんだけど)

雪成とのセックスは、確かによかった。触れ方が優しくて、彼のもたらす熱に、思いがけず溺《おぼ》れたひとときだった。

それでもまた会いたいかと聞かれたら、答えはノーだ。あのとき雪成と寝てしまったのは勢いのようなもので、よく知らない男と何度も会いたいとは思わない。

自分の名前を教えたのは失敗だったかなと、杏子は少し後悔した。教えたのは下の名前で、それ以外は何も教えていない。しかし、教えたことで彼に今後を期待させてしまったのなら、あまりよくないことだったのかもしれない。

電話番号とメールアドレスは、最後まで知りたいと粘《ねば》られたが、断った。

『じゃあ杏子さんに会いたいときは、どうしたらいいんですか』

不満そうな顔でそう聞いてきた雪成に、杏子は目をそらして答えた。

『……雨の日に、バス停で会えるでしょ』

――彼は雨の日だけ、バスを使うのだという。

少し意地悪だったかもしれないが、そもそもこちらは彼に会いたくはない。しかも杏子は、毎日決まった時間に仕事が終わるわけではなかった。

だから実際に会う頻度はそれほどないと思っているものの、気がつけばチラチラと天気を気にしている。そんな自分を、杏子は持て余していた。

（あの人に会いたくないから、天気が気になっているだけで……別にそれ以外の感情なんか）

パソコンに向かいながら、杏子は鬱々《うつうつ》と考える。

ここ数日は、降りそうで降らない天気が続いていた。今も怪しい雲行きであるものの、降らずにどうにか保《も》ちこたえてほしい。

余計な考えを振り切るように、杏子はしばらく仕事に没頭した。小一時間経った頃、ふとエントランスで濡《ぬ》れた服を払っている来館者に気がつき、ドキリとする。顔を上げると、窓ガラスはいつのまにか無数の雨の雫《しずく》で濡れていた。

とうとう雨が降り出したらしいと知って、杏子は複雑な気持ちになる。

窓を叩く雫は次第に多く、激しくなっていき、本格的な雨の予感に、心がざわめいた。

（もし夕方まで、降ったら……）

自分は――どうしたらいいのだろう。

今日は午後五時過ぎに、仕事が終わる。乱れる気持ちを持て余し、杏子は業務に戻った。

＊　＊　＊

昼過ぎから降り出した雨は、途中で若干雨足が弱くなったものの、夕方になってもまだ降り続いている。

午後五時半、図書館の軒下《のきした》で、杏子は数日前からロッカーに置いていた傘を広げた。

(やっぱりいるのかな……)

脳裏に浮かぶのは、一人の男だ。

時刻を確認すると、バスが来るまであと五分ほど時間がある。図書館の敷地を抜けて歩道に出ながら、杏子はひどく緊張していた。意識しすぎている自分に居心地の悪さをおぼえつつ、ゆっくりとバス停に近づく。

前方にできていたバス待ちの列を見て、そこに予想していた人物を見つけた杏子は、ドキリとした。

(いた……)

彼は黒い傘を差し、もう片方の手には案の定本を持っている。

他に二人並んだバス待ちの列の先頭に、雪成はいた。今日の彼は、白のインナーに五分袖の水色のシャツを羽織り、下はベージュのクロップドパンツというシンプルな服装だ。パンツの裾《すそ》を折り返し、白のデッキシューズ、石のチャームがついたネックレスや時計など、細かい部分でおしゃれに見せている。背中に回した紺のボディバッグが、服装のアクセントになっていた。

杏子は傘で顔を隠し、雪成の背後をそっと通り過ぎた。バスを待つ人たちは皆、道路に向かって並んでいる。本を読む雪成は集中しているのか、微動だにしない。

（わたしに気づいてない……？）

列の後ろに人が増えても、わざわざ見なければ気づかないかもしれない。

杏子はホッと胸を撫《な》で下ろした。このままバスが来るまで顔を隠して、乗っても彼と離れた位置に立てば、気づかれないだろうか。そう思うと、憂鬱《ゆううつ》だった気持ちがほんの少し軽くなる。

チラリと彼のほうを見ると、読んでいるのは「カラーコーディネーター三級」という資格のテキストだった。今までの彼の傾向とは少し毛色の違う本で、杏子の中に疑問が湧く。

（仕事で使う資格……とか？）

彼の職場がこの近くだとは聞いていたが、なんの仕事をしているのかまではわからない。

（……別に興味はないんだけど）

ややばつの悪さを感じ、杏子は再び視線をそらすと、うつむいた顔を傘で隠す。

やがてやって来たバスに乗りこんだ雪成は、後ろのほうで立ったままテキストを読み続けていた。杏子は彼を避け、人に紛《まぎ》れながらそそくさと前のほうに向かう。

帰宅ラッシュの時間帯ということもあり、バスの車内は混んでいた。雪成の位置からは、おそらくこちらの姿は見えないだろう。いつもはうんざりする人の多さに今日は安《あん》堵《ど》をおぼえながら、杏子はバスに揺られてぼんやりと外を眺めた。

――こうして彼との関係を、フェードアウトできるだろうか。一度だけの気の迷い、過《あやま》ちだと、忘れることができるだろうか。

（いっそバスに乗る時間を、変えたほうがいいのかも……）

そんなふうに考えているうち、バスは雪成の家の最寄りの停留所に到着する。

座席側に体を寄せ、杏子はそこで降りるはずの彼を意識してうつむいた。何人かの乗客が後ろを通り過ぎ、バスを降りて行く。そのとき突然背後から手首をつかまれ、杏子は心臓が飛び出るかと思うくらい驚いた。

息をのむ杏子の耳元で、低い声が言う。

「――降りますよ」

こちらに気づいていないと思っていた雪成は、そう言って杏子の手を引っ張り、降り口に向かった。

杏子は慌ててバッグからＩＣカードを出すと、リーダーにかざす。よろめきながらバスを降りた途端、頭の上に傘を差しかけられた。

背後でドアが閉まり、バスがゆっくりと走り去っていく。呆然と見上げた杏子に、雪成がニッコリ笑いかけてきた。

「こんにちは、杏子さん。五日ぶりですね」

杏子はどんな顔をしていいかわからず、押し黙る。雪成の笑顔は、相変わらずこちらがいたたまれなくなるほど爽《さわ》やかだ。それともそう感じるのは、コソコソ逃げ隠れしていた自分に疚《やま》しさがあるからだろうか。

そんなことを考えていると、雪成が「さて、行きますか」と言って杏子の手をつかみ、歩き出した。

「あ、あの……」

杏子はつかまれていないほうの手で自分の傘を広げ、彼の背中を追いかける。

バス通りは道幅が広く、店が点在していたが、一本中に入ると閑静な住宅街だった。

どうやら雪成は、彼の自宅に向かっているらしい。

怒っている気配はなかったものの、手首をつかむ力の強さに「逃がす気はない」という彼の確かな意思を感じる。

歩いて約三分ほどで、雪成の住むマンションに着いた。互いに無言のままエレベーターで三階に上がり、彼が自宅の玄関の鍵を開ける。

雪成は杏子を振り向き、穏やかに笑いかけた。

「どうぞ、入ってください」

「…………」

――入ったら、自分はどうなるのだろう。

そう思ったが、雪成の笑顔に気圧《けお》され、杏子は遠慮がちに玄関へ足を踏み入れた。

彼が続いて入ってきて、玄関のドアが閉まる。周囲が薄暗くなった瞬間、突然背後から強い力で引き寄せられ、杏子は驚きに目を見開いた。

「……っ」

暗く狭い玄関で抱きすくめられ、雪成の匂いに包まれる。自分の体に巻きついた腕に力がこもるのを感じた杏子は、驚きすぎて言葉も出せない。

彼が耳元でささやいた。

「……なんで知らんぷりするんですか」

答えられずに黙りこむ杏子の頭の上で、雪成が言葉を続けた。

「傘で顔を隠したりして。まさか俺が気づかないとでも思ってたんですか？」

「あ、あの……」

杏子が動揺《どうよう》しながら「だって気づいていなかったみたいだから」とボソボソと言うと、彼は体を離し、じっと顔を見つめてくる。

その眼差《まなざ》しにドキリとする杏子の目の前で、雪成はふっと笑って言った。

「気づいてるに決まってるじゃないですか。ずっとあなたを、待ってたのに」

彼の笑顔は穏やかな一方、奥底に熱情を押し殺しているようにも見える。体の近さに緊張する杏子に、雪成は言った。

「『雨の日しか会わない』って、杏子さんが言ったんですよ。俺がこのあいだから、雨が降るのをどれだけ待ち望んでいたか。あなたにわかりますか？」

雪成の言葉にいたたまれなくなり、杏子はうつむく。彼と距離を取ろうとあとずさったものの、すぐ横の壁に体を押しつけられ、焦りがこみ上げた。

まったく逃げ場のない状況で近くに来られると、つい数日前の出来事を嫌でも思い出してしまう。

「……杏子さんは、気が進まないかもしれないけど」

杏子を見下ろし、雪成が言った。

「俺はすごく会いたかった。あれからずっと、あなたの体を思い出して――たまらなかった」

「……っ」

先日の行為について匂わされ、杏子の頰が紅潮《こうちょう》する。雪成が少し屈《かが》んで顔を寄せてきて、驚いた杏子は思わずその胸を押し返した。

「あ、あの、わたし……っ」

「――キスしていいですか」

突然の問いかけに、杏子の心拍数が跳ね上がる。

――先日は抱き合いはしたが、キスはしなかった。そんな事実を思い出し、杏子の頭の中は一気に煮《に》えたようになる。

（やっぱり……ついてくるんじゃなかった）

目を合わせられずにいると、ふいに雪成がこめかみに唇で触れてきて、杏子はビクリと体を震わせた。

「……っ」

こめかみ、そして目元にキスをされ、唇が離れたところで杏子は恐る恐る視線を上げる。

思ったよりずっと近くに雪成の顔があり、ドキリとした。目をそらせずにいると、彼がそのまま顔を寄せ、口づけてくる。

「――……」

触れるだけのそれはすぐに離れ、思いのほかあっさりしていたことに杏子はホッとした。しかし安堵《あんど》したのも束の間、雪成が再び顔を寄せてくる。

緊張で引き結ばれた杏子の唇を、雪成の舌が緩《ゆる》くなぞった。何度も繰り返されるうちについ抵抗が緩み、彼が中に押し入ってくる。

「……は……っ……」

舌先を舐《な》められ、その柔らかな感触に杏子は吐息を漏《も》らす。

杏子の腰を抱き寄せながら、雪成がキスを深くしてきた。緩やかに絡められ、杏子の肌がゾクリと粟立《あわだ》つ。口腔《こうこう》をくまなく辿り、丁寧に舐めつくした彼は、何度も角度を変えて口づけてきて、いつまでもキスが終わらなかった。

腰にあった雪成の手が背中を辿り、やがて後頭部までくる。癖のない杏子の長い黒髪の感触を楽しむように手で掻き混ぜたあと、彼は頭を引き寄せ、より口づけを深くした。

ようやく唇を離された頃にはすっかり息が上がっていて、杏子は壁にぐったりともたれかかる。そんな杏子を見下ろした雪成は、突然手首をつかむと無言で部屋へ上がった。

電気も点《つ》けずに寝室に入った彼が、背負っていたボディバッグを床に落とす。杏子はためらいがちに口を開いた。

「あの、わたし……」

――やっぱりあなたとは、つきあえない。

そう言おうとした瞬間、振り向いた雪成と目が合い、杏子はぐっと言葉をのみ込んだ。

雪成は杏子の肩を押し、ベッドに座らせる。そして立ったままじっと見下ろして言った。

「……杏子さんが何を言おうとしてるのか、だいたい想像がつくけど」

やるせなさそうに微笑《ほほえ》み、彼は言った。

「俺の気持ちは、このあいだ言ったとおりです。杏子さんが今、恋愛する気はなくても――俺はあなたのことをもっと知りたいし、触りたい」

「……っ、そんな」

（そんなの、困る……）

杏子は困惑してうつむく。

衝動的《しょうどう》に関係を持ってしまってから数日、杏子はずっと後悔していた。あのときは勢いでそういう流れになってしまったが、基本的に恋愛感情のない相手と寝る気はなく、名前以外のことを知られたくはない。

向けられる好意自体がわずらわしいのだから、一緒にいたいと思うはずがない――そんな自分とつきあうことは不毛だと、一体どうしたら彼にわかってもらえるのだろう。

杏子の困惑を感じ取ったのか、雪成がふと視線を和《やわ》らげて言った。

「見た目で何となくわかってましたけど、杏子さんって真面目なんですね。でももっと、ずるくなっていいんですよ」

雪成が杏子の隣に腰掛けてくる。重みでベッドが軋《きし》み、間近に体温を感じて緊張する杏子を見つめて、彼が言った。

「俺の好意を、どんどん利用してください。気分次第で、どんな態度を取ったってかまいません。俺が一方的にあなたを大事にするので」

「……っ……どうして……」

彼は一体、自分の何をそんなに気に入ったのだろう。

そう考える杏子に、雪成は笑って答えた。

「どうしてでしょうね？　見た目が好みだったのもありますけど……杏子さんがこのあ

いだ俺に言った言葉が、なんだか痛々しくて」

――自分から誘ったときのことだろうか。思い出した杏子の心に、じわりと羞恥《しゅうち》がこみ上げる。雪成が笑顔のまま言った。

「あれを聞いて、放っておけない気持ちになりました。杏子さんの傷ついた心を癒《いや》してあげたいし、俺がうんと甘やかしたい。それでいつか気を許して、俺のほうを見てくれたらいいのにって――そう思ったんです」

言われた言葉にじわじわと恥ずかしさがこみ上げ、杏子はうつむく。

(わたしじゃなくても、他にもっといい子がいるはずなのに……)

なぜ彼はわざわざ、こんなひねくれた女にかまうのだろう。

困惑する杏子の顔を見つめ、雪成が言った。

「だから俺に、チャンスをください。杏子さんが過去の恋愛を忘れられたときに一番乗りするために、俺がそばにいたいんです」

「そんなの、いつになるかわからないのに」

「いいですよ。好きになってもらえるまで、努力しますから」

理由を聞いても、やはりわからない。

彼のようにいくらでも相手を選べそうな男が、冷たい態度ばかり取る自分にかまうことが信じられなかった。杏子は雪成に問いかけた。

「じゃあ、体だけでもいいって言ったのは……？」

雪成は小さく笑って答えた。

「体からはじまったから、それもありかと思ったんです。今、杏子さんの気持ちが自分になくても……俺はあなたに触れたいし、抱きたい」

ストレートな言葉にドキリとし、杏子は肩を揺らす。熱を孕《はら》んだ眼差《まなざ》しで、彼が言葉を続けた。

「一度抱いたら、忘れるなんて無理です。だからあのとき俺は、途中でやめるって言ったんですよ。『いいんですか』って、ちゃんと聞きましたよね？」

「………」

──ならば彼の執着《しゅうちゃく》は、自分のせいなのだろうか。

あのとき勢いで体を繋げたことで彼の気持ちを煽《あお》ってしまったのなら、杏子の自業自得《じごうじとく》ということになる。

雪成がニッコリ笑ってつけ足した。

「それに体を重ねるうち、情が移るかもしれないとも思ったんです。杏子さんが体だけでも引きずられて、俺に興味を持ってくれたらうれしい。それくらい形振《なりふ》りかまわず、あなたの気を引きたいって思ってます」

杏子は困惑しながら雪成を見つめる。

彼はどうやら、こちらを諦めるつもりはないらしい。自分に責任があると考えるとなんと言っていいかわからず、杏子は黙りこんだ。

隣に座る雪成がおもむろに腕を伸ばし、杏子の手を握《にぎ》ってくる。ドキリとして見つめる杏子に、彼が言った。

「──抱かせてください」

「……………」

「これ以上ないってほど、優しくしますから」

（ずるい……そんな言い方するなんて）

雪成の言葉は、まるで甘い毒のようだ。戸惑《とまど》って二の足を踏む杏子の心をじわじわと侵食し、何も考えられなくさせる。

「流されてはいけない」と思うのに、拒否できなかった。雪成の手が髪に触れ、彼が顔を寄せてくる。気づけば杏子は目を閉じて、そのキスを受け入れていた。

＊　＊　＊

「……は……っ」

背中を這《は》う唇の感触に、杏子は吐息を漏《も》らす。

服を脱がされて大きな手でくまなく全身に触れられると、息が乱れた。乾いた手のひらの感触が心地よく、どこもかしこもゆるゆると溶かされていく気がする。

背中を唇で辿りつつ、雪成が後ろから胸をつかんでくる。ふくらみを揉《も》みしだかれ、杏子はぎゅっと眉を寄せた。

「……っ、ん……っ」

「こっち、向いてください」

振り向かされ、杏子はベッドに座った雪成に引き寄せられる。向かい合う形で胸をつかみ、ペロリと先端を舐《な》めた彼が、次いで軽く吸い上げてきた。

「あっ……」

杏子は雪成の肩にしがみつく。舌先で舐められ、ときおり強く吸われると、じんとした刺激に体が震えた。

「細いのに……杏子さんの体は、どこもかしこも柔らかいですね」

肌触りを楽しむように這《は》い回った雪成の手が、尻の丸みを撫《な》でてくる。肩や鎖骨に口づけたあと、彼は杏子の後頭部を引き寄せ、唇を塞《ふさ》いだ。

「ん……っ」

中に押し入った舌が絡んできて、杏子はくぐもった声を漏《も》らす。そのままベッドに押し倒され、雪成の手が脚のあいだを探ってきて、杏子の体がビクリと跳ねた。

「あ、っ……」

雪成の手が花弁を割り、ゆるゆると花芯《かしん》を撫でる。疼《うず》くような快感に唇を噛《か》むと、彼の指が潤《うる》んだ蜜口に触れてきた。

「っ……ぁ、待っ……」

硬い指が蜜口から中にもぐり込み、杏子は思わず強くそれを締めつけた。内襞《ひだ》が雪成の指の硬さやゴツゴツとした関節までもつぶさに伝えてきて、じわりと体温が上がる。

「あっ、あっ……」

内壁をなぞった指がゆっくりと根元まで埋められ、深いところを探ってくる。

抜き差しされるたびに水音が響き、杏子の羞恥《しゅうち》を煽《あお》った。音が聞こえるのが嫌で強く雪成の体を膝で挟みこんでも、彼の指の動きは止まらない。中を掻き回され、指先がときおり弱い部分をかすめて、はしたないほど濡《ぬ》れていくのがわかる。

雪成がささやいた。

「すっごい濡れますね。舐めてあげたいけど……こうして杏子さんにぎゅうぎゅうに抱きつかれてるのも、悪くないな」

「……っ……」

気がつけば彼の首にきつくしがみついていて、杏子は急に恥ずかしくなる。腕の力を緩《ゆる》めると雪成が笑い、胸のふくらみに口づけてきた。

杏子は息を乱しながら言った。

「……も、……っ……」

「なんですか?」

「そんなこと、しなくていいから……っ……ぁっ、早く……」

切れ切れに催促する杏子に、雪成が微笑《ほほえ》む。

「舐《な》められるのは嫌ですか? 杏子さんがトロトロになるまで、ずーっと舐めてあげるのに」

思わず想像してしまい、杏子は頬が熱くなるのを感じつつ急いで首を振った。雪成はそんな様子を見つめ、軽く噴き出す。

「残念だな。じゃあそれは、今度のお楽しみに取っておきます」

雪成は杏子の中から指を引き抜くと、避妊具のパッケージを開けた。ややして膝を広げられ、熱くなった昂《たか》ぶりが蜜口に押し当てられる。

「……っ、あ……」

硬く張りつめた屹立《きつりつ》が、濡《ぬ》れて熱を持つ内部に押し入ってくる。狭いところにねじ込まれる圧迫感に、杏子は息を詰めた。雪成が気遣うように動きを止め、屈《かが》みこんで口づけてくる。

「ん……」

なだめるように何度か啄《ついば》まれ、次第にキスが深くなる。

ぬるぬると絡んでくる舌の感触に夢中になり、杏子の体から徐々に力が抜けた。甘い息を漏《も》らす杏子を見つめながら雪成がじりじりと腰を進め、やがて屹立が最奥に届く。

「っ……あ、っ……」

みっしりと中を埋めつくされ、その大きさを感じながら、杏子は浅い呼吸を繰り返した。根元まで自身を埋めた雪成が、熱っぽい息を吐く。杏子の膝をつかんだ彼は、先端でゆっくりと奥を探ってきた。弱いところをぐっと押され、杏子は声を上げる。

「あっ、やっ……！」

雪成は繰り返し同じところを抉《えぐ》り、杏子に声を上げさせる。最初はきつく感じていた動きが、溢《あふ》れ出た愛液のぬめりでなめらかになった。

雪成が杏子を見下ろして言った。

「……っ、すごいですね、こんなに濡れて」

「はぁっ……あ、……んっ……」

「苦しくないですか？　もっと奥まで挿《い》れますよ」

「んっ……」

より深く屹立を押しこまれ、杏子は雪成の肩にしがみつく。苦しいのに埋めつくされる快感のほうが勝り、ビクビクと締めつける内部の動きが止まらない。

「あっ……はぁっ……あっ……」

「――可愛い、杏子さん」

杏子の髪にキスをして、雪成が耳元でささやく。

「俺もすごくいいです。……気を抜くとすぐ達《い》っちゃいそうだ」

甘くひそめられた声に、杏子の心拍数が上がった。

些細《ささい》な動きにも感じてしまい、そんな自分が恥ずかしくなったが、雪成の眼差《まなざ》しはどこまでも優しい。羞恥《しゅうち》や戸惑《とまど》いはまだあるのに、彼の態度で徐々に溶かされていく気がした。

「あっ……そこ、や……っ」

感じてたまらないところばかりを攻められ、じりじりと快感に追い詰められる。律動《りつどう》を緩《ゆる》めないまま、雪成が問いかけてきた。

「達きそうですか？」

絶え間なく襲ってくる快感に無我夢中でうなずくと、雪成は杏子の膝を押し、ぐっと体重をかけて奥を探ってくる。その動きに思わず高い声を上げた杏子に、雪成がささやいた。

「いいですよ、達って――ほら」

「あ……っ、はっ、あっ……！」

深くねじ込まれ、杏子は一気に昇《のぼ》りつめる。体内の屹立を強く締めつけると、雪成が数回奥を穿《うが》ち、ぐっと息を詰めるのがわかった。

「……っ……」

薄い膜越しに、彼の熱が放たれたのを感じる。

荒い息をつく杏子を、雪成が乱れた髪の隙間から見下ろしてきた。彼の眼差しに強い欲情の名残《なごり》を見つけ、杏子の心が疼《うず》く。

雪成が身を屈《かが》めながら唇を寄せてきて、杏子は目を閉じてそのキスを受け入れた。

「……んっ……」

緩やかに舌先を舐《な》められ、その甘さに吐息が漏《も》れる。

雪成とするのは、嫌じゃない——とふいに杏子は思った。彼の匂いも体温も、不思議なほど嫌悪を感じない。

細やかで優しい触れ方には、安心感すらおぼえる。

(この人は、恋人じゃないのに……)

ぼんやりと考える杏子の目元に、雪成が唇で触れて言った。

「……好きです」

腕の中に抱きこまれた途端、ぎゅっと胸が切なくなった。雪成の匂いを吸い込み、杏子は考えることを放棄する。

そして疲れた目を閉じた。

＊＊＊

窓の外で、雨がしとしとと降っている音がする。今は風がないのか、その音はひどく静かだった。

「このあいだから、聞こうと思っていたんですけど。杏子さんって今、何歳なんですか」

薄闇の中で服を着ていた杏子は、唐突に質問され、動きを止める。冷蔵庫から出してきた水のペットボトルに口をつけながら、雪成がこちらを見ていた。

杏子は少し考えて答えた。

「……内緒」

「意地悪しないで、教えてくださいよ」

「自分は言わないのに、わたしには聞くのってずるくない？」

杏子の切り返しに、雪成はあっさり答える。

「俺は二十四ですよ。今年、二十五になりますけど」

「………」

（……ふたつ下？）

何となく彼のほうが若いかもしれないと感じていたが、やはりこちらが年上だった。そう思うと少し面白くない気持ちになり、杏子はツンとして言う。

「別に歳なんて、何歳だっていいでしょ」

答えをはぐらかす杏子を見つめ、雪成が笑った。

「じゃあ当てます。年下……ではないですよね」

まるで「若く見えない」と言わんばかりの雪成の言葉に、杏子はムッとした。

（……失礼しちゃう）

立ち上がり、周囲を見回したが、自分のバッグが見当たらない。「玄関に落ちているのだろうか」と考え、杏子は無表情に雪成の横を通り過ぎようとする。しかしその瞬間、突然腕をつかまれて驚いた。

「……っ、何？」

「『年下に見えない』って言ったのは、杏子さんが落ち着いて見えるからですよ。ネガティブに捉《とら》えないでください」

「……離して」

「うーん、じゃあひとつ上ですか？」

雪成はまだ上半身裸のままで、目のやり場に困る。ぎこちなく視線を泳がせる杏子を見つめ、彼は言った。

「違うかな。じゃあ二個上？　……ああ、正解ですね」

杏子の微妙な表情の変化を見て、雪成は見事に言い当ててくる。その鋭《するど》さに驚き、杏子は思わず問いかけた。

「どうしてわかったの？」

「俺、人を観察するの得意なんですよ。ある意味職業病みたいなものですけど」

――人を観察するなんて、一体どんな仕事なのだろう。そう思ったがあえて触れず、杏子は言った。

「わたしみたいな年上にかまってないで、あなたはもっと若い子とつきあえば？　年下の可愛い子とか、せめて同い年とか」

「どうしてですか？　二歳くらい、たいした歳の差じゃないですよ」

雪成はそう言って、ニッコリ笑った。

「若い子とつきあう理由もないです。だって俺は今、杏子さんしか見えてませんから」

ストレートな言葉に、杏子は頬がじわりと赤らむのを感じる。そんな様子を愛《め》でるように見つめ、雪成は甘さを滲《にじ》ませた眼差《まなざ》しで言った。

「会うたびに、触れるたびに、どんどん好きになる。こんなに可愛い人は他にいないって俺は思ってるのに――若い子とつきあえとか言うんだから、杏子さんはつれないですよね」

「……っ……」

甘ったるい言葉にたやすく動揺《どうよう》する自分が、恨《うら》めしい。彼が年下だと思うとなおさら居心地が悪く、杏子は気まずく黙りこんだ。

そんな杏子に、雪成は笑って問いかけてきた。

「俺の名前は覚えてますか？」

「……………」

本当は覚えているのに、杏子はわざと考えこむふりをする。雪成が苦笑いし、「加賀ですよ。加賀、雪成」と言った。

「俺、雨の日は絶対あのバス停にいますから、もう絶対知らんぷりしないでください」

自分の今日の振る舞いを思い出し、杏子は気まずさをおぼえる。かといって素直にうなずくこともできず、歯切れ悪く答えた。

「でも、わたし……いつもあの時間に帰るわけじゃ」

「来るまで待ってます。本当は雨じゃなくても会いたいけど、あなたがどうしてもって言うから、雨の日だけで我慢します」

そう言うと雪成は杏子の体を引き寄せ、腕の中に抱きこんでくる。素肌の感触にドキリとする杏子の髪に顔を埋め、彼は抱きしめる腕に力をこめながら言った。

「俺は毎日会いたいんですけどね。やっぱりメアドくらい、教えてくれませんか」

「駄目」

「じゃあ苗字は？」

「……嫌」

「冷たいな。……まあいいか。今日は年齢がわかったし、少しずつあなたを知っていくのも……悪くないと思えば」

どこか残念そうにため息をついた雪成は、「気長にいきます」と言って笑い、体を離した。

「家まで送っていきますから、少し待っててください」

「いいの。近いし、そんなにかからないから」

「俺が送りたいんです。すぐに服、着ますから」

「大事にしたい」という言ったとおり、彼は言葉や態度でいちいち杏子を甘やかす。初めてこの家に来た日の帰り、杏子が「バイクは少し怖い」と言うと、彼はわざわざ家の近くまで歩いて送ってくれた。

名前もアドレスも教えないと言ったのに、どこまでも優しい彼が少し気の毒になり、杏子は目を伏せる。

――必要以上に頑《かたく》なになっている自覚はあるのに、彼を前にするとなぜか意地を張ってしまい、素直になれない。そんな自分に戸惑《とまど》いながら玄関で靴を履き、杏子が雨の雫《しずく》が残る傘を手に取ったところで、服を着た雪成がリビングから出てきた。

「待たせてすみません。行きましょうか」

パンツのポケットから鍵を取り出しながら、雪成が靴を履く。彼がじっとこちらを見つめているのに気づき、杏子は不思議に思って見つめかえした。

次の瞬間、雪成が突然頭を引き寄せてくる。驚く杏子の髪に唇を押しつけ、彼はささやいた。

「帰したくないな。明日も明後日《あさって》も——雨が降ったらいいのに」

「……っ」

熱っぽいささやきに恥ずかしくなり、杏子は雪成の体を押しのけると、逃げるように玄関を出た。途端に湿気を帯《お》びた空気が火照《ほて》った頬を撫《な》で、全身が雨の匂いに包まれる。

(あ、やっぱりまだ降ってる……)

エレベーターホールの窓を伝う雨の雫を見つめ、杏子は複雑な思いにかられた。

これから本格的に梅雨《つゆ》のシーズンに入れば、しばらくはこんな天気が続くのだろうか。——雨が降れば、雪成はまたバス停で待っているのだろうか。

(明日も……明後日も？)

先ほどまでの快楽の名残《なごり》が体の奥で疼《うず》いた気がして、杏子は目を伏せる。

さまざまな感情で混沌《こんとん》とした自分の気持ちを持て余し、雨の匂いに包まれながら、物《もの》憂《う》いため息をついた。

4

五月の最後の週から天気が崩れ、しばらく雨の日が続いた。

六月の頭に梅雨入《つゆい》りが宣言されて、一週間が経つ。窓を揺らす風の音がふいに耳に飛びこんできて、杏子は薄闇の中、うつ伏せで目を覚ました。知らず眠ってしまっていた自分に気づき、ハッとする。

（いけない、わたし、どれくらい眠って――）

杏子が体を起こすと、むき出しの肩を黒髪が滑り落ちた。シングルサイズのベッドはシーツが乱れたままで、部屋の中には誰もいない。

開け放たれた寝室のドアから、暗いリビングが見える。左手奥の洗面所のほうからかすかに明かりが漏《も》れていて、杏子はこの部屋の主がシャワーを浴びに行っているのだと気づいた。

週の半《なか》ばの水曜日、早番で夕方に仕事を上がった杏子を、雪成はバス停で待っていた。それから彼の自宅にやってきて、今に至る。

部屋の薄暗さからすると、もう時刻は夜だろうか。体の奥には、つい先ほどまでの行為の余韻が重たく残っていた。

（帰らなきゃ……）

杏子がベッドで身じろぎした瞬間、シャワーを浴びた雪成が洗面所から戻ってきた。彼は杏子を見て、なぜか残念そうな顔をする。

「なんだ、起きちゃったんですか。そのまま寝っててよかったのに」

上半身裸の雪成を意識し、恥ずかしさをおぼえた杏子はさりげなく視線をそらす。そして彼に問いかけた。

「あの、わたし、どれくらい……」

「寝てた時間ですか？　三十分くらいですよ」

だとしたら今の時刻は、午後七時くらいだろうか。杏子がぼんやりそう考えていると、濡《ぬ》れ髪をタオルで拭きながら雪成がベッド縁《へり》に座る。彼はため息をついて言った。

「このまま起きないで、朝までいてくれたらよかったのにな」

雪成は腕を伸ばし、杏子の髪に触れてくる。やんわりと頭をシーツに押しつけられ、杏子は再びベッドに横たわった。寝そべった状態で髪を撫《な》でられると、その心地よさに眠気がこみ上げてくる。

雪成は杏子の髪のひと房《ふさ》をすくって笑った。

「杏子さんの髪、本当にきれいですね。いつ触ってもすべすべで、ひんやりしてて」

「地味なだけだと思うけど」

染めたことも、パーマをかけたこともないストレートの黒髪は、自分ではあまり好きではない。髪型を変えようとしたことは何度もあったが、そのたびに美容師に「もったいない」と言われ、ずっとこのままできている。

窓の外では、雨が降り続いていた。風が強くなってきているのか、雨音がいつもよりも大きく聞こえ、帰りの道のりを考えた杏子は少し憂鬱《ゆううつ》になった。――雪成とこうして会うのは、もう何度目だろう。梅雨《つゆ》入りしてからは雨の日が続き、その度に杏子は彼と逢瀬《おうせ》を重ねた。

雨の日はバス停で待つ彼と一緒にこの家に来て、抱き合う。回を重ねるごとに、雪成のやり方、そして彼の気配に少しずつ慣らされて、今日はうっかり行為のあとに眠ってしまった。

なんとなく自分の中で彼に対する警戒心が薄らいできていることに気づき、杏子は居心地の悪い気持ちになる。ベッドに顔を伏せて髪を撫でられているとまた眠ってしまいそうで、杏子はポツリと言った。

「……わたし、もう帰らなくちゃ」

「泊まっていったらどうですか？　外は風が強くなってきてるし、帰るの大変じゃないですか」

「送ってくれなくて大丈夫。一人で帰れるから」

「一人で帰すなんて、そんなことできませんよ」

雪成はうつ伏せの杏子の上に屈《かが》みこみ、むき出しの肩口にキスをしてくる。肌に唇を這《は》わせながら、彼はいたずらに胸に手を回してきた。

ぼんやりと寝室の中を眺めていた杏子は、ふと壁際の大きな本棚に目を留めて雪成に尋ねた。

「本の数、すごい。好きなの？」

「俺、活字中毒なんで。どんなジャンルでも読みますよ」

確かに本棚の中身は、ハードカバーから文庫本、ムック本など、仕様も内容も多岐に亘っている。前に見たタイトルを思い出し、杏子は問いかけた。

「『カラーコーディネーター三級』は……」

「ああ、あれですか？」

雪成は起き上がり、本棚に歩み寄る。そして先日読んでいたテキストを持ってきた。

「仕事で使う資格なの？」

杏子が何気なく聞くと、テキストをパラパラとめくっていた雪成がうれしそうに笑う。

「――少しは俺に、興味が湧いてきました？」

唐突にそんなことを聞かれ、杏子は答えに詰まった。

うっかり質問してしまったが、自分が彼に興味を持っていると思われるのは、なんだか癪《しゃく》だ。杏子は素っ気なく答えた。

「別に、そんなことないけど」

「仕事にカラーコーディネートは関係ありませんよ。実は資格マニアなんです、俺」

「……資格マニア?」

　思いがけない彼の言葉に、杏子は目を丸くする。雪成は笑って言った。

「学生時代に取りはじめたら、その達成感になんだかはまっちゃって。いろいろ持ってますよ。普通自動車免許、大型二輪、日商簿記二級、ビジネス実務法務検定三級……あとは第二種電気工事士と――ああ、食生活アドバイザーもあります。それから、仕事に関係しているのもいくつか」

　杏子は彼の持つ資格の数に驚いた。資格をひとつ取るにもおそらくかなり勉強しなければならず、時間も手間もかかるだろう。一体どんな職業に就《つ》いているのかという疑問が湧いたが、なんとなく彼に聞くのは気が引けた。

　雪成はテキストを置くと、杏子に言った。

「今やっている仕事は、国家資格が必要なものです。興味ありますか?」

「別に、興味なんか……」

　ついそんなふうに答える杏子に、雪成は笑って言った。

「そんなこと言わないで、想像してみてください。国家資格がないと就けなくて、人に接する仕事です。わりと肉体労働かな、結構重いものを抱えたりしますから。俺の場合は基本、仕事中はずっと喋ってますけど、そこは人によるかもしれないですね。デスクワークも少しあります。土日祝日は休みで夕方に終わり、残業は滅多《めった》にない――なんだと思います？」

「――――」

国家資格を要する、肉体労働でずっと喋る仕事。

（なんだろう……人に接する……教師、とか？）

でも教師なら、きっとあんなに早く帰れはしないはずだ。そう考えこむ杏子に、雪成は笑った。

「これは宿題にしますから、次に会うときまでに考えておいてくださいね」

「だから別に、わたしは――」

「杏子さんが俺のことをあれこれ想像してくれてると思うだけで、すっごくうれしいです。仕事中にニヤニヤしちゃうかも」

素っ気ないこちらの態度にめげず、雪成はどこまでもポジティブだ。彼の素直さを見るにつけ、条件反射のように可愛くないことを言ってしまう自分を意識し、杏子の中にモヤモヤとした気持ちがこみ上げる。

身を屈《かが》めた雪成が、杏子の背中を抱きすくめてくる。肌に触れる彼の濡《ぬ》れ髪が、少し冷たかった。耳にキスをされてくすぐったさを感じた瞬間、雪成が言う。

「――泊まれないなら、もう一回していいですか」

「でもわたし、もう帰らないと……」

「風がすごいし、歩いて帰るのは大変ですよ。あとでタクシーで送りますから」

背中に感じる彼の重みと、耳元でささやかれる声に、杏子の背筋をゾクリとした感覚が走る。「それに」、と雪成がつけ足した。

「さっきは後ろからだったから……今度は顔を見てしたいです」

つい先ほどさんざん乱されたことを思い出し、杏子は頬が熱くなるのを感じる。体の深いところがじんと疼《うず》き、潤《うる》み出すのを感じた。

仰向《あおむ》けにされ、唇を塞《ふさ》がれると、もう拒めなかった。窓をガタガタ揺らす強い風の音を聞きながら、肌に触れる雪成の手のひらに身を委《ゆだ》ね、杏子は目を閉じた。

＊＊＊

数日後、梅雨《つゆ》の合間の青空が広がり、久しぶりに穏やかな天気になった。

午後の時間帯、杏子は来館者の質問に答え、書架の案内をしてカウンターに戻る。そこで受話器を持った同僚《どうりょう》から、「電話ですよ」と声をかけられた。

「お母さまだそうです」

「母？」

母親が職場に電話をしてくることは、滅多《めった》にない。何かあったのだろうかと考えながら、取り次いでくれた同僚に礼を言い、杏子は急いで受話器を取る。

「もしもし、お母さん？」

『あ、杏子？　ごめんね、仕事中に』

母親は杏子の住むアパートから、車で十分ほどの距離にある実家で暮らしている。三年前に父親が亡くなって以来、気ままなシングルライフを送っていた。

趣味が多く、いつもあちこちに出かけている活発な性格の持ち主だが、電話口の声は若干元気がないように感じる。杏子は不思議に思いながら問いかけた。

「どうしたの、わざわざ職場に電話してくるなんて……えっ、骨折？」

告《つ》げられた言葉に驚き、思わず大きな声が出る。

カウンターにいた同僚や来館者が驚きの視線を向けてきて、杏子は慌てて周囲に頭を下げた。そして声をひそめ、電話口で問いかける。

「骨折って……、一体どうして？」

『昼過ぎに、二階のベランダに干してたタオルケットを取りこんでたのよ。それを抱えて一階に下りようとしたら、タオルケットの端っこを踏んづけて、階段から落ちちゃってね』

――あまりの痛さにタクシーを呼び、病院に行くと、診察の結果は左足の脛骨《けいこつ》骨折。脛《すね》の太い骨を折ってしまい、手術と入院が必要なのだと母親は説明した。

杏子は動揺《どうよう》しながら言った。

「すぐ病院に行くから、待ってて。場所は？」

『あんたが働いている図書館の、すぐそば』

母親がいるという病院は、図書館から歩いて五分ほどのところだった。

（どうしよう、入院の荷物……。その前に、とりあえず話を聞きに病院に行くべき？　あ、まず課長に早退するって言わなくちゃ）

慌ただしく電話を切り、杏子はカウンターを出る。そして小走りで上司の姿を探しつつ、焦る自分の心を必死に落ち着かせようとしていた。

＊＊＊

病院は入院設備のある整形外科で、偶然にも図書館の目と鼻の先にあった。ベッド数は五十床ほどで、整形外科、リハビリテーション科、麻酔《ますい》科がある。

「髄内釘《ずいないてい》……ですか」

主治医から母親の状態について説明を受けた杏子は、聞き慣れない言葉を復唱した。

医者はレントゲンの画像を示して言った。

「ここを見ればわかるように、太い骨がポッキリ折れてるでしょう？　このズレのことを『転位』というんですが、転位が大きい場合、早く治すためには髄内釘という金属の棒を患部に挿入し、骨を固定する手術が有効なんです」

「はあ……」

聞くだけで痛くなるようなことを言われ、杏子は青ざめる。手術は三日後、入院期間は回復の様子を見ながら一カ月から一カ月半程度と告知された。

母親のいる病室に向かうと、病衣を着た彼女はベッドの上から杏子を見つめ、申し訳なさそうに笑った。

「ごめんね、迷惑かけて。わざわざ来てくれてありがとう」

「骨折だけでよかった。もし頭でも打って、誰にも気づかれなかったりしたら大変だったもの」

「そうよねえ。きっとお父さんが守ってくれたのね」

「どうせなら、骨折からも守ってほしかったわ」と冗談っぽく話す母親は、とりあえず痛み止めを処方され、手術の日を待つしかないのだという。

思ったよりも元気そうな姿に安堵《あんど》しつつ、杏子は言った。

「このあと一度家に帰って、着替えを持ってくるから待っててね。何か要《い》るものとかある?」

「あ、いいのいいの」

杏子の言葉に、母親は首を振った。

「病院の寝巻きに着替えさせてもらったし、今は全然動けないから、荷物は別に急がないわ。明日で大丈夫」

「そう?」

「でも歯ブラシだけ買ってきてくれると助かるかも。あ、あと、顔を拭くタオルもお願い」

「わかった。じゃあ、売店に行ってくるから」

病室を出た杏子は、館内の案内表示を見ながら一階の売店に向かう。

院内は清潔で明るく、先ほど見た外来の待合室は診察を待つ患者が多かった。廊下を行き来する入院患者は、老人から若い人までと様々だ。

エレベーターで階下に下り、売店のほうに向かうと、途中にガラス張りのリハビリテーション室があった。広い室内には牽引《けんいん》器具や歩行訓練用の平行棒があり、いくつかの寝台の上には患者が寝そべって関節のストレッチを受けている。

ふと、その中の一人が杏子の目に留まった。

患者ではなく、ケーシー白衣を着た背の高い男は、マスクで口元を隠している。しかしその髪型や体型に、明らかに見覚えがあった。

（……加賀くん？）

二十代くらいの若い女性に、にこやかに話しかけながら膝の曲げ伸ばしを手伝っているのは、どう見ても雪成だ。

ちょうどリハビリのメニューが終わったらしく、女性患者が寝台から起き上がる。松《まつ》葉杖《ばづえ》をつく女性の背中を支え、話しながらドアの外まで送りにきた雪成は、視線を感じたのかふと顔を上げた。

彼は廊下に佇《たたず》んでいた杏子を見つめ、驚いたように目を瞠《みは》る。

「……杏子さん？」

マスクを指で引き下ろした顔は、やはり雪成だ。

見慣れないケーシー姿に戸惑《とまど》いながら、杏子は黙って彼を見つめ返した。

＊　＊　＊

「どうしたんですか、こんなところで。どこか痛めましたか？」

待合ロビーの片隅の人目につきにくいところに誘われ、杏子は長椅子に座る。いきなり心配をしてきた彼に驚き、慌てて否定した。

「わたしじゃないの。母が骨折して、ここに入院することになっちゃって」

「そうですか」

ホッとした様子の雪成は、すぐに表情を曇《くも》らせる。

「お母さん、入院って――手術ですか？」

杏子が母親の怪我について説明すると、彼は言った。

「髄内釘《ずいないてい》を入れるんですか。じゃあそのあと、リハビリが必要になりますね」

「あの、加賀くんって……」

杏子は雪成の首から下げられている、IDらしき赤い紐を見つめる。彼は笑って胸ポケットにしまっていたカードケースを引っ張り出し、杏子に見せた。

「宿題にしてたのに、ばれちゃいましたね。俺は理学療法士《りがくりょうほうし》です」

聞き慣れない言葉に杏子が首をかしげると、雪成は説明した。

――理学療法士とは、身体《しんたい》の動きに不自由を抱えている患者が、「起き上がる」「立つ」「座る」「歩く」など、基本的な動作ができるようになるためにさまざまな運動をさせる、リハビリの専門家なのだという。首や腰の痛みを和《やわ》らげるために体を温めたり、マッサージを施《ほどこ》したり、器械で引っ張ったりもすると聞き、杏子は驚いた。

「……国家資格って、これだったの？」

「そうです。なんだと思ってました？」

「体育の先生かと思ったんだけど、帰りが早すぎるなって……」

杏子の答えに、雪成は微笑《ほほえ》んで言った。

「まあ、知らない人はまったく思いつかない職業ですよね。肉体労働って言ったのは、患者さんの体を支えたりするからですよ。喋るのは、コミュニケーションのためです」

雪成はロビーの壁にかけられた時計を見て、杏子に言った。

「杏子さんはこのあと、どうするんですか？」

「仕事は早退してきたから、母と少し話をして帰るけど」

「俺、もうすぐ仕事終わるんで待っててください。一緒に飯でも食いませんか」

「えっ」

突然そんなことを言われ、今まで彼の部屋以外で会ったことがなかった杏子は戸惑《とまど》う。

（……今日は雨じゃないのに）

杏子の表情を見た雪成は、苦笑いした。

「せっかく会ったんですから、雨じゃなくても大目に見てくださいよ。五時過ぎには出られるので、病院の前にいてくださいね」

「……でも」

「なるべく急いで行きますから」

そう言って話を切り上げ、雪成は立ち上がる。

「じゃあ、またあとで」

仕事中の彼をこれ以上引き止めるわけにはいかず、杏子は断りきれないまま雪成の後ろ姿を見送った。

途中、廊下の先で入院患者に話しかけられた彼は、にこやかに応じている。その姿を見つめた杏子は、ひどく動揺《どうよう》していた。

（ここの病院で働いてるなんて……）

――どうりで使うバス停が、同じなはずだ。

（じゃあこれから病院に来たら、いつも加賀くんに会っちゃうってこと？）

それは困る、と杏子は思う。

母親と一緒にいるときに万が一雪成に会ってしまったら、一体どんな顔をすればいいのだろう。普通につきあっているカップルなら別にかまわないのだろうが、自分たちの関係はそういったものではない。「体だけ」という関係上、下手に母親の前で友人だとも言いづらかった。

遠ざかる雪成の背中を見つめた杏子の中に、ふと罪悪感がこみ上げる。

――自分はたぶん、とてもひどいことをしている。彼の好意に胡坐《あぐら》をかき、言葉や態度で甘やかされるのを享受《きょうじゅ》しているくせに、恋愛する気にはなれない。

（わたしって、ずるい……）

午後五時までは、あと十五分ほどだった。売店で歯ブラシとフェイスタオルを買った杏子は、エレベーターに乗りこんでボタンを押し、憂鬱《ゆううつ》な気持ちでため息をつく。

このあと、どんな顔をして雪成に会えばいいのか、わからなかった。

5

翌週の火曜の午後、来館者はあまり多くはなく、仕事が一段落した杏子は返却図書の整理をしていた。

カラカラと小さな音を立てるワゴンを押して、薄暗い書架のあいだに入る。返却図書の背表紙を確認して棚に戻し、杏子はふと窓の外に目を向けた。

外はよく晴れていて、その明るさとのコントラストで、館内はより暗く見える。眩《まぶ》しさに目を細め、杏子はしばらくぼんやりと窓の外を眺めた。

（いい天気……）

ワゴンを押して医学の専門書のコーナーに差しかかったところで、杏子は寄り道をした。

「理学療法士《りがくりょうほうし》　運動学の理論と実技」という本を何気なく手に取り、パラパラとめくる。だが内容は、さっぱりわからない。今までまったく縁のなかった業種の本を手に取ったのは、雪成の職業を知ったせいだ。

――母親が骨折で入院した日、病院で偶然雪成に会った杏子は、彼に食事に誘われた。

連れて行かれたのはイタリアンダイニングで、雪成はずっと話し続けて杏子を飽きさせなかった。

『資格の取得は、はっきり言って趣味です。仕事にはほとんど関係ないので』

彼はそう言って笑った。

『仕事に関係があるのは、福祉住環境コーディネーターかな。これは二級と一級を持ってます。あとは健康運動指導士ですね。呼吸療法認定士とケアマネージャーは、実務年数の関係でこれから取る予定なんですけど』

『……そうなの』

すでにそんなに持っているのに、まだ取る気なのだろうか。お金も勉強する時間もかかるに違いないのにと、杏子はただ感心してしまった。

『理学療法士《りがくりょうほうし》になるために、どんな勉強をしたの？』

何気なく問いかけた杏子に、雪成は丁寧に答えた。

『保健生理学、運動学、リハビリテーション解剖学《かいぼう》……あとは一般臨床《りんしょう》医学とか、運動器障害学、ですかね。俺は医学部の保健学科に、四年通いました』

理学療法士になるためには、短大や専門学校、大学で、三年以上の勉強が必要だという。彼の通った大学の名前を聞き、杏子は驚いた。

『H大って、このあたりでは一番いいランクじゃない？』

『近いところがよかったんです。実家から通いたかったので』

雪成はあっさり答えたが、「近いから」という理由だけでやすやすと入れる学校ではない。資格の話といい、今風の見た目から感じる軽めの印象に反して、彼が真面目な性分らしいのが杏子には意外だった。

『あ、次は何を飲みますか？』

杏子のワイングラスが空《あ》いたのを見て、雪成がそう聞いてくる。杏子がメニューブックを見て注文すると、彼は驚いた顔で言った。

『杏子さんって、辛口が好きなんですね。ちょっと意外だな。結構飲めるほうなんですか？』

『……………』

実は杏子は、かなりの酒豪《しゅごう》だ。一人でワインを一本空けるのは当たり前で、普段は家で焼酎《しょうちゅう》をよく飲む。しかもまったく顔色が変わらず、親や友人からはザルと言われているレベルだが、そんなことを雪成に教えるのは気が進まなかった。

本当はちまちまグラスで頼むのも、性に合わない。しかし言い出せずに黙りこむと、雪成が噴き出して言った。

『全然そんなふうには見えないので、びっくりしました。けど、お酒飲めるのはいいですね。俺も結構好きですから、今度は日本酒の店に行きましょうか』

（日本酒か……いいな）

そう思いかけ、杏子はハッとして視線をそらす。

（今度なんて、もうないんだから）

今回のことは、まったくのイレギュラーだ。たまたまバス停以外の場所で顔を合わせてしまったため、なし崩しに食事に来てしまったが、本来自分たちはそういったつきあいではない。

でも、と心に何か引っかかった。

（わたしたちのつきあいって……そもそもなんだっけ）

ふとそんな疑問が心に浮かんで、杏子は戸惑《とまど》う。

いつのまにか雪成と会うのが当たり前になって、抵抗がなくなっていた。彼の手にも匂いにも慣れ、気づけば言葉や態度で甘やかされることも、受け入れていた。

会えば必ず、雪成は「好きです」と言ってくる。当初あれほど自分を苛立《いらだ》たせたその言葉が、今はさほど嫌ではないことに気づき、杏子は困惑した。

（……恋愛なんてしたくないって、思ってたはずなのに）

その日の帰り道、杏子は雪成の家に誘われたものの、「実家に行って、母親の入院用の荷物を準備するから」と言って断った。

彼と食事をした三日後、母親の手術は思ったより短時間で終わった。病院内で雪成に会わないよう、細心の注意を払ったことが功《こう》を奏《そう》しているのか、杏子は食事をした日以降、彼に会っていない。

長く続いていた雨はすっかりやみ、ここ数日は穏やかな天気が続いていた。そして今日も外は晴れて、いい天気だ。雨が降る気配はまったくない。

(このままずーっと天気がよくて、加賀くんに会わないっていう展開は……、ないか)

杏子はため息をついた。そう大きくない病院だ。母親に会いに行けば、きっといつか彼に出くわしてしまうに違いない。

杏子の中には、雪成と会うことに対するためらいが生まれていた。「今は恋愛する気はない」と言った言葉に、嘘はない。誰かに心を許してまた裏切られるのは、もう嫌だった。切り捨てられるくらいなら、いっそずっと一人でいたほうがいいと思う。

(……でも)

雪成と食事に行ったのは、意外にも楽しかった。そして楽しかったことに、戸惑いをおぼえている。

恋愛感情が伴わない関係のはずなのに、気づけば思わぬところまで彼の存在が入りこんできていて、杏子は焦りにも似た気持ちを抱いていた。言葉にできない居心地の悪さが心の内側をチリチリと焼き、何をしていても落ち着かない。

今日は母親の主治医と、面談の予定がある。むこうの都合で午後四時に来てほしいといわれ、杏子は仕事を早退して病院に行くことになっていた。

母親が心配なのに、雪成に会うかもしれないと思うと、途端に行きたくない気持ちがこみ上げる。そんな自分が嫌になり、杏子はワゴンを押しながら、もう何度目かわからない重いため息をついた。

＊＊＊

「昨日の髄内釘《ずいないてい》の手術は、滞《とどこお》りなく終わりました。骨の中に棒を入れて、四本のネジで固定した形ですね。しばらくは痛みも強いと思いますが、徐々《じょじょ》にリハビリも開始しますから、そのつもりで」

見せられたレントゲンの画像では、人工物が骨に入っているのが明らかにわかる。思ったよりも太いその棒に、杏子は驚いた。

（……こんなのが入っちゃうのね）

画像を見て少し怖くなりながら、杏子は診察室を出る。

看護師から頼まれた入院の書類に記入をし、杏子はエレベーターで二階の病室に向かった。母親はベッドの上に横たわっており、少し顔色が悪かった。

「大丈夫？　昨夜はちゃんと眠れた？」

「大丈夫じゃないわよ。もう、痛くて痛くて……ほんっと、痛いなんてもんじゃないんだから」

「術後はしばらく痛みが続く」と主治医が言っていたが、母親は相当つらそうに見える。先ほど見たレントゲンの画像から、「確かにあんなものが入っていたら痛いだろうな」と想像しつつ、杏子はベッドの横に座ってなだめるように母親の手に触れた。

「食べたいものがあったら買ってくるけど、何がいい？　あ、本が読みたいなら持ってこようか。うちの図書館から借りてきてもいいし」

「そうね。まだ自分じゃ動けないし、退屈だから何か持ってきてもらおうかしら」

「週刊誌とか」と笑って言われ、想像していたものと違う答えに杏子は呆れる。

ゴシップ好きの母親はテレビや週刊誌ばかり見て、活字は滅多《めった》に読まない。しかも雑誌の最新号は利用の要望が高いため、館内閲覧《えつらん》のみで貸し出しはしていなかった。

（仕方ない……読みたいって言うなら、売店で買ってこようかな）

一カ月の入院は長いため、なるべく退屈しないようにいろいろ考えたほうがいいかもしれない。そう思っていると、突然背後のカーテン越しに声をかけられた。

「失礼します。――佐伯明子《さえきあきこ》さん？」

「はい」

廊下から入ってきた人物に呼ばれ、母親が返事をする。何気なく振り向いた杏子は、そこに思わぬ人物を見つけ、驚いた。

　ケーシー姿の雪成が、カルテを手に立っていた。

「理学療法士《りがくりょうほうし》の加賀です。佐伯さん、昨日は手術、大変でしたね。お疲れさまでした。痛みはどうですか？」

「もうね、痛くて痛くて、全然寝れないくらい」

「そうですよね。しばらく痛みは続くと思います。もしどうしても我慢できない場合は、看護師に言ってください。痛み止めのお薬を出せますので。……それで、リハビリを開始したいと思ってるんですが」

「えっ、もう？」

　母親が驚いて聞くと、雪成は穏やかに笑って答えた。

「様子を見て、今週の後半くらいからですね。なるべく早く元通りに歩けるように、毎日少しずつ進めていきますから、一緒にがんばりましょう」

「……あなたが担当してくださるの？」

「はい、そうです」

「まあ、うれしい。イケメンさんじゃないの。ねっ、杏子」

「えっ……う、うん」

　頬を染めた母親に突然話を振られ、杏子はぎこちなく答える。

じんわりと嫌な汗が出ていた。そんな杏子にチラリと視線を向け、雪成が母親ににこやかに問いかける。

「娘さんですか？」

「そうなの、この近くの図書館に勤めていて――」

「ちょっ、お母さん……！」

慌てて母親を制止しようとすると、雪成は杏子に向かって微笑《ほほえ》んで言った。

「初めまして、娘さん。これから佐伯さんの担当をさせていただきますので、よろしくお願いします」

「あ、いえ……こちらこそ。母をよろしくお願いします」

（どうして……）

病院の待合ロビーには、理学療法士は六名いると書いてあった。よりによって彼が母親の担当になるなど、これから一体どんな顔をして病院に来ればいいかわからない。

「それじゃあ失礼します」と頭を下げ、雪成が病室を出ていく。彼の後ろ姿を見送った母親は、興奮した面持《おもも》ちで言った。

「ちょっと見た？　すっごいかっこよかったわよ、さっきのリハビリの先生。リハビリするのは正直怖いけど、あの人が担当ならがんばれそう。私、ラッキーよね」

「……………」

「ちょっと楽しみになってきちゃった」とはしゃぐ母親を、杏子は呆れて見つめる。

彼女は元々、かなりの面食いだ。普段あまりテレビを見ない杏子と違い、母親は流行の芸能人に詳しい。そんな彼女は、どうやら一目で雪成を気に入ってしまったらしい。

(どうしよう……)

なし崩しに彼に苗字と職業を知られてしまい、杏子の心に危機感ばかりが募《つの》る。

本当は彼に、自分のことをこれ以上知られたくない。——踏みこまれたくない。

そんな臆病な考えが心の中を占めて、気持ちが鬱々《うつうつ》とした。杏子は母親に「用事があるから」と適当な理由を伝え、帰ることにする。

暗い気持ちで病室を出て、エレベーターで一階に下りた。出入口に向かって歩き出したところで、突然後ろから声をかけられる。

「——佐伯さん」

驚いて振り向くと、雪成が人気《ひとけ》のない廊下の先に立っていた。苗字を呼ばれた杏子は、顔を強張《こわば》らせる。こちらに歩み寄ってきた彼は、そんな杏子とは反対にニッコリ笑って言った。

「そんな顔しないでください。ちゃんとお母さんの前では、『初めまして』って挨拶《あいさつ》しましたよね?」

「……どういうつもりなの」

「お母さんの担当になったことですか？　偶然、って言いたいところですが、もちろんわざとですよ」

　抜け抜けとそんなことを言う雪成に、杏子は一瞬呆気《あっけ》に取られる。やがてじわじわと怒りがこみ上げてきた。

（何なの、それ……人の気も知らないで）

　ムッとする杏子の前で、雪成が微笑《ほほえ》んで言葉を続けた。

「杏子さんのお母さんだってわかったので、担当にしてもらったんです。もちろん周りには理由を言ってませんけど」

　こみ上げる怒りをぐっと抑え、杏子は無言で踵《きびす》を返す。その手首を、雪成が背後からつかんできた。

「待ってください」

「やめて、こんなところで……離して」

「見られてもいいですよ。俺は別に、周りに隠す理由は何もないので」

「……っ」

（……何を言ってるの）

　特定の患者の家族と過剰に親しくすれば、周囲からよからぬ誤解を招くのは容易に想像がつく。

そう考えて彼を睨《にら》むと、雪成は笑みを消して真顔になった。ドキリとする杏子をじっと見つめたあと、彼は低い声で言った。

「――せっかくあなたに踏みこむチャンスなんだから、俺は最大限に利用しますよ。形《なり》振《ふ》りかまわずあなたの気を引きたいって、前に言いましたよね？」

普段と雰囲気の違う雪成に動揺《どうよう》し、杏子は言葉を失くす。

雪成はつかんでいた手を離して、表情を和《やわ》らげた。そして杏子を見下ろし、何かを言いかける。

「杏子さん、俺は……」

「ごめんなさい、帰るから」

短く言い捨てて、杏子は足早にロビーを出た。

追いかけてこようとした雪成だったが、廊下に出てきた病院スタッフに呼ばれて二の足を踏む。それをチラリと見た杏子は、急いで自動ドアをくぐり、外に出た。

小走りでバス停に向かいつつ、先ほどの雪成の表情を思い出す。――あんな顔の彼は、初めて見た。いつもニコニコとして愛想がいい雪成の、素の表情を垣間見たような気がして、杏子は動揺を持て余す。

同時に彼が言った言葉の内容を思い出し、杏子の心がズキリと疼《うず》いた。

――胸を占めるのは、罪悪感だろうか。何度も雪成に会って抱き合いつつ、それでも煮え切らない自分の態度を、改めて突きつけられた気がした。

「気長に待つ」と言ってくれた彼だが、やはり焦《じ》れていた部分もあったのかもしれない。優しくされることに慣れていた自分の身勝手さを、杏子は唐突に自覚した。

（わたし……やっぱりすごく、無神経だったのかも）

杏子は歩きながら、「きっと自分は、雪成の好意に甘えすぎていたのだ」と思った。心を預けられないのなら、安易につきあったりするべきではなかった。突然こんなふうに踏みこまれても、結局は逃げ出すことしかできない。ならばもっとちゃんと、彼について真剣に考えるべきだった。

病院から数分歩き、バス停に着く。杏子はそっと背後を振り返った。雪成が追いかけてきていないことに安堵《あんど》したものの、なぜか後ろ髪を引かれるような気持ちも心にある。

彼が来ないのは、当たり前だ。まだ仕事をしている時間帯で、しかも先ほどスタッフに呼ばれていた。それなのに、どこかがっかりしている自分がいるのを感じ、杏子は複雑な気持ちになる。

（追いかけられたいなんて……わたし、何考えてるの）

雪成が母親のリハビリ担当になったと知ったとき、突然自分のテリトリーに踏みこまれた気がして、焦りがこみ上げた。抱き合うことに慣れても、自分の個人的な部分には触れられたくはない。「そこまで気を許したくない」という思いが、頑《かたく》なまでに杏子の心にある。

しかし一方で、彼の好意がまだこちらに向いていることを確かめたい気持ちもある——そんな身勝手な考えに気づき、ヒヤリとした。

ちょうどやってきたバスに乗りこみ、走り出した車内から外を見つめた杏子は、千々《ちぢ》に乱れる心を持て余す。

自分の気持ちが、わからない。恋愛はしたくないはずなのに、雪成の関心は繋ぎ止めたいと思っているのは、一体どういうことなのだろう。

次の雨の日に彼に会うことを思うと、憂鬱《ゆううつ》な気持ちになる。バスに揺られながらやるせなくため息をつき、杏子は足元にじっと視線を落とした。

6

六月が終わるまでまだ一週間ほどあるが、ここ最近は晴れて気温が高く、夏を思わせる日が続いている。

「ちょっと〜、本当にヤバいのよ。もうね、私、年甲斐《としがい》もなく惚《ほ》れちゃいそう」

平日の午後六時前、病院を訪れた杏子に、少し興奮気味の母親が言う。

話題は、彼女のリハビリを担当している雪成のことだ。数日前からリハビリを開始した母親は、頬を染めながら言った。

「もう、とにかく優しいのよね。喋るときは必ずしゃがんで下から覗きこんでくるんだけど、リハビリの最中も、『痛くないですか』『もう少しがんばりましょうね』『安心して全部預けて大丈夫ですよ』とか、声をかけながら背中を支えてくれたり——赤くなりっぱなしよ、ほんとに」

うっとりと語る母親から、杏子は気まずく視線をそらす。そんな杏子の様子にはまったく気づかず、彼女は話を続けた。

「それにしっかりした男っぽい腕とかを、間近で見てごらんなさいよ。もう！　もうね……！　女は誰でもイチコロよね。こんなおばさんでも、ときめいちゃうんだから」

興奮している母親の年齢は、六十歳だ。リハビリは痛みがあって結構つらいらしいが、どうやら彼女はすっかり雪成のファンになってしまったらしい。

この、なんともいえない居心地の悪さはどうしたものだろうと杏子は考える。自分以外の人間、ましてや母親から雪成の話を聞くと、いたたまれなくてどんな顔をしていいかわからない。

先ほど聞いた台詞《せりふ》をつい彼の声で脳内再生してしまい、杏子の頬がじわりと熱を帯《お》びた。リハビリ中とはいえそんなことを言われたら、母のような年代の女性でもうっとりしてしまうものなのだろうか。

そう思う杏子をよそに、母親の話は続いた。

「他の患者さんに聞いたんだけどね、理学療法士《りがくりょうほうし》ってすごーくもてるらしいわよ。とにかく優しくしてくれるし、気遣ってくれるし、体に触られるわけだしね。若い子なんかすぐに夢中になって、メアド書いたお手紙を渡したりするらしいわ」

「……そうなの」

そんなにもてるのか――と杏子は少しモヤモヤする。そういえば以前見かけたときも、若い女性患者がキラキラした目で雪成を見ていた。

「あらー、佐伯さん、楽しそうですねえ」

ふいにカーテンがめくられ、若い女性看護師が覗きこんでくる。

大きな瞳が印象的な彼女は松永《まつなが》といい、母親の病室の担当をしている看護師だった。同室の他の患者に用事があって来たところ、話し声に気づいて顔を出したらしい。

「まーた加賀さんのお話ですか？　佐伯さんはほんとにお若いですよねえ」

松永は二十三歳の若い看護師で、身長は百五十センチを少し超えるくらいしかない。ぱっちりした大きな目と小柄ながらめりはりのある体型の持ち主で、可愛らしい顔立ちということもあり、女子力の高そうなタイプに見えた。

「あら、そんなに先生の話ばかりしてる？　でもせっかくリハビリするなら、素敵な人が担当のほうがいいじゃない？」

母親の言葉に、松永が「ですよね～」と答え、クスクス笑う。彼女は杏子に視線を向け、笑って言った。

「楽しいお母さまですね？」

「……すみません、騒がしくて」

「いいえー、元気なのは何よりですよ」

「じゃあ失礼しまーす」と挨拶《あいさつ》して、松永が去っていく。足音が聞こえなくなると、閉まったカーテンを見つめていた母親が声をひそめて言った。

「松永さんもね、実は加賀先生を狙ってるんじゃないかなーって思うのよね」

「えっ?」

唐突な発言に、杏子は驚く。母親が言った。

「よく廊下で、加賀先生に話しかけてる松永さんを見るのよ。そりゃあ仕事の話もあるんでしょうけど、かなり頻繁《ひんぱん》に見かけるし。何よりそのときの松永さんの様子を見てるとね、ああ、狙ってるのかなーって感じ」

「そ、そう……」

松永の顔を思い浮かべ、杏子はぎこちなく返事をする。雪成がもてるということはなんとなく納得できるが、患者だけではなく同僚《どうりょう》の看護師までもと聞くと、複雑な気持ちになった。

(そんなに出会いがあるのに……なんで加賀くんは、わたしなんかがいいんだろ)

このあいだ病院のロビーで別れて以来、杏子は雪成に会っていない。最近はずっと晴れた日が続いていて、先日の気まずさもあり、杏子は母親の見舞いで病院に来るときはわざと彼の終業時間後に来るようにしていた。

(馬鹿みたい……わたし、コソコソしたりして)

そのくせこうして母親から彼のことを聞き、モヤモヤしているのだから、つくづく自分がわからない。

「あ、そうだ、なんだか明日からお天気が荒れるって言ってたわよ」

「そうなの？」

その言葉にドキリとして、杏子は母親を見る。今日、病院に来るときも確かに風が強かったが、明日は雨になるのだろうか。

(雨が降ったら……加賀くんに会っちゃう)

そんな杏子の動揺《どうよう》をよそに、母親は杏子が持ってきたプリンを食べながら言った。

「明日は特に、夜にかけて雨風が強いんですって。だからあんた、無理してお見舞いに来なくていいわ。晴れてお天気が回復したら来て」

「……うん、わかった」

＊＊＊

母親の言うとおり、次の日は荒天になった。朝から風が強く吹き荒れ、断続的に雨が降っている。おかげで図書館はいつもに比べて来館者も少なく、館内は閑散《かんさん》としていた。

午後になって、同僚の女性が窓の外を見てため息をついた。

「ひどい天気ねー。せめて風がなきゃいいのに」

「……そうですね」

杏子はぼんやりと窓を見つめる。

――今日は雨が降っている。風が強くても、雪成はバス停で待つつもりなのだろうか。

(わたし、今日は遅番なんだけど……)

「雨の日は必ずバス停にいる」、と彼は言っていた。なんとなく顔を合わせづらく、病院では会わないように気をつけていたが、自分から「雨の日なら会う」という条件を出した以上、無視はできない。

杏子の仕事が終わるのは、午後八時過ぎだ。彼の仕事の終業は午後五時だから、だいぶ待つことになる。

これまでは会ったとき、その週の遅番の日を伝えていた。しかし最近は会う機会がなかったため、雪成は杏子が今日遅番だと知らない。そのことがずっと、頭のすみに引っかかっていた。

(いつも早く終わるわけじゃないって……加賀くんもわかってると思うけど)

電話番号を交換していないため、こういうとき彼に連絡する術《すべ》がない。

午後五時を過ぎ、杏子は落ち着かない気持ちで窓の外を見つめた。雨足は強まり、窓に叩きつけられる雨粒が、激しく音を立てている。

(どうしよう……)

来館者に呼ばれて対応しているときも、パソコンに向かって仕事をしているときも、杏子はそわそわとして仕事に集中できなかった。

時刻が六時になったとき、一向にやまない雨に耐え切れなくなった杏子は、席を立つ。同僚《どうりょう》に少し席をはずす旨を伝え、傘を片手に図書館の外に出た。

叩きつけるような雨が地面から跳ね返り、すぐに足元がびしょ濡《ぬ》れになった。駐車場を突っ切り、杏子が早足で歩道に出ると、黒い傘を差した雪成がバス停に佇《たたず》んでいるのが見えた。

（――いた）

急いで駆け寄り、杏子は彼の腕をつかむ。雪成が驚いた顔で杏子を見た。

「……杏子さん」

「こっち、来て」

雪成の手を引っ張り、杏子は図書館に戻る。エントランスで傘をたたみ、雨で濡れてしまった彼の服をハンカチで叩くように拭きながら、杏子は視線を合わせずに早口で言った。

「わたし、今日は遅番なの。八時まで仕事だから、館内で待ってて」

自分をじっと見下ろす雪成の視線を、杏子は痛いほど意識していた。

――本当は自分のテリトリーに、彼を入れたくはない。だがこんな嵐の中、何時間も自分を待っている雪成を放置することは、杏子にはどうしてもできなかった。

「いいんですか？」

「……話しかけなければね」

じわじわと恥ずかしさをおぼえ、目を合わせないまま先に館内に入った杏子の背後で、雪成が微笑《ほほえ》んだような気がした。カウンターに戻った杏子は、パソコンに向かって目を伏せる。踏みこまれたくなくて彼から逃げていたくせに、自分から職場に入れてしまったことに、正直まだためらいがあった。

（……でも）

彼の好意に胡坐《あぐら》をかき、振り回してしまっている負《お》い目を、杏子は強く感じていた。それ以上は考えたくなくて、仕事に没頭する。雪成の気配を気にしないでおこうと思うのに、気づけばフロアに目をやってしまいそうになり、そんな衝動《しょうどう》を抑えこむのに苦労した。

閉館までのあいだ、杏子は落ち着かない気持ちで仕事を続けた。

＊＊＊

午後八時に図書館が閉館し、杏子は約十分後に外に出た。

風はまだ強いものの、雨はだいぶ弱くなっている。ただ、天気予報では夜のあいだも荒れると言っていたため、これからまだ雨が降るのかもしれない。

図書館の敷地の外、いつものバス停の横で待っていた雪成は、バスで帰るのかと思いきやタクシーを拾った。走り出した車内では互いに無言で、沈黙に気まずさを感じているうち、タクシーは彼の自宅マンションに着く。

エレベーターで三階に上がり、雪成が鍵を開けた玄関に、杏子は遠慮がちに足を踏み入れた。

入った瞬間、突然背後から雪成に腕をつかまれて体を引き寄せられ、驚きに息をのむ。

「……っ」

暗い玄関の中、痛いくらいの強さで抱きしめられる。杏子の耳元で、彼がささやいた。

「――会いたかった」

抱きしめられたまま、杏子は息をひそめて彼の声を聞く。雪成が言った。

「ひょっとしたら今日は、杏子さんは来ないんじゃないかと思ってたんです。……先日の件があったので」

杏子が目を瞠《みは》ると、彼が頭の上で苦笑する気配がした。

「なんとなく、避けられてるんだろうなって感じてましたから。休みの日も含めてほぼ毎日来てるってお母さんが言ってましたけど、俺とは院内で全然会わなかったですもんね」

雪成の言うとおり、意図的に彼を避けていた杏子は、何も言えずに黙りこむ。雪成は杏子の体を抱きしめ、言葉を続けた。

「このあいだ言ったことであなたを追いつめてしまったのなら、俺のせいですね。あなたは、追えば……逃げるんだ」

雪成のつぶやきに、杏子は苦しくなる。

確かにここ数日、彼に会いたくなくて逃げ回っていたが、そもそも雪成の態度に甘えてしまっていたのはこちらだ。気持ちをやれないことで傷つけることはわかっていたのだから、本当は彼の誘いに乗るべきではなかった。――体だけのつきあいなど、するべきではなかったのだ。

「……でも」

ふと声を低くして、雪成は言った。

「あのとき言ったことは嘘じゃないです。俺は形振《なりふ》りかまわず、杏子さんが欲しい」

いつもとは違う低い雪成の声音に、杏子はドキリとした。彼の胸に頬を押しつけられているせいで、その声がダイレクトに耳に響く。

雪成が自嘲《じちょう》したように小さく笑った。

「待つつもりでいたのに――体だけでもいいと思って手に入れたのに、気づけばもっと欲しくなってる。杏子さんの全部を俺のものにするにはどうしたらいいか、そんなことばかり考えてるんです。思わず公私混同するくらいに」

おそらくそれは、母親のリハビリ担当のことを言っているのだろう。雪成は杏子を抱く腕により強く力をこめて、ささやいた。

「あなたが好きです。気持ちも体も……本当は全部欲しい」

雪成の声が孕《はら》む熱情に、杏子の心が疼《うず》く。

最初の頃のように、その言葉に苛立《いらだ》ちは感じない。ただそれとは違う感情に乱されそうで、杏子は不安になった。

(もう……終わりにしたほうがいいのかも)

ふいにポツリと、そんな考えが浮かんだ。

これ以上、雪成に甘えるわけにはいかない。優しい手や言葉に甘やかされることがいつしか心地よくなり、彼の関心が自分にあることに安心する気持ちも、確かにあった。

だがそれは、「恋」じゃないと杏子は思う。自分の中にあるのはただの利己的な欲求で、雪成が求めるように心を明け渡すことなどできない。踏みこまれたくないという思いが強く、追われればつい逃げてしまう。

——彼と、正面から向き合う勇気がないのだ。

「杏子さんは、何が引っかかってるんですか？　一体どうしたら……俺の気持ちを信じてくれるんですか」

雪成の問いかけに、杏子は視線を泳がせる。心に迷いが渦巻《うずま》き、気づいたら言葉が口を突いて出ていた。

「いつまでも、わたしのことなんてかまってないで――加賀くんは他の人と恋愛したほうがいいと思う」

杏子を抱く雪成の腕が、ピクリと動く。彼は静かな声で問い返してきた。

「……どうしてです？」

「わたしはあなたを、好きにならないから」

はっきり言葉に出すと、なぜか心がズキリと痛んだ。

あえてそれには気づかないふりをして、杏子は言葉を続ける。

「わたし、誰かに裏切られることが……もう嫌なの。好意を向けられても、それを信じることができない。加賀くんがどんなに想ってくれても、どうしようもないの」

――孝一にされたことは、まだ「過去の話」になっていない。思い出すたび、まるで自分の存在が全部否定されてしまったような寄る辺《べ》のなさに襲われ、杏子は苦しくなる。あんな気持ちをまた味わうなら、もう誰のことも好きになりたくはなかった。

「……あなたは何もわかってないんですね」

ささやかれた声の響きに、杏子はドキリとした。雪成は杏子をじっと見下ろしながら言った。

「俺がどれほど、杏子さんを欲しがってるか。こんなにも焦《じ》らして気持ちをくれない相手は、あなたが初めてです。だからかな……何がなんでも欲しいと思うのは」

口調は穏やかなのに、その声は怖いくらいに真剣だった。

呑まれたように目をそらすことができない杏子に、やがて雪成は「ああ、そうか」と言って、ニッコリ笑った。

「気持ちが信じられないとあなたは言ったけど、なら信じさせてあげればいいんですよね？」

「えっ？」

「俺がどれだけ杏子さんに執着《しゅうちゃく》してるか、わからせてあげますよ」

「ベッドで」、と続ける雪成を、杏子は呆然と見つめた。

＊　＊　＊

「……は……っ……あっ、……やっ……」

薄暗い寝室には、蒸れた空気が満ちている。外は再び嵐になり、窓を叩きつける雨は激しさを増したようだった。

しかし杏子には、その音を気にする余裕《よゆう》がない。ベッドの上で屈《かが》みこんだ雪成に、もう長いこと喘《あえ》がされ続けている。

「んっ……は、ぁっ……」

音を立てて脚のあいだを舐《な》められ、杏子は耳を塞《ふさ》ぎたい気持ちで身を捩《よじ》る。

溢《あふ》れる蜜を舐め取った雪成は、花芯《かしん》を吸い上げながら中にゆっくり指を挿《い》れてきた。潤《うる》んで熱を持った内部は、奥へ進む指を勝手に締めつける。杏子は声を漏《も》らすまいと息を詰めた。

「……っ……ふ、っん……」

秘所を舐められることは、恥ずかしくてもどかしい。杏子の眦《まなじり》に浮かんだ涙を、体を起こした雪成がそっと唇で吸い取った。相変わらず中に挿れたままの指で奥を探りながら、雪成は杏子の顔をじっと見下ろす。

「ぁっ……！」

中に挿れる指を増やされて、杏子の体がビクリと跳ねた。奥に到達した指が敏感な部分に触れ、杏子は雪成の二の腕をつかみ、声を上げる。

「んっ……や、だめ……っ……」

「……ここですか？　ああ……触るだけでどんどん溢れてきますね。すごいな」

「ぁっ、ぁっ……ぅっ、ん……」

根元まで指を埋められて奥で動かされると、じんとした甘い愉悦《ゆえつ》が広がる。反応するところばかりを嬲《なぶ》る指に、杏子はすぐに追いつめられた。

「やっ、待って、あっ……」

「ビクビクしてる。いいですよ、達《い》って——ほら」

「あっ、はぁっ、……ぁっ……！」

奥を抉《えぐ》るのと同時に花芯を弾《はじ》かれ、杏子は一気に昇《のぼ》りつめる。快感が弾けたあと、体から力が抜けてぐったりすると、息を乱す杏子の頬に雪成がキスを落とした。

——「もう会うのをやめよう」と思っていたこちらの気持ちを読んだかのように、雪成はいつもより執拗《しつよう》に杏子に触れてくる。ことさら快楽を与えようとする彼の動きは相変わらず優しいものの、今までと違って容赦《ようしゃ》がなく、さんざん喘《あえ》がされた杏子の体はすっかり汗ばんでいた。

杏子を一方的に攻め立てた雪成は、まだ着衣を乱していない。なかなか息が整わない杏子を見つめ、彼が小さく笑った。

「……好きです、杏子さん」

そう言って雪成は、杏子の頬を撫《な》でる。

「こんなに四六時中、抱きたいと思う人はいない。最近ずっとあなたに避けられてたから、余計にこの体を想像してたんです。サラサラの髪も、いつもツンとしているきれいな顔も、胸も肌も——ここも」

雪成は蜜口に挿れたままの指を、杏子の内部で動かす。

「あっ……！」

「狭いのに、感じやすくてよく濡《ぬ》れる。……声もいいですね。杏子さんの可愛い声に、いつも煽《あお》られてますよ。すぐ達《い》きそうになるのを、必死で我慢するくらい」

「はっ、ぁっ……やぁっ……」

また感じさせようとしてくる雪成の手を、杏子は押し留めようとした。

「加賀くん、待っ……あっ……」

ずっと一方的に喘《あえ》がされていた杏子は、もう息も絶え絶えだった。いっそ早く終わらせてほしいのに、雪成にそんな気配はまったくない。彼は笑って言った。

「俺の気持ちが信じられないって言いましたよね？　このままずっと、俺は挿《い》れずに杏子さんだけ感じさせてあげましょうか。朝まで」

「……っ」

言葉に詰まる杏子の頬を、雪成の指が撫《な》でてくる。奥底に熱を孕《はら》んだ彼の眼差《まなざ》しに見つめられ、杏子の心臓がドクリと音を立てた。

「俺は全然かまわないです。あなたが信じてくれるなら、自分が我慢するくらいなんでもない。ずっとこの部屋に閉じこめて、抱き続けて――俺のことだけしか考えられなくするのもいいな」

さらりと怖いことを言う雪成を見つめた杏子は、慌てて首を横に振る。

ひたすら快楽だけ与えられるのは、苦しい。どこか煮詰《につ》まった様子の雪成をどうしたらいいのだろうと考えながら、杏子は口を開いた。

「わたしだけじゃ……嫌」

やっとの思いで小さくささやくと、雪成は微笑《ほほえ》んで枕の下を探る。取り出した避妊具のパッケージが破られる様子を、杏子はなんともいえない気持ちで見つめた。

ズボンの前だけをくつろげた雪成に脚を開かされ、杏子はわずかに体を緊張させる。

それに気づいた彼が、ふと眦《まなじり》を下げた。

「……俺が怖いですか」

その声の少し弱い響きに、杏子は戸惑《とまど》って彼を見つめる。雪成は苦く笑って言った。

「俺は杏子さんを、傷つけないですよ。ただ……あなたが欲しいだけだ」

「あっ……んっ……！」

蜜口にあてがわれた昂《たか》ぶりが、ぐっと内部に入ってくる。

硬い熱で隘路《あいろ》を押し開かれ、ゾクゾクとした快感が杏子の背すじを駆け上がった。奥まで押し入ってきた雪成が、屈《かが》んで体重をかけてくる。より深くに入ってきた屹立《きつりつ》のみっしりとした質感に、少し苦しさをおぼえた杏子は、意識して息を吐いた。

「はあっ、ぁ、……あっ……」

感じる部分を求めて中を探られると、その動きに反応した内部が彼をきつく締めつける。思わず雪成の腕を強くつかんだ杏子の手が、彼の首へ誘導された。

しがみつき、深いところまで押し入れられる感覚に耐えても、声は我慢できない。律動《りつどう》に揺らされるまま、杏子は切れ切れに喘《あえ》ぎ声を上げた。

「あっ……ん、ぅっ……はっ」

強い腕に抱きしめられ、汗ばんだこめかみ、目元に口づけられる。熱を感じるそのしぐさに、杏子の体の奥がじんと痺《しび》れた。新たな蜜で潤《うる》みはじめた内部を感じた雪成が、小さく笑う。

「ほんとによく濡《ぬ》れる……態度はいつも素っ気ないのに、杏子さんの体は素直ですよね」

揶揄《やゆ》するような言葉に、杏子の頬が熱を帯《お》びる。それを見つめた雪成は、「でも」と言葉を続けた。

「そんな意地っ張りなところも、可愛い。あなたが強がるたびに、俺はもっともっと甘やかしてやりたくて、たまらなくなる……」

「っ、あっ……！」

ねじ込むように強く腰を押しつけられ、先端にぐっと弱い部分を突かれた杏子は、息を詰める。それに気づいた雪成は、そこばかりを狙って動きはじめた。

「あっ、待っ、そこ、やっ……！」

感じるところを的確に抉《えぐ》り、太く硬い幹を内壁に擦《こす》りつけるように腰を使われると、すぐに達してしまいそうなほどの強烈な愉悦《ゆえつ》がこみ上げてくる。接合部は溢《あふ》れ出た愛液でぬるぬるになり、動かれるたびに淫《みだ》らな水音が立った。

ときおり熱っぽい息を漏《も》らし、杏子の中を突き上げていた雪成が、ふいに言った。

「元彼にされたことが、そんなにつらかったですか？　……俺はいなくならないですよ。杏子さんを傷つけたりもしない」

「……っ……」

律動の合間のそんなささやきは、杏子の心を揺さぶった。

（加賀くんが、そんなふうに言ってくれても……わたしは）

──心は揺れるのに、彼の言葉を信じきれず、杏子は苦しくなる。

弱い自分は、言葉も、気持ちも、雪成に返せない。それが申し訳なくて目が合わせられず、杏子は視線をそらした。

そんな杏子の様子を見た雪成は、どこかやるせなさそうに笑う。彼がいきなり抽送《ちゅうそう》を速めてきて、深いところを抉られた杏子は、あっというまに限界が訪れるのを感じた。

「っ……はぁっ……あっ、ぁ……っ！」

奥で強烈な快感が弾《はじ》け、体がビクッと跳ねた。

中の締めつけに耐えた雪成がさらに奥を穿《うが》ってきて、杏子は悲鳴のような声を上げる。

「あっ！　や、ぁっ……」

杏子の脚を広げ、体内に深い律動《りつどう》を送りこみながら、雪成が笑った。

「俺はまだ、全然足りないです。抱き足りない」

喘《あえ》ぐ杏子の手を取った雪成は、その指先にキスをする。

「今日は俺が満足するまで、つきあってください。俺がどれだけあなたに執着《しゅうちゃく》しているか、じっくり教えてあげますから。……何回達《い》けるかな」

「……っ……」

唇を手首まで這《は》わせながら向けられる雪成の視線に、心が灼《や》かれるような気がした。

――そのあと雪成は一度では満足せず、長いこと杏子を抱いて離さなかった。さんざん乱されていつ終わったのかもわからず、疲れ果てた杏子は、気づけば泥のような深い眠りに落ちていた。

＊　＊　＊

目が覚めると、窓の外が明るくなりかけているのが見えた。ベッドサイドの時計は、午前四時を示している。

狭いシングルサイズのベッドで雪成に抱きこまれるように眠っていたことに気づき、

杏子はそっと体を起こした。起き上がって腕をよけても、彼は目を覚まさない。体が熱っぽく、ひどいだるさを感じて、ため息をつく。

（……今日も仕事だし、帰らなきゃ）

そんなつもりはなかったのに、つい雪成の自宅に泊まってしまった。外はひどかった嵐がやみ、もう静かになっている。カーテンの向こうがうっすら明るくなっているのを見つめながら、杏子はぼんやりと考えた。

（わたし……これからどうしたらいいんだろう）

――雪成を好きになれないなら、たぶんもう会うべきではない。

彼の気持ちを拒んだ形となった昨夜の杏子の発言は、またもや雪成の中のスイッチを押してしまったらしい。「俺がどれだけ杏子さんに執着してるか、わからせてあげますよ」という言葉どおり、彼の抱き方は執拗《しつよう》だった。

普段はにこやかで人当たりのいい印象の雪成だが、ふとしたときに見せる真剣な表情に、杏子はいつもドキリとする。滅多《めった》に見せない表情だからこそ、あの顔で彼が言った「何がなんでも欲しい」という言葉は、本心なのかもしれないと思えた。

（でも……）

杏子は雪成の言葉を、素直に受け止めることができない。

彼の「執着」は、こちらが簡単に靡《なび》かないせいではないか。だから手に入れたくて、あんなにもムキになっているだけなのではないか――そんな考えもときおり頭をよぎっていた。

ひねくれた自分が嫌になりながら、杏子は苦く笑う。きっと自信がないから、雪成の言葉を曲解することしかできないのだ。そう思ったものの、ふと何かが違う気がした。

（そうじゃない。わたしはきっと……この人を好きになるのが怖くて。……だから）

――だからわざと、曲解しようとしている。雪成が自分に向ける気持ちを必死に「薄っぺらいもの」だと思い、本気に捉《とら》えて傷つかないようにと考えている。

そう理解し、杏子はじっとうつむいた。本当はそんな自分の気持ちに、とっくに気づいていたような気がする。

雪成が「好きだ」と言えば言うほど、いざ彼を受け入れてその手を離されるときのことを想像し、杏子は怖くなっていた。心を預けて裏切られるくらいなら、いっそ最初から何も明け渡したくはない。

理屈ではなくただ臆病になる心は、自分でもどうしようもなかった。

だからもう、雪成に会うべきではないと杏子は思う。後ろ向きな気持ちをどうにもできないなら、彼のためにも、そして自分のためにも、きっぱり決断したほうがいい。

（もう……加賀くんには会わない）

しかしそう考えた瞬間、心に浮かんだのは寂しさだった。

雪成に甘やかされることは心地よく、その手も肌も、いつのまにかすっかり自分に馴《な》染《じ》んでいた。彼と話をするのも、本当は楽しいと思っていた。

（わたしは加賀くんの気持ちを信じられないくせに、好かれることは心地いいから……手放すのが惜《お》しいと思ってるの？）

だが好きになれないなら、きっと彼を傷つけてしまうだろう。そうして思考は、同じところばかりをループする。

「……杏子さん？」

突然背後から雪成に呼ばれ、杏子はビクリと肩を揺らした。考えていた内容が急に後ろめたく思え、精一杯何気ない態度で、彼には視線を向けずにベッドの下の散らかった服へと手を伸ばす。

「……ごめんなさい、わたし、もう帰るから」

「まだ四時ですよ。六時頃に送っていきますから、もう少し寝てください」

「いいの。歩いて帰れるし、外も明るいから大丈夫」

「――杏子さん」

よそよそしい杏子の態度に何かを感じたのか、雪成が肩をつかんで強引に振り向かせてくる。

「体、どこかつらくないですか？」

「……へ、平気」

「昨夜、しつこく抱いたのが嫌でしたか」

「……っ」

昨夜の出来事を思い出し、杏子は頬を赤らめてぐっと押し黙る。

杏子の表情を見つめた雪成は、しばらく沈黙したあと言った。

「杏子さんが何を考えているのか、だいたいわかります。でも俺は——あなたを手放す気はないですよ」

雪成の言葉に驚き、杏子は目を瞠《みは》った。彼の勘の良さにヒヤリとしつつ、関係の解消を切り出すなら今しかないと考える。

しかしいざ言おうとすると、何も言葉が出てこない。動揺《どうよう》する杏子に、雪成は語気を強めて言った。

「もし、もう会わないと考えているなら……納得できません。俺にとっては、それが一番つらい」

「でも」

雪成の言葉を遮《さえぎ》り、杏子は言い返した。

「でもわたしは……加賀くんを、好きにならない」

自分はきっと、ひどいことを言っている。そう思いながら、杏子は言葉を続けた。

「今は誰のことも、好きになれる気がしない。そんな人間のそばにいても、あなたは虚《むな》しくなるだけじゃない？」

「……………」

「だから、他にもっといい人を……探せばいいのに」

杏子の言葉を聞いた雪成は、その意味を考えるように押し黙った。重い沈黙が横たわり、ベッドサイドに置かれた時計の秒針の音だけが、小さく聞こえる。

杏子の言葉に傷ついたように、雪成が目を伏せた。そんな様子を見てズキリと胸が痛んだものの、杏子は「仕方ない」と考える。

いつかは、はっきりさせなければならないことだった。ならばできるだけ傷が浅いうちに、決断したほうがいい。

しかし顔を上げた彼は、思いがけないことを言った。

「――いいですよ、それでも」

「えっ？」

「杏子さんの一番近くにいる許可さえくれるなら、それだけでいいです。たとえ好きになってくれなくても……俺はあなたを、一人にするつもりはありませんから」

「――――」

杏子は言葉を失くした。

気持ちを返さない自分でも、雪成はいいというのだろうか。彼の考えが、杏子には理解できない。

「……っ、どうして」

杏子は顔を歪《ゆが》め、雪成を見た。

「どうして……そんなことが言えるの？　わたしはあなたに、ひどいことばかり……言ってるのに」

杏子が思わずそう尋ねると、彼はふっと笑って答えた。

「好きだから、ですよ。なんだろうな、杏子さんのそういうツンとした感じが、すっごく可愛く思えて」

思いがけない答えを返され、杏子はただ雪成の顔を見つめる。彼は笑顔のまま言った。

「意地を張られれば張られた分だけ、振り向かせたい気持ちになるんです。早く俺だけを見るようになればいい、いつまでも意地を張ってないで、甘えてくるようになればいいって——そう思って」

「…………」

杏子が言葉を返せずにいると、雪成は小さく息をつき、明るく言った。

「ただ、そうですね。急いでも杏子さんの気持ちは手に入らないってことがよくわかったので、これからは持久戦でいきます」

どこか開き直ったように言う雪成を、杏子はまじまじと見つめる。

彼はニッコリ笑いかけてきた。

「さっきは『好きになってくれなくてもいい』なんて言いましたけど、要は俺に惚《ほ》れさせればいいんですよね。俺、もともと難易度の高いことに挑戦するのが好きなんです。だから杏子さんのことも、絶対に諦めませんから」

――このポジティブさは、一体どこから来るのだろう。

爽《さわ》やかな笑顔に毒気を抜かれ、張りつめていた気持ちがじわじわと緩《ゆる》む。杏子は動揺《どうよう》し、そっぽを向きながら言った。

「わたしは好きにならないって……何度も言ってるのに」

「そうですね。まあ、しょうがないじゃないですか。惚《ほ》れた弱みがあるわけですし」

雪成は杏子の腕を引き、体を抱きこんでベッドにゴロリと横たわる。そして驚く杏子の肩までタオルケットを掛けて言った。

「まだ早いから、もう少し寝ていいですよ。あとでバイクで送りますから」

肌に触れる雪成の体温と匂いに、杏子の胸がぎゅっとする。

また強引に押し切られてしまい、結局何も決断できなかった。流されてばかりの自分の弱さを感じながら、杏子は戸惑いを噛《か》みしめ、目を閉じた。

7

ひどい嵐が過ぎ去ったあと、数日汗ばむ陽気が続いた。夏を思わせるようなカラッとした空気の中、ジリジリと強い日差しが地上に照りつけている。

今日は図書館が休館日で、杏子は母親からのリクエストである雑誌を手に病院へ向かった。午後の時間帯、入ってすぐの外来の待合室には、結構な数の人がいる。それを横目にエレベーターで二階へ上がり、杏子は母親のいる病室に向かった。

部屋に入ったところで、ふと聞き覚えのある声がして立ち止まる。カーテンからそっと中を覗くと、ケーシー姿の雪成がベッドの脇にしゃがみこみ、母親にリハビリの指導をしているところだった。

彼がこちらの気配に気づき、振り返る。雪成は杏子の姿を見て、ニッコリ笑った。

「こんにちは」

マスクをあごに引っかけた雪成に挨拶《あいさつ》され、杏子は慌てて頭を下げた。

「こ、こんにちは。あの……母がいつもお世話になって」

「あら杏子。悪いけど、ちょっと待ってね」

先日の手術が終わったあと、母親は「膝と足首がまったく曲がらない」と言っていた。そんな彼女に、雪成はタオルを片手に、ベッドの上で自主的にできるリハビリの指導をしていたらしい。

「じゃあ佐伯さん、タオルを足の指にかけて引っ張る柔軟と、伸ばした膝下に丸めたタオルを入れて潰す運動、こまめにやるようにしてくださいね。それから、もも上げも忘れずに」

「はーい」

「夕方のリハビリのときに迎えに来ますから、それまでがんばってみてください。娘さん、リハビリの説明をしますので、ちょっといいですか」

仕事モードの雪成に話しかけられ、杏子はドキリとしながら病室の外に出る。少し歩いたところで立ち止まった彼は、リハビリの総合実施計画書を見せて説明した。

「佐伯さんの場合、膝と足首の曲がりがあまりよくないですね。リハビリでも関節可動域を広げる訓練を重点的にやっていきますが、先ほど自分でもできる柔軟などを指導したので、こまめにやるように娘さんも気をつけてあげてください。あと、動かないことで太ももの筋力がどんどん落ちてしまいますから、松葉杖《まつばづえ》での院内の散歩、もも上げなども積極的にやるよう、気をつけて見てあげてもらえますか」

「は、はい」

流暢《りゅうちょう》な説明を受け、杏子は神妙な顔で返事をする。呼ばれた理由が、個人的なことかと思っていた自分が恥ずかしくなった。

ケーシー姿の雪成にはまだ慣れず、なんだか知らない人のように感じて緊張する。そう考えながら杏子はうつむき、足元の床を見つめた。

すぐ横を点滴をぶら下げた患者がゆっくり通り過ぎていき、周囲に人気《ひとけ》がなくなる。そのタイミングで、雪成が言った。

「……今日は仕事が休みですか？」

ドキリとしてうなずく杏子に、雪成は先ほどまでの仕事モードを引っこめ、いつもどおりに話しかけてきた。

「図書館って、確か土日もやってますよね。閉まってる日ってありましたっけ？」

「月曜が休館日なの。わたしは……日曜も休みだけど」

「そうなんですか。じゃあ日曜は俺とかぶってるんですね、休みが」

杏子は気まずく視線を泳がせる。休みが一緒だからといって、一体なんだというのだろう。そう思っていると、彼は杏子を見下ろして言った。

「お母さんのリハビリ、今日は午後四時から入ってます。見学していきませんか」

「……あの……」

「それで俺の仕事が終わったら、飯に行きましょうか。今日は日本酒で」

さらりと誘ってきた雪成にどう返していいかわからず、杏子は黙りこむ。彼はニッコリ笑って言った。

「お母さんに聞きました。杏子さん、実はものすごい酒豪《しゅごう》らしいですね。普段飲むのは焼酎《しょうちゅう》で、どれだけ飲んでも顔色がまったく変わらないとか。どうりで、このあいだも全然酔わなかったはずだって納得がいきました」

「えっ……」

（お母さんったら、何話してるの……）

杏子は顔が赤くなるのを感じる。

自分が大酒飲みだという事実は、杏子にとって一番知られたくない話だった。自分より酒が強い人間にはまずお目にかかったことがないというレベルのため、女として可愛げがないのは充分自覚している。

「五時過ぎに、病院の前で待っててくださいね」

「えっ？　あ、あの」

「今日行くところは、地酒の種類が豊富なんですよ。楽しみにしててください」

勝手に話をまとめた雪成は、胸ポケットから時計を出し、チラリと時間を確認した。

「すみません、次のリハビリが入ってるので、またあとで」

「あ……」

断ることができないまま、杏子は去っていく雪成の後ろ姿を見送る。

彼が廊下で行きあった松葉杖《まつばづえ》の患者に声をかけ、さりげなく背中に手を添えているのを見つめながら、杏子はどうしたものかと思案した。

――先日、雪成の家に泊まってから、杏子は彼に対してどういう顔をしていいのかわからない。

「誰のことも好きになれない」と告《つ》げた杏子に、彼は諦めるつもりはないと言った。持久戦でいく、要は惚《ほ》れさせればいいのだろうと言われたときは、ずいぶん自信があるのだと少し面白くない気持ちになった。しかしこの病院に入院している母親いわく、雪成は女性患者や同僚《どうりょう》の看護師に、かなりもてているらしい。

（確かに……加賀くんは背も高いし、顔も整ってるし）

柔和《にゅうわ》で人当たりが良く、爽《さわ》やかな雰囲気の彼が女性にもてるのは、なんとなくうなずける。

そんな雪成が、ただの顔見知りだった自分に好意を持っていたこと、そしてなりゆきで体を重ねたあとも好意を寄せ続けていることは、杏子にとっていまだに理解しづらい話だった。

（わたし、あんまり好かれる要素はないように思うんだけど……）

何しろ雪成を前にすると、杏子はつい張らなくていい意地を張ってしまう。

彼より年上だという意識があるからなのか、気がつけばいつもツンとした態度を取ってしまい、それで自己嫌悪に陥《おちい》ることもしばしばあった。

踏みこまれそうになればすぐに逃げて、素っ気なくする――そんな自分を好きだと言う彼が、つくづくわからない。

そう考えつつ、杏子は午後四時からはじまった母親のリハビリを、廊下から窓越しに眺めた。

リハビリをしながら母親のそばで常ににこやかに話しかけている雪成を見て、杏子はふと、いつか彼が「仕事中はずっと喋っている」と言っていたことを思い出していた。

（ふーん、ああやっていろいろ聞き出すんだ……）

彼の話術がすごいのか、はたまた母親の口が滑ったのか、酒の件をばらされたのは、杏子にとってあまりうれしくないことだった。

二人の話のネタに自分を出すのは、正直勘弁してほしい。迂闊《うかつ》な母親がこれ以上余計なことを話さなければいいと思いつつ、杏子はリハビリの様子を眺める。そして午後五時にリハビリが終わったあと、母親に帰る旨を告げ、病院の敷地の外に出た。

見上げると、上空には澄んだ夏空が広がっている。今日は気温が二十八度くらいまで上がったせいで、まだ暑さの名残《なごり》を残したぬるい風が吹いていた。そんな中、杏子はふと雪成と待ち合わせをしている状況に、居心地の悪さをおぼえる。

（わたし、何してるんだろ。……このあいだは「もう会わない」とか考えてたくせに）

あの手が嫌ではないから、彼を振り切れないのだろうか。雪成の触れ方はいつも優しく、抱き合って不快感をおぼえたことは一度もない。だからきっぱりと、突き放すことができないのだろうか。

しかしそんな気持ちが「恋」ではないのなら、やはり彼の好意を都合よく利用しているだけのような気がする。

気づくと時刻は午後五時十五分を少し過ぎていて、杏子は病院の敷地の外からチラリと入り口のほうを窺《うかが》った。

ちょうどそのタイミングで、スタッフ専用の出入り口から私服に着替えた雪成が出てくる。その隣に小柄な人物がいるのが見え、杏子は驚いた。

（あの人……）

――雪成の隣にいるのは、看護師の松永だ。

彼女も仕事上がりなのか私服姿で、フェミニンな服装がよく似合っている。雪成を見上げ、笑顔で話している姿は可愛らしく、杏子は以前母親が言っていた「松永は雪成を狙っている」という話を思い出していた。

（……なんだか、お似合い）

背が高い雪成と小柄な松永は、二人並ぶと遠目には仲睦《なかむつ》まじいカップルに見える。そう思うと急にモヤモヤとして、杏子はそれまでいた病院の入り口横から離れ、角を曲がったところに移動した。

雪成と自分が待ち合わせをしているところは、きっと病院の関係者には見られないほうがいい。そう考えてのことだったが、本当はただあの二人の姿を見ていられなかっただけなのかもしれない。

確かに母親の言うとおり、松永が雪成を見る目はキラキラしていて、ただの同僚《どうりょう》以上の気持ちを彼に抱いているように見えた。二十三歳という年齢から考えても、彼女は雪成に合っていると思う。

（……なんだろう、わたし）

二人の姿を思い浮かべると落ち着かない気持ちになり、杏子はそんな自分に困惑する。

そのとき突然、後ろから声が響いた。

「ああ、いた。なんでこんなところにいるんですか」

杏子がビクリとして振り返ると、そこには不思議そうな顔をした雪成が立っていた。彼は病院から出てすぐのところに杏子の姿がなかったため、探していたらしい。

雪成の隣に松永の姿はなく、その事実に杏子は内心ホッとする。

今日の彼は、ボーダーのインナーに白い七分袖のコットンシャツを羽織り、ベージュのチノパンという爽《さわ》やかなスタイルだ。「いつ見てもおしゃれだな」と考える杏子に、雪成が笑って言った。

「ワンピース、可愛いですね。仕事帰りのときと、雰囲気が違う」

今日の杏子の格好は、マキシ丈のワンピースにフードつきのパーカーというカジュアルなものだ。仕事のときはきちんとした服装を心掛けているため、彼にこういった服装を見せるのは初めてかもしれない。

意外に見られているのだなと考えていると、雪成はバス停に向かって歩き出しながら言った。

「それじゃあ、行きましょうか」

——彼に連れて行かれた店は、歓楽街にある日本酒の種類が豊富な居酒屋だった。

雪成から「どうぞ」と渡されたドリンクメニューを、杏子はきまりの悪さをおぼえつつ受け取る。今さら飲めないふりもできず、メニューに目を通すと、気になる銘柄《めいがら》が多くてつい見入ってしまった。

オーダーを取りに来た店員に、雪成が注文する。

「ジョッキがひとつと……杏子さんは？」

「これ、一合で」

メニューブックの日本酒の名前を指差しながら答えた杏子を、雪成と店員が同時に「え？」という顔をして見る。

（……えっ？）

杏子がきょとんとして見返すと、雪成はすぐに店員に「あ、以上でお願いします」と伝える。店員が去って行き、杏子に向き直った彼は、盛大に噴き出して言った。

「杏子さんが酒豪《しゅごう》って、本当だったんですね。女性で一杯目から日本酒を飲む人、俺、初めて見ました」

それで驚かれたのだとわかり、杏子は気まずく黙りこんだ。雪成はフードメニューを見ながら話を続けた。

「日本酒と焼酎《しょうちゅう》が好きってお母さんから聞きましたけど、このあいだはずっとワインでしたよね」

「……別にどれでも……。何を飲んでも酔わないから」

歯切れ悪く答えると、「酒が強いのは家系なのか」と聞かれ、杏子は渋々《しぶしぶ》うなずく。

「母方が、すっごく強いみたい。集まればすぐに大勢で酒盛りになるし……うちの母も相当飲むし」

「へえ、すごいな。お父さんは？」

「父は全然。でもお酒の席は好きで、いつもニコニコしてた。三年前に亡くなったけど」

雪成は話題が豊富で、自分の家族の話や本の話など、ずっと会話が途切れなかった。

どうせ知られてしまったからと開き直った杏子は、次々とグラスを空《あ》けては好きな酒をオーダーし、そのたびに彼に笑われた。一時間ほどが経った頃、雪成が問いかけてくる。

「そういえば杏子さんの実家って、近くなんですか？　今日、お母さんと話してたのが聞こえたんですが」

「ああ、あれ？」

――今日の帰り際、杏子は母親から実家の手入れを頼まれた。

『庭の雑草、きっとひどいことになってるだろうから、日曜にでも家に行って抜いてきてほしいのよ。あと郵便物を見て、布団も干しておいてくれると助かるんだけど』

『えっ、雑草って……どうしても抜かなきゃ駄目？　まさかわたしがやるの？』

『何言ってんの、当たり前でしょ』

「母一人、子一人なんだから」とか、「あんたがやらなくてどうするの」などと猛烈《もうれつ》な勢いで言われ、渋々承諾していた姿を、雪成に見られていたらしい。

（草むしりなんて、本当はやりたくないんだけど……）

暑いのが苦手で虫が怖い杏子は、憂鬱《ゆううつ》な気持ちで日曜のことを思う。そして「実家は自宅から、車で十分くらいのところだ」と雪成に答えた。

それを聞いた彼が、突然言った。

「――それ、俺も行っちゃ駄目ですか？」

「えっ？」

「休みなので、草むしりを手伝いますよ。杏子さんはそのあいだ、家の中で他のことをしてくれていいんですけど」

「…………」

「どうですか？」と聞かれ、杏子は答えに詰まる。確かに一人で全部やるのは時間がかかり、何より苦手な虫に接しなくて済むのなら、魅力《みりょく》的な申し出だ。

（……でも）

こうして食事をするのもイレギュラーなことなのに、休みの日にまで会うのは気が引ける。複雑な表情の杏子に気づいたのか、雪成は微笑《ほほえ》んだ。

「最近は全然雨が降らないんですから、大目に見てくださいよ。俺は本当は、毎日だって会いたいのに」

そう言われると、何も返せない。

困惑する杏子をよそに、雪成は強引に話をまとめた。

「決まりでいいですよね？　日曜の朝十時に、杏子さんの家の近くのコンビニで待ってますから」

杏子はぐっと言葉に詰まる。きっぱり断ればいいのに、なぜか彼に対して強く言えない。

（どうして……）

――雪成の家に泊まった日、彼が自分に対して向ける執着《しゅうちゃく》を知ったせいだろうか。

杏子は居心地悪くうつむいた。踏みこまれたくなくて逃げようとしているのに、気づけば雪成はどんどんテリトリーに入りこんでくる。そんな彼を強く拒絶できない自分に、一番戸惑《とまど》いをおぼえていた。

＊　＊　＊

居酒屋を出る頃には時刻は午後八時を過ぎていて、歓楽街は多くの人で賑《にぎ》わっていた。

帰り際、割り勘にするかどうかで揉《も》めたものの、雪成に「俺に奢《おご》らせてください」と強く押し切られてしまった。杏子は駅に向かう道の途中、客待ちのタクシーを横目にため息をつく。

明らかに自分のほうが酒を飲んだし、それなりに値が張るものも注文した。「こんなことなら、あんなに飲まなければよかった」と考えながら歩いていると、ふいに雪成に手を引っ張られた。

「――こっちです」

「えっ……？」

駅に向かう道から脇にそれた方向に彼が歩き出して、杏子は驚く。入りこんだ道はホテル街で、戸惑って雪成を見上げると、彼は杏子を見下ろして言った。

「家まで我慢できないので、寄っていいですか」

言葉の意味を理解した途端、思わず顔が赤らんだ。

あっというまに目についたホテルに連れこまれた杏子は、部屋に向かうエレベーターの中、恥ずかしさで顔を上げることができずにうつむく。

こういった場所にきたのは、初めてではない。しかし、雪成とは家以外でしたことがないため、どんな顔をしていいのかわからなかった。

（食事したあとにホテルなんて……まるで恋人同士みたい）

部屋に入ると内装に見入る暇もなく、壁に体を押しつけられる。雪成はドキリとする杏子を見つめて言った。

「すみません、突然こんなところに連れこんだりして」

「…………」

「杏子さんの顔を見てると、我慢できなくなって。でもあれだけ飲んだのに全然酔ってないなんて、本当に酒に強いんですね」

噴き出しながらそう言われ、杏子はばつの悪い気持ちになる。確かにそれなりの量を飲んだが、酔いはまったく感じていない。

雪成はそんな杏子の頬にするりと触れ、「……残念だな」とささやいた。

「酔った可愛い杏子さんを、見てみたかったのに」

彼の長い指が杏子の耳から首筋まで撫《な》で下ろし、後頭部に回る。そのまま頭を引き寄せられ、唇を塞《ふさ》がれた。

「……ふ、……っ」

雪成の舌が杏子の唇の表面をなぞり、やがて中に押し入ってくる。

舌先を舐《な》めたあと、ぬるりと絡められて、杏子の体がかすかに震えた。顔を上向けられてより深く口づけられ、じわりと体温が上がる。

混じり合った唾液を、杏子は必死に飲み下した。唇が離れ、目の前の雪成の顔をぼんやりと見つめると、彼が滲《にじ》むように笑った。

「可愛い。キスだけでそんな顔されたら……なんだか苛《いじ》めたくなるな」

「あっ……！」

雪成の唇に耳を挟まれ、杏子は小さく声を上げる。耳の輪郭を濡《ぬ》れた舌でなぞられた途端、ゾクゾクとした感覚が背すじを駆け上がった。

「っ……はっ、や……っ」

「耳、弱いですよね。でも耳だけじゃないか、杏子さんは」

「どこもかしこも感じやすい」と言いながら、雪成の手が抱き寄せた杏子の体のラインを辿る。同時に耳の中に舌を入れられ、ダイレクトに響く濡れた音に、杏子はビクリと首をすくめた。

「んっ……あ、……っ」

ぬめる舌先で耳の中を舐められ、肌が粟立つ。思わず雪成を押しのけようとするものの、彼の体は重く、まったく動かない。

舐められているうちに体が熱くなり、杏子は雪成の服をつかむ手に力をこめた。すると彼が、ふと気づいたようにつぶやいた。

「――ああ、すみません、ついこんなところで」

「えっ……？」

唐突に淫靡《いんび》な空気を引っこめた雪成が、杏子の体を離す。彼が背負っていたボディバッグをソファに置くのを見つめ、てっきりこのまま行為になだれ込むと思っていた杏子は拍子抜けした。

上気した顔が恥ずかしく、うつむいて舐められた耳を押さえる。そんな杏子を見やり、雪成が笑って言った。

「いくらなんでも、入ってすぐのところでするのはどうかと思ったんですけど。ひょっとして物足りないとか思ってます？」

「っ……そ、そんな」

揶揄《やゆ》するような雪成の言葉に、杏子は口ごもる。

——本当は図星だ。「他のところにも触れてほしい」と思った途端に体を離されて、一瞬もどかしい気持ちになった。だが彼がわざとそうしたのなら、カチンとくる。

(なんだか、今日の加賀くんは……いつもより意地悪かも)

そんな杏子を、雪成が微笑《ほほえ》んで見つめている。彼は楽しそうに言った。

「せっかく来たんですから、一緒にシャワーを浴びませんか」

「えっ？」

「お湯を溜めるのもいいですね」

杏子の返事を聞かないまま、雪成は手を引いてバスルームに向かう。杏子は慌てて言った。

「待って、そんな……一緒になんか無理だから」

戸惑《とまど》う杏子を強引に脱衣所に引っ張りこみ、雪成は羽織っていたパーカーを脱がせようとしてくる。杏子は必死で声を上げた。

「ちょっ、加賀くん、待って……！」

「じゃあ自分で脱ぎます？」

「だから無理だってば！」

「一緒に入らないっていう選択肢はないですよ。脱がされるか自分で脱ぐか、どっちか選んでください」

（――そんな）

強引な雪成の言葉にぐっと詰まり、杏子はしばしためらったあと、小さな声で答える。

「じ、自分で脱ぐ、……から」

「じゃあ中で待ってますね」

雪成はニッコリ笑い、自分が着ているものをさっさと脱ぎ捨てる。先にバスルームに入って行く彼を見送った杏子は、脱衣所で立ちつくした。

（……どうしよう）

すっかり雪成のペースで、断る暇もない。触れたと思ったら突然体を離し、「一緒に風呂に入ろう」と誘ってくる彼は、まるでこちらの反応を見て楽しんでいるように見える。

だがそんな行動にいちいち振り回されていると思うと、杏子の中にはじわじわと悔しさが湧いてきた。

（加賀くんは……いつもああやって、笑顔で押し切れると思って）

この程度で狼狽《うろた》えていると思われるのは、なんだか癪《しゃく》だ。

杏子は思い切って服を脱ぐと、置いてあったタオルで体を隠して浴室のドアを開けた。お湯を溜めている浴槽《よくそう》からは、もうもうと湯気が上がっている。

プラスチックの椅子に座っていた雪成が、杏子を見て微笑《ほほえ》んだ。

「こっち、来てください」

近づくと強く腕を引かれ、彼の膝に座る形で後ろから抱きこまれる。背中に雪成の素肌や体の大きさを直に感じ、杏子は内心動揺《どうよう》しながらぐっと唇を噛《か》んだ。

雪成は備えつけのボディソープを手に出し、おもむろに杏子の体をぬるりと撫《な》でてくる。

「あっ……！」

背後から回された手が胸のふくらみに触れ、塗りつけられたボディソープでぬるぬる滑る。その淫靡《いんび》な感触に肌が粟立《あわだ》ち、杏子が息を詰めた瞬間、雪成が背後で笑った。

「ひょっとしてさっきのこと、怒ってますか？　……なんだかそんな顔してる」

「……っ……」

「杏子さんのいろんな顔が見たくて、ついからかうような真似をしてすみません。戸《と》惑《まど》ったり、怒ったり——杏子さんが俺に向けてくれる感情なら、なんでもうれしいんです」

ぬめる指で胸の頂《いただき》をいじられ、杏子の体がビクリと震える。胸から鎖骨、肩、首まで撫で上げられ、そのあいだに何度も足されるボディソープで、どこもかしこもぬるぬるになった。

背後から耳を口に含まれた杏子は、上がりそうになった声を必死で押し殺す。耳殻《じかく》を舌でなぞられる感触に首をすくめると、肌を撫でる雪成の手が脚のあいだに入りこもうとしてきた。

「……っ、やっ」

思わず膝に力をこめた杏子に、背後から雪成が言う。

「脚、開いてください。洗えないので」

「あ、洗ってないくせに……っ」

「洗ってますってば。じゃあ、立ちましょう」

杏子を壁際に立ち上がらせた雪成は、手のひらにボディソープを足し、再度体を撫でてくる。ぬめりのある手に脚のあいだを探られて、杏子は思わず目の前の彼の肩をつかんだ。ぬるぬると滑る指に花弁を割られ、花芯《かしん》に触れられると、杏子の口からこらえきれずに吐息が漏《も》れる。

「は……っ……」

「さっき途中でやめたのは、俺を欲しがる杏子さんが見たかったからですよ。ボディソープ、ぬるぬるしてていいですね。ほら、よく滑る」

「……っ、んん……っ」

ぬめりをまとった硬い指に敏感な尖りをいじられ、じんとした甘い愉悦《ゆえつ》が広がる。杏子はぐっと唇を噛《か》んだ。声を出したくなくて必死にこらえていると、あごをつかまれ、覆《おお》いかぶさるように口づけられる。

「うっ、ふ……」

指で花芯《かしん》を撫《な》でながら深いキスをされ、ゾクゾクと官能を煽《あお》られた。

絡まる舌の感触と、下半身に走る愉悦を同時に感じ、杏子は息を乱す。

長い口づけのあと、ようやく唇を離した雪成は、ボディソープを杏子の手のひらに塗りつけてささやいた。

「……触ってください」

雪成の意図に気づいた杏子はドキリとし、彼の顔を見つめる。しばしためらったあと、遠慮がちに目の前の雪成の体に触れた。

硬い胸、無駄のないしなやかな腹部に触れると、心拍数が上がる。その下に息づく彼の欲望にも、迷った末にそっと触れてみた。

「……っ」

触れた瞬間、雪成の体がピクリと揺れた。張り出した亀頭、太い血管の走る幹をそろりと撫で、やんわりと握って力をこめた途端、杏子の頭上で彼が短く吐息を漏《も》らす。

それを聞いた杏子は、じわじわと羞恥《しゅうち》を感じた。自分の手で雪成が感じていると思うと、恥ずかしさと興奮がない交ぜになった複雑な気持ちになる。

杏子はそのまま、彼の屹立《きつりつ》を握った手を動かした。手の中のそれが硬さを増し、雪成が熱っぽい息を吐く。そんな反応を目にした杏子は、自分の中の淫靡《いんび》な気持ちがどんどん高まっていくのを感じた。

雪成が腕を伸ばして再び肌に触れてきて、ぬめるその感触に杏子は息を乱す。男っぽい、節の目立つ手が胸のふくらみをつかみ、揉みしだきながら指で頂《いただき》を刺激した。

「ぁっ、あ……っ」

芯を持った先端を少し強めに押し潰されるたび、ビクビクと体が震えて止まらない。杏子が漏らした声に煽られたように、雪成がまた唇を塞《ふさ》いでくる。

「ん……っ、ぅっ……」

舌を絡めると、その甘い感触に淫靡な気持ちがますます高まった。杏子が屹立を握る手に力をこめた途端、雪成はより深く唇を貪《むさぼ》ってくる。

キスの合間、彼がささやいた。

「杏子さん……可愛い」

「は……っ、加賀、くん……」

「指、挿《い》れますよ」

とっくに潤《うる》んでいた蜜口から、雪成が指を挿《い》れてくる。隘路《あいろ》は待ち望んでいたようにぬるりと彼の指をのみ込み、わななきながら締めつけた。

「あ……っ！」

「あ……っ」

「すっごい……中、ぬるぬる」

「あっ、やっ」

「俺のを触りながらこんなに濡《ぬ》らしてるなんて、やらしいな」

「……っ……」

言い返すこともできず、杏子は羞恥《しゅうち》に涙ぐむ。浴室内にたちこめる湯気と熱気に、頭がクラクラしていた。体が熱くなり、根元まで埋められる雪成の硬い指の感触に、中が蠢くのが止まらない。

それを見下ろした雪成が、小さく言った。

「……駄目だ。一回上がりますよ」

そう言って彼は突然杏子の体内から指を引き抜き、浴槽《よくそう》のお湯を止める。

そしてシャワーで、ボディソープのぬめりを手早く洗い流した。杏子の体をタオルで拭いた雪成は、浴室を出る。

大股でベッドに向かう彼に手を引かれ、杏子はなすすべもなくその背中を見つめた。

押し倒され、スプリングで体が跳ねて、息を詰める。避妊具を着けた雪成が少し余裕《よゆう》のない表情で自分の中に押し入ってきたとき、杏子は思わず声を上げていた。

「あ……っ！」

硬く熱い昂《たか》ぶりが隘路を拓き、奥まで入ってくる。中をいっぱいに埋めつくされ、眩《め》暈《ま》がするような圧迫感に、杏子は喘《あえ》いだ。

その耳元で、雪成がささやいた。

「中、すごく熱い……挿れられるの、待ってましたか」

「そ、そんなことな……っ、あっ……！」

「トロトロだから、すぐに奥まで入りますよ――ほら」

「……んん……っ」

抜けそうなくらいに引き出した屹立《きつりつ》を、一気に奥まで押しこまれる。途端に強烈な快感が突き抜け、杏子は雪成にしがみついて「あっ！」と声を上げた。そのまま接合部を擦《こす》りつけるようにしながら、深いところにある弱い部分を先端でこね回され、声を抑えることができない。

「はぁっ……んっ、あっ……はっ……」

「声、すごく可愛い。……奥をこうやって突かれるの、好きですよね」

「……っ」

彼の言葉ににわかに羞恥《しゅうち》が湧き、杏子は声を漏《も》らすまいと唇を噛《か》む。

それを見た雪成は笑い、杏子の膝を押して弱い部分ばかりを的確に抉《えぐ》ってきた。

「っ……はっ、……ぁ、やぁっ……！」

「そんな顔をするの、逆効果ですよ。余計に声を出させたくなる」

「……っ」

雪成の言葉が恥ずかしいのに、言い訳する間《ま》もなく揺さぶられ、翻弄《ほんろう》される。

薄目を開けて彼を窺《うかが》うと、乱れた前髪の隙間から見下ろされ、ますます杏子の体温が上がった。溢《あふ》れ出た愛液が濡《ぬ》れた音を立て、それを聞きたくなくて杏子は雪成の肩口に顔を伏せる。

彼は汗ばんだ杏子のこめかみにキスを落とし、ささやいた。

「……音、聞こえますか？　杏子さんの中、すっごく濡れてる」

「やっ……も、ぁっ……」

「こんなに素直に反応してくれるの、俺はうれしいですよ。気持ちいいって感じてるのがわかるので」

「……っ……」

（そんなことばっかり言って……っ）

ことさら言葉で煽《あお》ってくるのをそれ以上聞いていられず、杏子は顔を上げると、思い切って雪成の唇を塞《ふさ》いだ。

一瞬驚いたように目を瞠《みは》った彼だったが、すぐに応《こた》え、キスを深くしてくる。濡れた舌が絡まる感触にゾクゾクしながら、杏子は熱っぽい息を吐いた。

（あ、もう、達《い》っちゃう……）

――今にも達してしまいそうなほどの快感に、ふと終わってしまうのが惜《お》しいような気持ちになり、そんな自分に戸惑《とまど》った。

熱も吐息も、快感さえも、どこもかしこも雪成と混ざり合う感覚が、嫌ではない。

快楽の終わりが見えて、一際高い声が漏れた。雪成に強く抱きしめられ、杏子はこみ上げる愉悦《ゆえつ》に身を委《ゆだ》ねて目を閉じた。

＊　＊　＊

ホテルの外に出た途端、吹き抜けた夜風が杏子のワンピースを揺らした。時刻はもう午後十時を過ぎていて、思いのほか遅くなってしまったと考えながら、杏子はため息をつく。

抱き合ったあと、雪成に「せっかく溜めたんですから」と強引に湯船に引っ張りこまれ、その後は全身をくまなく洗われた。彼の眼差《まなざ》しも態度も恥ずかしいほどに甘く、それに当てられたように杏子は今すっかり疲れてしまっている。

体にだるさを感じながら地下鉄の駅に向かって歩いていると、おもむろに雪成に手を繋がれ、ドキリとした。

さんざんそれ以上のことをしているのに、手を握《にぎ》って指先に力を入れられるだけの行為が、なぜかひどく恥ずかしい。拒否することもできずに歩き続け、信号で立ち止まったところで、雪成が言った。

「帰り、こんなに遅くなっちゃってすみません」

杏子がなんと答えようか迷っていると、彼が言葉を続ける。

「でも今日はすごく楽しかったです。俺の家以外でするのも新鮮で」

先ほどまでの時間を思い出し、恥ずかしくなった杏子は、押し黙る。雪成が笑って言った。

「日曜、本当に行きますから。朝十時にコンビニで待っててくださいね」

実家の草むしりの件を持ち出され、杏子は一瞬断ろうかと考えた。しかし繋いだ手に力をこめられると言い出せず、結局曖昧《あいまい》にうなずく。

（わたし、どうして……）

――きっぱりと断ればいいのに、それができない。今もこうして手を繋いでいるなど、傍《はた》からはカップルにしか見えないはずだ。

きっと知り合った当初なら、あっさり拒絶できた。しかし雪成の人となりを知った今、杏子はそうすることにためらいをおぼえている。

「――……」

吹き抜けた風は、少し湿《しめ》ってひんやりとしていた。

自分の気持ちがわからない杏子は、行き交う車の流れに視線を向ける。そして答えを出せないまま、赤いテールランプをじっと見つめ続けていた。

8

『——注意報は、現在、発令されていません。……地方、晴れて、暑くなるでしょう。降水確率はゼロパーセント……』

日曜は朝から、すっきりと晴れていた。テレビから流れる天気予報を聞いていた杏子は、抜けるような青空を窓越しに見つめる。

（いい天気……）

今日の予想最高気温は、二十九度となっている。湿度が低いとはいえ、外で作業をするのはかなり暑いに違いない。

実家の庭の手入れを母親から頼まれたのを知った雪成が、杏子の手伝いをしたいと申し出てきたのは、月曜日の話だ。断りきれず、なんとなく押し切られてしまってから一週間、杏子はずっと憂鬱《ゆううつ》だった。

（どうしよう……）

さんざんこちらに念を押してきたため、おそらく雪成は来るだろう。「草むしりは自分がやる」と彼に言われたものの、天気予報を見ると頼むのが申し訳なくなる陽気だ。

そもそも実家の手入れは彼には関係がなく、休みの日に雪成と会うこと自体、杏子は不本意で落ち着かない。

――彼とは、雨の日にしか会わない約束だった。体だけのつきあいのはずなのに、気づけば雪成はどんどんこちらのテリトリーに踏みこんできている。

恋愛する気はないという杏子に、彼はいつも甘い言葉をささやいた。「ずるくなっていい」、「好きだ」、「可愛い」――そんな言葉がじわじわと毒のように心を侵食し、ここ最近はすっかり彼の行動に翻弄《ほんろう》されていた。

雪成が甘い言葉を言うたび、杏子はどんな顔をしていいかわからなくなる。迷った挙句、ついツンとした態度を取ってしまうが、そんな杏子を彼は微笑《ほほえ》んで許していた。

（だから、なのかな……）

心を預けられないくせに、「彼は自分に夢中でいてほしい」という、都合のいいことを考えている。あの温もりや態度に甘やかされることが、嫌ではないと感じはじめている。

そんな自分の煮《に》え切らなさが嫌になりつつ、杏子の心には粘《ねば》り強い彼に対する申し訳なさが募《つの》っていた。たとえ好きになってくれなくてもそばにいたいのだと、彼は言った。「杏子さんが過去の恋愛を忘れられたとき、一番乗りできるように、俺がそばにいたいんです」と。

（わたしが加賀くんのことを好きになる保証なんて……どこにもないのに）

むしろこんなふうに曖昧《あいまい》なまま、ズルズルと関係を続けていく可能性のほうが高い気がする。

雪成の好意に甘やかされ、でも「恋愛じゃない」と目をそむけていることは、杏子にとってひどく都合がよかった。

（わたし、すごくずるい……）

孝一に捨てられた一件は、まだ心に傷として残っている。あんな思いをするくらいなら、もう恋愛はしたくない。そう言いながらも、雪成の関心がこちらに向いている事実に安心する自分がいる。

（……あ、もう出なきゃ）

モヤモヤとそんなことを考えているうちに待ち合わせの十分前になり、杏子はテレビを消して立ち上がった。

この期に及んでも、休日に雪成と会うのにためらいがある。だが踏みこまれたくない反面、強く拒否できない気持ちも確かにあって、杏子の中は複雑だった。

コンビニまでは、自宅から歩いて一分ほどだ。早くも上がってきた気温に今後の暑さを予感しながら、杏子はサンダルを履いて自宅から出ると、玄関の鍵を締めた。

＊　＊　＊

実家の冷蔵庫は、母親の入院が決まってすぐ中身を整理したため、何も入っていない。コンビニで二リットルのお茶を二本買い、店の外に出た杏子は、入り口の横に立って往来を眺めた。

雲ひとつない空からは容赦《ようしゃ》なく強い日差しが降り注《そそ》ぎ、日向《ひなた》にいるとジリジリとした暑さを感じる。夏を思わせる太陽に目を細め、杏子はふと、「雪成はここまで何で来るつもりなのだろう」と考えた。

バイクは少し苦手なので、杏子としてはできればあまり乗りたくない。しかしそうなると、実家まではバスで行くことになる。

一番時間が近いバスは何時だろうと思い、杏子は時刻表を確認するためにバッグからスマホを取り出そうとした。その瞬間、ちょうど駐車場に入ってきた車にクラクションを短く鳴らされて驚く。

顔を上げると、シルバーの軽自動車の運転席から雪成が顔を出すところだった。

「……加賀くん」

「おはようございます」

助手席に乗るように言われ、杏子はためらいつつも車に乗りこむ。知らない匂いに少し緊張しながら、運転席の彼に言った。

「車だったの？　てっきりバイクで来るのかと思ってたから、びっくりしちゃった」

「杏子さん、このあいだ『バイクの後ろに乗るのが怖い』って言ってたじゃないですか。だから実家に置いてた車を取ってきました」

そういえば「普通免許も持っている」と言っていたのを思い出し、杏子は雪成に謝る。

「ごめんなさい……なんだか気を遣わせちゃったみたいで」

「いえ、全然。たまに運転するのも楽しいですし。とりあえず右でいいですか？」

杏子がうなずき、雪成は車を発進させる。ハンドルを握《にぎ》る男っぽい腕にふいにドキリとして、杏子はぎこちなく視線をそらした。

半分ほど開いた窓から入る風が、髪を乱す。なんだか落ち着かないのは、こうして車に乗ることがデートを連想させるからだろうか。

杏子のナビで十分ほど走ると、車は住宅街の中にある実家に到着した。車から降り、古い二階建ての家屋を見上げた雪成が、杏子に言う。

「築年数、どのくらいなんですか？」

「三十年だったと思うけど……。中にどうぞ」

鍵を開けて入ると、家の中には湿《しめ》った空気がわだかまっていた。玄関を入ってすぐ右手には二階に上がる階段があり、左手がリビングと客間、廊下の奥は洗面所とトイレになっている。

濃い飴色《あめいろ》の木の床は家の年季を感じさせ、靴箱の上には母親が編んだレースの敷物が置かれていた。杏子が台所の窓を開けていると、「おじゃまします」と言ってあとからリビングに入ってきた雪成が、あたりを見回して問いかけた。

「居間の窓も開けますか？」

「あ、お願い。全開にしちゃっていいから」

雪成がリビングの庭に面した両開きの窓を開け放つと、風が一気に室内に吹きこんだ。物干し竿《ざお》のむこうには、樹木や草花が植えられた庭が鬱蒼《うっそう》と茂っている。

買ってきたお茶を冷蔵庫にしまう杏子に、雪成が声をかけてきた。

「すごいな。庭、かなり広いんですね」

「建物はそうでもないんだけど、うちは庭が無駄に広くて。ここだけじゃなくて、ぐるっとむこう側にも植栽や家庭菜園があるから、雑草、かなりあるかも」

「……がんばります」

雪成が苦笑いして玄関から靴を持ってきて、掃きだし窓から庭に下り立った。杏子は彼にゴミ袋と軍手を手渡し、言った。

「ほんとにすごい量だと思うし、適当にちゃちゃっと済ませてくれていいから」

「いえ。言い出したからには、ちゃんとやりますよ。杏子さんは家の中のことをどうぞ」

（そんなにがんばらなくてもいいんだけど……）

そうは思ったが、あまり言って水を差すのもどうかと思い、杏子は自分の仕事に取りかかる。

まずは母親の布団と、押入れで湿気《しけ》っている来客用の布団を引っ張り出し、二階のベランダに干した。大きなタオルケットやシーツを洗濯機に入れて回しつつ、溜まっていた郵便物をチェックし、いるものといらないものに分けたあと、掃除に取りかかる。

途中で気になって庭を覗くと、家庭菜園のゾーンにいた雪成と目が合った。彼は庭を眺めながら、感心したように言う。

「家庭菜園、すごく本格的ですね。雨よけ作ったり、トンネルとか」

「母の趣味なの。凝《こ》り性で、やるからにはとことんやる人だから、どんどん本格的になっちゃって……。こんなに作っても、一人だと食べきれないのにね」

杏子はサンダルを突っかけると庭に下り、畑を見回した。普段から手をかけている分、あまり水遣りができていないにもかかわらず、野菜の実つきはかなり充実している。

それを眺めていた雪成は、額《ひたい》の汗を手首で拭き、杏子に問いかけた。

「ナスとかトマト、もうだいぶ大きくなっちゃってますけど、どうします？」

「放っといてもしょうがないから、取っちゃったほうがいいかも。待ってて、今ボウルを持ってくるから」

家の中に戻った杏子は、台所で大きなステンレスのボウルを手に取る。少し考え、氷を入れたお茶のグラスとタオルを用意し、外に出た。杏子が渡したお茶とタオルを、雪成は笑顔で受け取る。

「ありがとうございます」

「暑いし、あんまり無理しないほうが」

「湿度が高くないから、全然大丈夫です。タオル、このまま借りてていいですか」

杏子がうなずくと、雪成は借りたタオルを首にかけ、草むしりに戻る。

それを横目に、杏子はそこそこの大きさになったナスやピーマン、トマトを収穫した。曲がったきゅうりも収穫すると、あっというまにボウルがいっぱいになる。

（うーん、これ、どうしようかな……）

とりあえず台所に置いておき、洗濯が終わったタオルケットやシーツを外の物干しに干した。風にはためく大きな洗濯物を眺め、杏子はひと仕事を終えた充実感を味わう。

ふと時計を見ると、時刻は十一時半だった。杏子は台所に行き、考えこむ。

（お昼どうしよう……食材っていっても、野菜しかないし）

あちこちの棚を開けて、木箱に入ったそうめんを見つけた。頭の中でざっと作れるメニューを考え、杏子は料理に取りかかる。

ナスとピーマンは味噌炒《みそいた》めにして皿に盛り、きゅうりとトマトはごま油、鶏《とり》がらスープ、塩とすりごまで、ナムルにした。冷凍庫の中から油揚げを見つけ、トースターで香ばしく焼いたあと短冊に切り、水で戻した乾燥わかめと共にそうめんの薬味にする。

（そういえば庭に、みょうがと万能ねぎもあったような……）

そうめんを茹でて冷水に放し、杏子は再び庭に下りた。すでにかなりの量の雑草を抜き、ゴミ袋をいっぱいにしていた雪成が、腰を押さえて立ち上がる。

「……なんだかいい匂いがしますね」

「お昼、もうできるから一度中に入って。確かこのへんにみょうがが……あ、あった」

小ぶりのみょうがを手でもぎ取り、万能ねぎは鋏《はさみ》で切る。

家の中に入った雪成は、食卓テーブルを見て驚いた顔で言った。

「すごい。短時間で、これだけ作ったんですか？」

「なんにも食材がなくて、あり合わせなんだけど。どうぞ座って」

席に着いた雪成が、「いただきます」と言って箸《はし》を手に取る。

焼いた油揚げとわかめ、ねぎやみょうがを薬味にしただけのそうめんは、男性には少し食べごたえがないかもしれない。そう考えながら、杏子はチューブの生姜《しょうが》を小皿に出し、雪成の前に置いた。

「こんなメニューしかできなくて、ごめんなさい。加賀くんにはいっぱい働いてもらってるのに、お昼のことが全然頭になくて。ちゃんと買い物してくればよかった」

「すっごく美味《うま》いですよ。杏子さんは、普段から料理するんですか？」

「するけど……わたしの作る料理って基本、全部酒のつまみだから」

普通のごはん、という感じではないと思う。「よりおいしく酒を飲むためには」というコンセプトで作る料理なので、栄養バランスも悪いに違いない。

正直にそう言うと雪成が笑い出し、杏子はムッとして問いかけた。

「……なんで笑うの」

「すみません、酒好きとは聞いてましたけど、そこまでとは思わなくて」

きまりの悪さをおぼえつつ、杏子は自分も料理に箸をつける。

開け放した居間の窓から、風にはためく洗濯物が見えた。風通しがいい家のため、中にいればそう暑さは感じないものの、外はジリジリと気温が上がってきているのがわかる。

午後はもっと暑くなるのを思うと申し訳なくなり、杏子は雪成に言った。

「外はかなり暑いし、庭の雑草、残ってる分は本当に適当でいいから」

「半分くらいまで来たので、全部やっちゃいますよ。あ、ペットボトルのお茶、庭に持ってってもいいですか？」

「どうぞ」

雪成は旺盛《おうせい》な食欲でテーブルの上の料理をきれいに片づけ、「ごちそうさまでした」と言って食器を下げた。

「あ、洗うのはわたしがやるから気にしないで」

「じゃあ、庭に行ってきます」

ペットボトルを持って出ていく彼を見送り、杏子は洗い物をはじめた。

半月ほど家を留守にしていたせいで、排水溝のまわりがぬめっている。それをきれいにし、ついでにトイレやお風呂もやってしまおうとあちこち動き回っているうちに、かなりの時間が経った。

気づけば時刻は三時になっていて、杏子がふと顔を上げると、雪成が庭から戻ってきてベランダに座るところだった。

「やっと終わりました。ゴミ袋、庭の邪魔にならない位置に置いときましたよ」

「お疲れさま、本当にありがとう。中で休んだら？」

「いえ、ここ、ちょうど洗濯物で日陰になってて、すごく涼しいです」

靴を履いたまま居間に仰向《あおむ》けに転がった雪成に、杏子は扇風機を向ける。そして冷《ひ》やしておいた濡《ぬ》れたおしぼりを、彼に差し出した。

雪成はそれを額《ひたい》に載せると、心地よさそうに目を閉じる。

「あー、気持ちいい……」

そのままの姿勢で黙りこんだ彼から、やがて寝息が聞こえてきた。驚いた杏子は、雪成の顔をまじまじと見つめる。

（えっ、寝ちゃった……？）

まさかとは思ったが、本当に眠っている。しばらくそれを眺めた杏子は、眠る彼の額のおしぼりをそっと冷たい面にひっくり返した。相当疲れているらしい雪成は、それでも目を覚まさない。

（……なんだか悪いことしちゃった）

この炎天下の中でする草むしりは、かなりの重労働だったに違いない。雪成からの申し出とはいえ、せっかくの彼の休みを草むしりだけで終わらせてしまい、杏子は申し訳ない気持ちでいっぱいになる。

物干し場のシーツがはためき、生ぬるい風が居間を吹き抜けるのを感じながら、杏子は床に座って庭を眺めた。洗濯物の隙間からチラチラと射す日差しが、ときおり眩《まぶ》しく感じる。たっぷりの陽を浴びたタオルケットは、もうほとんど乾いているように見えた。

扇風機が回る音だけが響く静かな居間で、床に足を崩して座り、杏子はぼんやりと考える。

休みの日に会うことをあんなにためらっていたのに、いざ過ごしてみると、今日の雪成との時間は決して嫌ではなかった。むしろ楽しく感じた自分を、不思議に思う。

（最初は加賀くんに好かれることに、あんなに腹が立っていたのに……）

よく知りもしない自分に好意を持っていたのが信じられず、雪成に八つ当たりのようにひどい言葉を投げつけたのは、一カ月半ほど前だった。それから抱き合うようになって、なんとなくツンとしたままここまで来てしまったが、気づけば杏子の中の彼に対する抵抗や苛立《いらだ》ちは、もうすっかりなくなっている。

見つめる視線の先で、庭に咲く芍薬《しゃくやく》がハラリと花びらを落とした。

半日陰の中で鮮やかに浮かび上がるその大輪の花と、そばに咲く桔梗《ききょう》とのコントラストがきれいで、杏子はついその光景に見とれる。

――最初のように彼が向けてくる好意が嫌でないなら、今自分が取っている態度はなんなのだろう。

なぜここまで意地を張っているのだろうと、杏子は考えた。

（わたしは……）

眠る雪成の顔に視線を向け、じっと見つめる。「好きになってくれるまで待つ」と言う彼に自分は一体何を返せるのかと考えたが、答えは出ない。

眩《まぶ》しいくらいの昼下がり、いつもより時間がゆっくりと過ぎていくような気がしていた。

＊＊＊

午後四時過ぎ、杏子が干していた洗濯物を取りこんで居間で畳《たた》んでいると、眠っていた雪成が身じろぎした。

「……あ、ごめんなさい、起こしちゃった？」

タオルケットを広げた音で起きてしまったのかと思い、杏子は謝る。雪成が起き上がりながら言った。

「いえ。すみません、ついうっかり寝ちゃったりして」

「ううん、ずっと外にいたから疲れたでしょ？」

頭におしぼりを載せたまま一時間ほど寝ていた雪成が、大きく伸びをする。杏子は突っかけサンダルで庭に下り、洗濯ばさみを片づけながらあたりを見回して言った。

「お庭、本当にきれい。すごく丁寧に雑草を抜いてくれたのね」

「最初見たときは、思ってたより広かったので、びっくりしましたけどね」

その件については事前に言うのを忘れていて、申し訳なく思っている。おまけに半月も放置したせいで、かなり雑草が茂っていた。

杏子は洗濯ばさみが入ったカゴを持ち、居間に戻る。そして床に胡坐《あぐら》をかいて座る雪成を見つめ、笑いかけた。

「これだけきれいにしてくれたから、きっと母も満足すると思う。本当にありがとう」

「――――」

杏子の顔を見つめた雪成が、ふいに黙りこむ。杏子は不思議に思い、問いかけた。

「加賀くん、どうかした？」

雪成は手で口元を覆《おお》い、「……いや、あの」と顔を赤らめて、視線をそらす。珍しいその表情を見つめる杏子に、彼が言いにくそうにボソリと言った。

「杏子さんに笑いかけられたのが、初めてなので……。勝手に舞い上がってるだけです」

「えっ？」

「すみません」

いつになく照れた様子の雪成を前に、杏子の顔もじわじわと赤らんでいく。互いに気まずく黙りこんだ。

（……笑いかけられた、って……）

――こんなに何度も会っているのに、初めてだっただろうか。

思い返せば、杏子はいつも視線をそらしたりうつむいたりしていて、正面から雪成の顔を見ることは少なかったように思う。

自分が笑いかけるだけで舞い上がってしまうのかと考え、杏子は目の前の彼がひどく不思議な生き物に感じた。そんなことでうれしいと言われると、なんだかむず痒《がゆ》いような気持ちがこみ上げてくる。

（ああ、そうか……この人）

見つめているうちに、唐突に杏子の中に確信が広がった。

（――この人、本当にわたしのことが好きなんだ）

これまでも何度も「好きだ」と言われていたが、杏子はそれを信じきれていなかった。

孝一から植えつけられた恋愛への不信感は根深く、雪成の言う「好き」という感情は、一過性の薄っぺらいものだと決めつけていた。だが自分の笑顔ひとつで喜ぶ姿を見て、ようやく杏子は自分に向けられている彼の気持ちが本物なのだと確信する。

それは頑《かたく》なだった心を、思いがけなく甘く疼《うず》かせた。

「……わたし、いつもそんなにむっつりしてる？」

杏子がそう聞くと、雪成は苦笑して答えた。

「むっつりっていうか……クールですよね。他の人には結構笑いかけてますけど、俺にはなかったかな。まあ、そんなつんけんした杏子さんも可愛いんですけど」

甘ったるい言葉に、ますますむず痒さが募《つの》る。

そんな杏子を見つめ、彼は笑って言った。

「今日は来てよかったです。杏子さんの役に立てたし、笑顔も見れたので」

雪成が浮かべた笑みはいつものニッコリとした完璧なものとは違い、滲《にじ》むように柔らかなもので、杏子はふと目を奪われる。

彼が伸ばした手で杏子の頬に触れてきて、ささやくような声で言った。

「……キスしていいですか？」

「っ……」

突然そんなふうに聞かれても、恥ずかしくて答えられない。

沈黙を了解と取ったのか、雪成が杏子の腕と後頭部をつかみ、自分の膝の上に引き寄せた。間近で見つめられてドキリとした瞬間、彼の唇が重なってくる。

「……っ……」

唇をなぞられ、舌が中に押し入ってきた。くすぐるように舌先を舐《な》められて杏子が甘い吐息を漏《も》らした途端、雪成はキスを深くしてくる。

「ん、……うっ……」

一気に淫靡《いんび》な雰囲気が高まり、ぬるい粘膜を擦《こす》り合わせる行為に熱がこもる。絡まり、吸い上げてくる雪成の舌の動きに、すぐに杏子の息が上がった。

体を辿った雪成の手が、胸のふくらみに触れてくる。その瞬間、杏子は我に返り、慌てて唇を離した。

「こ、ここじゃ駄目……っ」

「どうしてですか」

「どうしてって……」

「まだ明るい」とか、「ベランダが開けっぱなしだ」とか、理由はいろいろある。しかし一番気になっているのは、別のことだ。なおも触れてこようとする雪成の手をきつくつかんで押さえると、彼が不満げな視線を向けてくる。

杏子は気まずく説明した。

「ぶ、仏壇があるの。……だから」

「――仏壇？」

雪成は驚いた表情で、杏子が視線で示した居間続きの仏間を振り返る。そこには三年前に亡くなった父親の遺影が掛かっていて、それを見た彼は驚きを声に滲ませて言った。

「……お父さんですか？」

杏子がうなずいた途端、呆気に取られたような顔をした雪成は、やがて盛大に噴き出した。杏子はいたたまれない気持ちで頬をふくらませ、ボソリと言う。

「……もう、笑わないで」

「すみません、確かにお父さんの遺影の前じゃ、そういうことはできないですよね」

恥ずかしさと気まずさでうつむく杏子の頭をポンと叩き、雪成は突然わしゃわしゃと髪を掻き混ぜてくる。杏子が顔を上げると、彼は優しい目でじっと見つめ、笑って言った。

「――じゃあ、帰りましょうか」

乱された髪を押さえた杏子は、雪成の顔を見てにわかに鼓動が速まるのを感じた。

(………あれ?)

彼が自分に向ける気持ちが本当に恋愛感情なのだと確信したのは、つい先ほどのことだ。

そう考えた途端、雪成の表情やしぐさのひとつひとつを強く意識してしまい、杏子はそんな自分に戸惑《とまど》う。

釈然としないまま視線をそらした杏子は、畳《たた》んだ洗濯物を片づけ、開けていた家中の窓を閉めて回った。二階から戻り、ふと見ると、雪成が仏壇の前に座って手を合わせている。

――彼を見る目が、今日一日でかなり変わった気がした。落ち着かない気持ちは何かの予感にも似ていて、心がヒリヒリする。

杏子はしばらくぼんやりと立ちつくし、戸口から雪成の後ろ姿を眺めていた。

9

七月に入って十日ほど経った水曜日、杏子は母親の主治医との面談のため、病院に来ていた。

「先日から言っていたとおり、明日ギプスをはずします。腓骨《ひこつ》のほうは、まあ順調ですね。うっすらできている白い膜、これが仮骨《かこつ》です。ただ肝心の脛骨《けいこつ》のほうは、このとおりあまり骨癒合《こつゆごう》がよくない状態なので、退院はまだしばらく許可できないかな」

「あの……癒合していないのに、もうギプスをはずすんですか？」

「うん、そうだね。いつまでも着けてたら、足の筋肉が衰《おとろ》えていく一方だし」

「……そうですか」

午後四時に仕事を早退して病院に来た杏子は、主治医の言葉を聞いて肩を落とした。

母親の場合、脛骨と一緒に横にある細い骨、すなわち「腓骨」も折れていたが、「腓骨は折れていても歩くのに影響がないから、このままにします」と言われ、入院当初から放置されていた。

その対応に驚き、心配していたものの、レントゲンの画像を見ると、ささくれていたその腓骨《ひこつ》が再生してきているのがわかる。杏子は目を瞠《みは》った。

（すごい、ほんとに治ってきてる……）

ただ「肝心の脛骨《けいこつ》の治りが遅いため、退院はしばらく許可できない」と主治医に言われたことは、ひどく期待外れだった。

杏子は主治医に頭を下げ、診察室を出る。母親が入院してから、来週で一カ月が経とうとしていた。早く家に帰りたがっていた母親に、「退院はまだ先だ」と告げ《つ》るのは気が重く、病室に向かう足取りも自然と遅くなる。

沈んだ気持ちで廊下を歩いていると、角を曲がってきた雪成とばったり鉢合《はちあ》わせた。

思わず立ち止まった杏子は、小さく声を漏《も》らす。

「……あ」

「こんにちは、佐伯さん。今日は先生と面談でしたか？」

「はい。あの……」

仕事モードで話しかけてきた彼に、杏子も敬語で返事をする。杏子の表情が暗いことに気づいたのか、雪成が問いかけてきた。

「何か心配なことでもありました？」

「母の、退院のことで……」

杏子がそう言うと、雪成は、「ああ」と言って、待合の奥の椅子を指した。

「……少しあっちで、お話ししましょうか」

＊＊＊

母親の退院が、現時点ではいつになるかわからないと言われた。

そう杏子が説明すると、雪成は少し考えながら言った。

「お母さんの場合、筋力の低下が激しいんですよね。年齢的なものもあると思うんですけど、膝と足首の可動域もなかなか広がらないですし。だからもう少し入院して重点的にリハビリをしたほうがいいっていう、先生の判断ですよ」

「でも明日、ギプスをはずすって……」

「はずしてすぐ、足を地面につけて歩くわけじゃないので大丈夫です。髄内釘《ずいないてい》が入ってるので、グニャグニャにもなりませんしね。ギプスが取れたら今までどおりの筋トレに加えて、ふくらはぎのマッサージと、足首を上下に動かす運動をやっていきます。あと、足の指を動かすトレーニングですね。お母さんの骨、折れ方が斜めなので少し慎重に進めますが、無理はさせないので安心してください」

丁寧に説明してくれた内容は理解できたものの、杏子は黙りこむ。それを見た雪成が問いかけてきた。

「まだ何か心配なことがありますか？」

杏子は目を伏せて答えた。

「説明はわかったけど……母に退院が延びたってことを、言いづらくて」

「ああ、なるほど。お母さん、楽しみにしてましたもんね」

元々活発なたちの母親は、ずっと病院にいることがかなりのストレスらしい。院内でも患者友達を作り、それなりに楽しそうに見えたが、やはり家に帰りたいという思いが強いようだ。最近は会うたびに、退院についての話題を出すことが多かった。

「俺も気をつけてフォローしますし、まめに病室に行って自主リハビリにつきあいますよ。あまり落ちこまないでいてくれるといいですね」

雪成の言葉に、杏子はうなずく。しばらくの沈黙のあと、ふと彼が思い出したように言った。

「そういえばこのあいだ、杏子さんの家で草むしりした次の日にお母さんに言われました。『ずいぶん日に焼けたのね、昨日は何してきたの？』って」

「えっ……」

まさか余計なことを言ったのかと考え、杏子はドキリとする。それを見つめた雪成が、笑って否定した。

「言ってないですよ、何も。友達と草野球して焼けたって説明しておきました。――

でも」

彼は意味深に声を低めて言う。

「お母さんの知らないあいだに、俺が実家に出入りしてるのも……ちょっとドキドキしますね」

「……っ」

父親の遺影の前で事に及びかけたのを思い出し、杏子は顔を赤くする。そんな様子を見た雪成は笑って立ち上がり、杏子を見下ろして言った。

「これからお母さんのところに行くんですよね？　俺も少ししたら行きますから」

「あ……うん」

「じゃあ、またあとで」

そう言って仕事に戻る雪成の背中を見送り、杏子は病室に向かった。母親に退院が延びたことを伝えると、案の定、彼女はがっかりした表情を見せた。

「……延びたって、じゃあ、いつ退院できるの？」

「うーん、もう少し筋力をつけて、リハビリを重点的にやったらって言ってたけど」

「来週には、家に帰れるって思ってたのに」

どうやら母親は、ギプスをはずしたらもう完全に治っていて、すぐに退院できるものだと考えていたらしい。さすがにそれはないだろうと思いながら、杏子は必死で慰《なぐさ》めた。

「でも今帰っても、日常生活が不自由で大変でしょ？　遊びに行ったり庭仕事をしたいなら、ちゃんと治したほうがいいと思う。もう若くないんだし」

「失礼ね。私、これでも見た目が若いってよく言われるんだから」

「見た目じゃなくて、今は体のことが重要なの」

杏子が母親をたしなめていると、背後から声がする。

「失礼します。佐伯さん、入りますよ」

声と共にカーテンが開き、雪成が入ってくる。途端に「あら」と笑顔になる母親に、彼はニッコリ笑って言った。

「退院が延びたこと、残念でしたね。落ちこんでませんか？」

「落ちこんでるわよー。当たり前でしょ、早く帰りたいんだもの」

「明日ギプスをはずすんですが、きっとふくらはぎ、すごく痩《や》せてると思うんです。使っていない太ももの筋肉も落ちてしまっているので、早く普通に歩けるようになるために、リハビリをがんばりましょうね。ベッドの上でのリハビリや、院内の松葉杖《まつばづえ》での散歩も、今より積極的にやりましょう。俺、まめに顔を出しておつきあいしますから」

「まあ、加賀先生が一緒にお散歩してくれるの？」

「ベッドの上でのリハビリも、おつきあいしますよ。できるかぎり」

母親は少女のように頬を染めている。彼女が「ベッドの上のおつきあいなんて」とつぶやくのを聞いて呆《あき》れた杏子だったが、なぜかじんわりと頬が熱くなってしまい、気まずく視線をそらした。

――彼女は自分の娘が「加賀先生」とつきあっているなど、思いもよらないに違いない。

確かに雪成が言うとおり、母親が知らないうちに彼が実家に出入りしていたのを考えると、親に隠れて悪いことをしているような微妙な気分になる。

先ほどより明らかに気分が上向きになった母親を置いて、杏子は退出した雪成を追いかけた。廊下を少し行ったところで、振り向いた彼にお礼を言う。

「あの……母を励《はげ》ましてくれて、ありがとう」

「いえ。患者さんのリハビリに対するモチベーションを上げるのも、理学療法士《りがくりょうほうし》の仕事ですよ。お母さん、明るい性格ですから、俺もやりやすいです」

そう言って笑った彼の顔を見て、杏子の心臓がトクリと音を立てる。

動揺《どうよう》して視線を泳がせると、あまり時間がないらしい彼は「じゃあ、仕事に戻ります」と言って去っていった。そんな彼の背中を見送り、杏子は考える。

（……わたし、なんだかおかしい）

数日前の日曜から、杏子は雪成の顔を見るたび、落ち着かない気持ちになっていた。

気恥ずかしいような、いたたまれないようなその気持ちは今までとは少し違うもので、杏子を戸惑《とまど》わせる。

（でも……）

——母親の担当が雪成でよかった、と杏子は考えた。

初めは裏で手を回してわざと母親の担当になった彼に苛々《いらいら》したり、病院内で顔を合わせるのが嫌で逃げ回ったりしていた。だが雪成の仕事ぶりは真面目で、母親の様子もよく見てくれている。何より彼女自身が雪成を非常に気に入っていて、彼に会うことを日々の楽しみにしているようだった。

その日、午後五時過ぎに帰ろうとした杏子はエレベーターで一階まで下りた途端、雪成の仕事上がりの時間とかぶることに気づいた。

（このまま出たら、加賀くんと鉢合《はちあ》わせちゃうかも……）

今日は晴れているので彼はバスを使わないはずだが、会ってまた誘われても困る。

特にここ数日、彼に会うと意識しすぎてしまう自分を感じていただけに、真っ直ぐ帰りたいと考えていた。かといって雪成を避けるために再び病室に戻るのも、母親に不審に思われるかもしれない。どうしようかと思案し、杏子はふと思いついた。

（……そうだ、裏口から帰ろう）

少し遠回りしてバス停に行けば、きっと雪成と会うこともないだろう。杏子は正面入り口とは反対の、裏口に通じる人気《ひとけ》のない廊下に向かう。リハビリテーション室の前を通り過ぎ、角を曲がろうとしたところで、ふいに話し声が聞こえて立ち止まった。

「ね、加賀さんお願い。本当に急で悪いんですけど、私を助けると思って出てもらえません？」

「うーん、悪いけどちょっと無理かな」

（加賀くん、と――松永さん？）

廊下で話しているのは、私服姿の雪成と看護師の松永だ。ヒラヒラした淡いピンクのワンピースにカーディガンを羽織った松永は、相変わらずフェミニンで可愛らしい。二人の姿を見た杏子はドキリとし、慌てて廊下の曲がり角に身を隠した。

どうやら松永は雪成に頼み事をしている最中のようで、彼に向かって言った。

「男の人が一人、急に来れなくなったって言うんです。今日来る子たち、みんな看護師で可愛い子ばかりだし、きっと楽しいですよ？　加賀さんなら、すごーく歓迎されると思う」

「そういうの、興味ないから。本当にごめん」

話を聞いているうちにそれが合コンの誘いだとわかり、杏子は複雑な気持ちになる。

雪成に断られた松永は、「えー、残念」と言って笑った。

「加賀さんってガード固ーい。週末もセミナーに出るとか言うし、全然遊ばないんですね？」

「別にそんなこともないけど」

「じゃあ、私と二人でだったらどうですか？　加賀さんがＯＫしてくれるなら、今日の合コン、私も喜んでキャンセルしますけど」

「……っ」

　杏子はそれ以上二人の会話を聞いていられず、踵《きびす》を返した。

　早く帰ろうと思ったが、このまま外に出たら結局雪成の目についてしまうかもしれない。そう考えた杏子は、エレベーターで再び二階まで上がると、女子トイレに入って個室のドアを閉めた。

（……やっぱり松永さんって、加賀くんのことが好きだったんだ）

　なんとなく以前見かけたときの雰囲気と、母から聞いた話で予想はしていた。だがいざそういった光景を目の当《ま》たりにすると、モヤモヤする。

　先ほどの二人のやり取りを思い出し、杏子は目を伏せた。

（加賀くん、松永さんになんて答えたんだろう……）

　松永は小柄で可愛らしく、溌剌《はつらつ》としていて嫌味がない。いつも雪成に対してツンとしている杏子とは、大違いだ。

（それに……）

　――雪成の話し方は砕けていて、聞き慣れた敬語ではなかった。それが二人の親密さを物語っているように思え、杏子は憂鬱《ゆううつ》になる。そしてそんな自分に、困惑していた。

（……なんでわたし、こんなにショック受けてるの？）

そもそも彼と恋愛をする気のない杏子には、松永に対して何かを言う権利はない。雪成の関心を繫ぎ止めておきたいと思うのは身勝手なわがままで、純粋に彼に好意を抱いている松永と杏子では、どちらがふさわしいかは一目瞭然だ。

（……それなのに）

なぜ自分は、こんなにも落ち着かない気持ちになっているのだろう。

乱れた気持ちを持て余し、杏子は重いため息をつく。いつまでも気持ちの整理がつかず、杏子はそのあとしばらくトイレから出ることができなかった。

＊＊＊

重苦しい気持ちを抱えたまま、週末になった。最近はすっかり夏の到来を思わせる陽気が続き、夕方になっても気温が下がらない。蒸し暑い土曜の夕方、杏子は仕事が終わったあと、地下鉄で数駅先の街まで足を伸ばした。

明日は休みで、母親のいる病院に行く予定だ。今日街まで来たのは、退院が延びてしまった彼女を励《はげ》ますため、甘いものを買うのが目的だった。

患者友達や同室の人にもお裾分《すそわ》けをすることを考えると、一体どれくらいの数が必要になるだろう。そう考えながら、杏子はひとまずデパ地下を見て回る。しかしなかなか決まらず、うろうろと歩き回った。

(何がいいかな……季節的に、やっぱりゼリーとか?)

売り場を歩き回る杏子は、気づけばぼんやりと他のことを考えている。

(明日は加賀くんが休みだから……会わないようにコソコソしなくて済むんだ)

思わずため息が漏《も》れた。

松永と一緒だった雪成を見たのは、三日前のことだ。あれ以降なんとなく彼と顔を合わせづらく、杏子はわざとリハビリの時間をはずして母親の見舞いに行っていた。

仕事をしていてもなかなか集中できず、二人のやりとりばかりを何度も思い出してしまう。そうするうち、次第に杏子は、「もう雪成と会わないほうがいいのかもしれない」と再び考えるようになっていた。

(松永さんみたいに可愛い人が好意を寄せているなら……ああいう人とつきあったほうが、加賀くんは幸せに決まってるよね)

これまでの自分たちの関係は、雪成の一方的な好意だけで持っていたようなものだ。こちらが「もう会わない」とはっきりと言えば、彼は心置きなく松永とつきあえるに違いない。

（でも……）

——頭ではわかっているのに行動に移せないのは、雪成の手が離れることが惜《お》しいと思う自分がいるからだろうか。

彼の手や言葉に甘やかされることに慣れて、気がつけば杏子は「雪成は、ずっと自分のことを見ていてほしい」という利己的な考えを抱いていた。

あの場をすぐに離れたため、松永のアプローチに対して雪成がどう答えたのかは、わからない。

杏子に好意を抱いている彼はやはり断ったのかもしれないが、違う可能性も頭をよぎり、杏子はモヤモヤとした気持ちを持て余していた。

（わたしは加賀くんに……気持ちを返せないんだから。こんなふうに考える資格なんかない）

杏子は恋愛に、後ろ向きだ。もし気持ちを預けてまた裏切られたらと考えると、いっそ最初から誰も好きになりたくない。事実、雪成に対しても、「他の人と恋愛したほうがいい」と言ったことがあった。

だが今の自分の本音はどうなのだろうという疑問が、ふいに杏子の心をよぎる。彼が自分以外を見ても平気だと、心からそう言いきれるのだろうか。

（わたしは……）

気もそぞろにデパ地下を一周し、少し離れた百貨店に行こうと考えた杏子は、一度地上に出る。

土曜日の午後六時ということもあり、通りは多くの人で賑《にぎ》わっていた。何気なく視線を上げた杏子は、少し先に見覚えのある後ろ姿を見つけ、ドキリとする。

（あれって……）

スーツを着ている見慣れた後ろ姿は、五年ほどつきあった元彼の孝一だ。

二カ月近く前に突然こちらの連絡を着信拒否し、一方的に関係を終わらせた男の姿を前に、杏子は動揺《どうよう》した。彼の隣には、若い女性がいる。それを見た瞬間、杏子は孝一の行動が腑《ふ》に落ちたような気がした。

（もしかして、彼女とつきあいたいから――わたしのことが邪魔になったの？）

孝一が着信拒否する少し前から、杏子は彼とぎくしゃくしていた。

孝一は杏子と会ってもいつも寝てばかりで、素っ気ない態度は疲れているせいかと考えていたが、今思えばその理由は他に相手がいたからかもしれない。

そのくせ金を借りたいときだけは愛想がよく、機嫌を取るようにそのあとは優しかったことを思い出し、杏子の中に苦い思いがこみ上げる。

視線に気づいたのか、ふと孝一がこちらを振り返った。杏子と目が合った瞬間、彼は「しまった」というようなぎこちない顔をする。

それ以上孝一の顔を見ていられなくなった杏子は、来た道を引き返した。

人混みを縫い、駅に向かって早足で歩く。怒りは感じなかったものの、「なぜ今さら、彼に会ってしまったのだろう」という苛立《いらだ》ちが胸の中を渦巻いていた。

終わった話を、今さら蒸し返すつもりはない。それなのに、女連れの彼を見て複雑になっている自分が惨《みじ》めだった。

着信拒否が孝一の故意によるものだったことは、あのばつの悪そうな顔が物語っている。唇を噛《か》んで歩いていた杏子は、突然後ろから肩をつかまれ、驚いた。

「──杏子」

追いかけてきたのは、孝一だ。息をのむ杏子の顔を見つめた彼は、肩をつかんでいた手を離す。

そして少し気まずそうに言った。

「ごめん、いきなり呼び止めて。……ちょっと話をしないか？」

＊＊＊

「悪いな、ずっと連絡できなくて。携帯失くしちゃってさ、メモリも全部わかんなくなっちゃって」

通りに面したカフェで、向かい合わせに座った孝一は、そんな言い訳をした。「話がしたい」と言う彼に押し切られる形で店に入ったものの、杏子はひどく居心地の悪い気持ちを味わっている。今さら何の話をする気かと考えていたが、始めの言い訳がこれだ。

杏子は半《なか》ば呆れながら、目の前の孝一を見つめた。

(……どうしてそんな、すぐにばれる嘘をつくの?)

たとえ携帯を失くしたことが本当だとしても、孝一が杏子に連絡する手段はいくらでもあったはずだ。

彼は杏子の自宅も、職場である図書館の場所も知っている。実家にも来たことがあり、連絡を取ろうと思えば、いくらでも取れた。

なのに二カ月近く何もしてこなかったのだから、結局それが彼の意思なのだろう。

孝一は自分の発言の齟齬《そご》に気づかないのか、愛想よく話し続けた。携帯を失くしてどれだけ大変だったか、今やっている仕事の内容など——そんな彼を前に、杏子は別のことを考えていた。

(……さっきの女の人は、どうしたんだろ)

一緒にいた女性を置いてまで追いかけてきた孝一は、一体自分に何を話したいのか。考えても思いつかず、杏子は口を開いた。

「わたし、あんまり時間がないの。話したいことがあるなら手短にお願いしていい？」

杏子の言葉に孝一は目を瞠《みは》り、一瞬口をつぐむ。やがて彼は、取り繕《つくろ》うような笑みを浮かべた。

「いや、だから……お前に連絡しなかったのは不可抗力というか、わざとじゃないってことを言いたくてさ。誤解されるのもなんだし」

「…………」

誤解も何も、一連の彼の行動がすべてだと杏子は思う。孝一のほうから一方的に連絡の手段を断ち切って二カ月、彼は先ほど他の女性と歩いていた。

それが現実だ。杏子がじっと見つめると、孝一は笑顔で言った。

「お前のこと見かけたら、素通りできなかったんだよ。喧嘩《けんか》別れみたいになって以来、なんとなく連絡が取りづらくて、そのまま時間が経っちゃったから。でも、元気そうで安心した」

（……そういうことにしたいんだ）

故意に連絡を断ち切ったくせに、彼は自分の行動を「なんでもなかった」ことにしたいらしい。

結局自分の体面を取り繕うためだけに、孝一はこちらを呼び止めたのだろうか。杏子は話をするだけ無駄だと悟り、無言で荷物に手をかけた。

今さら彼の言い訳を聞いても何も心に響かず、あの出来事をうやむやにしてまた交際したいという気持ちもない。ならばもう、ここにいる意味はないはずだ。

そのまま立ち上がろうとした杏子に、孝一が焦った表情を見せる。そして彼は「話っていうのはさ」と早口で切り出した。

「久々に会ってなんだけど、一万だけ貸してほしくて。明日接待ゴルフの予定があるのに、銀行に行くのを忘れたから」

「……えっ？」

驚いて視線を向けると、孝一は笑って言った。

「な？　頼むよ」

その顔も口調も、かつて借金を申し込んできたときと同じものだ。それを見つめるうち、杏子の中にじわじわと失望が広がる。同時に笑い出したくなった。

（ああ、この人にとってわたしは……とことん都合のいい人間なんだ）

こんな人間と五年もつきあっていた自分の目は、一体どれだけ曇《くも》っていたのだろう。

目の前にいるのは、軽薄で口が上手くてその場しのぎに長《た》けた、ただのだらしのない男だ。つきあいはじめは違ったはずだが、孝一がいつのまにかそんな人間になっていたことに、杏子はずっと気がつかなかった。

それとも、知っていたのにあえて目をそらしていたのだろうか。彼と別れたくないあまり、そんなふうに振る舞っていた過去の自分に、呆《あき》れた気持ちがこみ上げる。

(馬鹿みたい……わたし)

今頃になって、ようやく気づいた。杏子はため息をついて孝一を見つめ、彼に問いかけた。

「……貸すと思う?」

まるで思いがけないことを言われたように、孝一が目を丸くする。それをおかしく思いながら、杏子は言った。

「『携帯を失くした』とか、そんな言い訳、どう考えてもおかしいでしょ。じゃあどうして今まで、一度も連絡してこなかったの? わたしの家も知ってて、連絡しようと思えばできたのに」

杏子の態度にポカンとしていた孝一は、ムッとして笑顔を引っこめる。杏子は淡々と続けた。

「お金のことだってそう。今までさんざん気軽に人のこと財布扱いして、借りた金額、ちゃんと把握《はあく》してる? 毎回『給料が出たら返す』って言ってたけど、わたしは一度も返してもらってない。それについての説明は?」

「…………」

「そんな状況で、また『貸してくれ』って言える神経がわからない。わたしたち、二カ月近くも会ってなかったのに」

畳《たた》みかけるような杏子の言葉に、孝一は不貞腐《ふてくさ》れた表情で黙りこむ。

彼が無言で煙草《たばこ》に手を伸ばし、火を点《つ》けた。杏子をそんな孝一をじっと見つめて言った。

「──黙ってないで、ちゃんと答えて。あなたの都合のいい話は、もう聞きたくない。だって別れるつもりで、連絡を絶ったんでしょ？　なら今までのこと、全部清算しなきゃおかしいじゃない」

孝一が舌打ちし、苛々《いらいら》した様子で煙草の灰を灰皿に落とす。そして吐き捨てる口調で言った。

「……ったく、久しぶりに会っても、やっぱお前って可愛げのない女なのな」

言葉にこめられた悪意を感じ、杏子は無言で孝一を見る。彼は紫煙《しえん》を吐いて続けた。

「お前はさ、昔っからそうだったよ。いっつも冷たい顔で、俺に駄目出しばっかして……。はっきり言って、そういうところにうんざりしてたんだ。会えば、あーでもないこーでもない、不満そうな顔ばっかして、俺が疲れてても気遣うわけでもないし」

──孝一は、過去の自分がいかに杏子に対して不満を抱いていたのかを語った。

あのときお前はこうだったから、俺は嫌だった。あのときお前があぁ言ったから、俺はうんざりした。「だから一方的に切ってやったのだ」と結論づけられ、杏子は言い返したい気持ちがこみ上げたが、ぐっと抑えて口をつぐむ。

やがて喋り疲れたらしい孝一が少し黙り、窓越しに往来を眺めて言った。

「俺さ、今、取引先の社長の娘とつきあってんだよ。お前と違って、素直で明るくて可愛い子」

「…………」

さっき彼が、一緒にいた相手だろうか。杏子がそう考えていると、孝一は笑って言葉を続けた。

「もうすぐ俺、むこうの会社にいい待遇《たいぐう》で引き抜いてもらえそうなんだ。彼女と結婚したら役職ももらえるかもしれないし、なんていうか今、すげー充実してるわけ」

言い返す気持ちも失《う》せて、杏子は押し黙る。やりこめたと満足したのか、孝一は何本目かの煙草を灰皿で消し、腕時計を見た。

彼は笑顔で立ち上がって言った。

「ま、そんなわけだから、お前とはもう終わりってことだ。急に呼び止めたりして悪かったよ。今後は連絡されても困るから、これっきりにしてくれな」

「――待って」

立ち去ろうとした孝一を、杏子は咄嗟《とっさ》に呼び止める。

孝一は意外そうに眉を上げ、杏子を見下ろしてきた。そしてどこか小馬鹿にした表情で言う。

「なんだよ、今さら別れないでくれって言われても困るんだけど」

「貸してたお金、今すぐ返してほしいの。全部」

自分の言葉を遮《さえぎ》ってそう言った杏子を見つめ、孝一はしばし黙りこむ。

やがて彼は苛立《いらだ》ったように顔を歪《ゆが》め、舌打ちして財布を取り出した。中から紙幣を数枚抜き取り、杏子に向かって投げつけてくる。

「――ほら、これでいいんだろ」

「…………」

頭に当たった一万円札が、ヒラヒラと床に落ちていく。そんな様子を、杏子は無言で見つめた。

孝一が嘲《あざけ》る口調で言った。

「お前みたいに冷たい女、絶対男にもてねーよ。……まあ俺にはもう、関係ないけど」

鼻で笑った孝一は、「じゃあな」と言って、今度こそ店を出て行く。

杏子は黙って床に落ちた紙幣を見つめた。異様な雰囲気に、近くの席の客がこちらをチラチラと見ている。それを感じながら、杏子は紙幣を拾い、テーブルの上のトレイを片づけた。

店の外に出ると、もうすっかり日が暮れていた。藍色の空には雲ひとつなかったが、街中の明るいネオンのせいで星は見えない。

地下鉄に乗りこんで約十分、最寄りの駅で降りた杏子は、自宅へ向かって歩き出す。

そこでふと、今日の目的であった買い物を忘れたことに気がついた。

(結局買うの忘れちゃったけど……まあいいか)

どうせ明日も明後日《あさって》も休みなのだから、また行けばいい。

自宅アパートに着いた杏子は、床にバッグを放り出した。電気も点《つ》けずに台所に向かい、グラスに焼酎《しょうちゅう》を注《そそ》ぐと一気に飲み干す。立て続けにもう一杯飲み干したが、酔えない自分に、虚《むな》しさだけが募《つの》った。

買い置きの安い赤ワインを開け、杏子はグラスを片手にソファに座る。テレビをつけた途端、バラエティ番組がけたたましい笑い声を上げ、ぼんやりとそれを眺めた。

膝を抱え、ワイングラスに注いだ赤い液体を見つめて、先ほどの出来事を反芻《はんすう》する。

孝一に言われた内容を思い出すと笑い出したい気持ちがこみ上げたが、結局笑えず、重いため息をついた。

(……勝手なことばっかり言っちゃって)

――とことん駄目な男だった、と思う。

孝一の口から語られたことは、すべて自分を正当化するための都合のいい話ばかりだ。

一方的に関係を断ち切ったことにも、嘘をついてまた金を巻き上げようとしたことにも、こちらに一切謝罪はなかった。

挙句の果てに「お前みたいに冷たい女、絶対男にもてねーよ」と憎まれ口を叩かれたのを思い出し、杏子は苦く笑う。

（……馬鹿みたい）

あんな男が、好きだった。あんな男と――五年も一緒にいた。

そう思うとじわりと涙が浮かんできて、杏子はグラスのワインを一気にあおる。孝一の前では表情を変えずにいられたものの、あのときの杏子は本当は傷ついていた。その事実に、じわじわと悔しさがこみ上げる。

（取引先の社長の娘？　役職？　……あんな薄っぺらい男、とっとと振られちゃえばいいのに）

どうやら彼は、今の交際相手と結婚するつもりでいるらしい。彼女の前では、自分には見せなかった誠実な顔を見せているのだろうか。そう思うと、悔しさと腹立たしさが入り混じった、複雑な思いにかられる。

孝一に対する未練は、もう杏子の中にはなかった。今さら彼とやり直したい気持ちも、昔に戻りたいという気持ちも、まったくない。

ただ、一方的にこちらが全部悪いことにされて一言も謝罪がなかった事実に、強い怒りを感じていた。

杏子は空《あ》いたグラスに、少し荒っぽくワインを注《そそ》いだ。

(そもそも貸したお金、全部で六万五千円だし。結局いくら借りたかなんて全然覚えてないくせに、三万ぽっち返したくらいで大きな顔しないでよ)

あんな男のせいで涙が出ることが、余計惨《みじ》めに感じる。ワインボトルをテーブルに置き、杏子はため息をついた。

(でもやっぱり、わたしが悪かったのかな……)

確かに孝一に対しては過去、小言めいたことばかり言っていた。彼の言うように、自分は優しい人間ではないのかもしれない。

現に今、杏子は好意を寄せてくれる雪成にもツンとした態度ばかり取っている。それを思うと、苦いものがこみ上げた。

(……加賀くん)

雪成の顔を思い浮かべた瞬間、胸がぎゅっとして、杏子は無性に彼に会いたくてたまらなくなった。

松永と一緒にいた姿を見かけて以来、なんとなくモヤモヤして、杏子は雪成に会わないよう時間をずらしていた。それなのに今「会いたい」と思う自分の身勝手さに、杏子の心はシクリと疼《うず》く。

孝一の言葉で、自尊心を深く傷つけられたせいだろうか。一方的に罵《ののし》られ、本当は言い返したかったのに、あのときはそれができなかった。そんなフラストレーションがある杏子は、今雪成に会って慰《なぐさ》められたいと思っている。——こんなときばかり、彼に甘やかされたいと思っている。

しかしそう考える一方、松永の存在が引っかかっていた。彼女が雪成に好意を抱いているなら自分は身を引くべきだと、杏子は漠然と考えていた。しかし、本当にそうだろうか。自分を甘やかしてくれる雪成の眼差《まなざ》しが他に向いても平気だと、本当にそう言い切れるのだろうか。

（……わたしは……）

杏子はぎゅっと強く自分の膝を抱き寄せる。自分はどうするべきなのか——そう考え、心が揺れて仕方がなかった。

＊　＊　＊

午後九時の外の空気は、日中に比べると少し涼しくなったものの、湿度を感じる。バス通りはときおり車が通るが、店も閉まって閑散としていた。

マンションの一室のインターホンを押した杏子は、固唾《かたず》を呑んで反応を待つ。しばらくしてドアが開き、中から出てきた雪成が驚いた顔で杏子を見た。

「――杏子さん」

「……っ、あの、わたし」

雪成の顔を見るなり動揺《どうよう》し、杏子は言いよどむ。唐突で大胆な自分の行動に、にわかに羞恥《しゅうち》がこみ上げ、言葉が出てこなかった。

午後九時、杏子は歩いて雪成の自宅マンションまで来ていた。突発的な行動で、当然ながら約束はしていない。そもそも互いの連絡先を交換しておらず、土曜の夜に彼が自宅にいるかどうかは、杏子にとって賭けだった。

孝一と偶然街で会って話をしたのは、ほんの数時間前だ。言われたことの大半はひどく理不尽で、納得できるものではない。悪口めいた言葉を真に受けるのは孝一の思う壺《つぼ》だとわかっているのに、どうしてもやりきれなさが募《つの》り、杏子は家に一人でいることができなかった。

衝動《しょうどう》的に雪成のところに来たものの、実際に彼の顔を見ると、自分の身勝手さをひしひしと感じる。

（……どうしよう）

突然押しかけた自分を、一体彼はどう思っているのだろう。そう考えながら、杏子はぎこちなく口を開いた。

「突然来たりして、ごめんなさい。……あの」

「いえ、全然。ちょっと驚きましたけど、杏子さんから会いに来てくれるなんてうれしいです」

雪成が笑い、大きくドアを開ける。

「どうぞ」

迷惑そうな顔をされなかったことにホッとし、杏子は玄関に足を踏み入れた。

遠慮がちに靴を脱ぎ、雪成のあとからリビングに入る。テーブルの上には分厚い本をはじめとした数冊の書籍、ノートや筆記用具が出ていて、彼が何かの勉強をしていたことが見て取れた。

杏子は雪成に問いかけた。

「もしかして、勉強中だった？」

「ええ、まあ。新しい専門書を買ったので、自分なりにまとめていて」

本のタイトルは「歩行と起居《ききょ》動作の臨床《りんしょう》メカニズム」というもので、ノートには「二足歩行の単純力学モデル」や「重心制御と股関節の両側活動」など、専門的な文言がいろいろ書かれている。

雪成の都合も考えず訪ねてきたことに、今さらながら罪悪感がこみ上げていた。杏子はうつむいて彼に謝った。

「邪魔をしてしまって、ごめんなさい。わたし、いきなり……訪ねてきたりして」

「それは全然かまわないんですけど。何かあったんですか？」

杏子はなんと答えていいのかわからず、言いよどむ。黙りこむ杏子を見つめ、雪成は少し笑って言った。

「座ってください。何か飲みますか？　……杏子さんは酒のほうがいいかな」

「あ、あの、そんな……おかまいなく」

キッチンに向かい、冷蔵庫からビールを取り出してきた雪成は、それを杏子に手渡す。彼はもともと座っていたらしいテーブルとソファのあいだの床に座ると、立ちつくす杏子に向かって言った。

「ここ、どうぞ」

彼の隣に招かれ、杏子は少し緊張しながらソファにもたれて床に座った。雪成は杏子の手の中のビールのプルタブを開け、シャープペンシルを手に取ると、テーブルの上の本を覗きこむ。

てっきり深く事情を聞かれると思っていた杏子は、そんな彼の行動に拍子抜けした。

雪成は本を読みながら言った。

「俺、このまま勉強してますから、何か話したくなったら話していいですよ」

「……えっ？」

「話したくないなら、別にそれでもいいです。もし眠くなったら、ソファかベッドで好きに寝ちゃってください。話し相手になるのは大歓迎なので、どんどん話しかけてくれていいですから」

杏子に笑いかけた彼はそれきりこちらに視線を向けず、勉強に没頭しはじめる。

部屋の中はテレビの音もなく、静かだった。床に敷かれたラグはモスグリーンのシャギー素材で、肌触りが柔らかい。室内にはシンプルだがセンスのいい家具が置かれ、すっきりと落ち着いた雰囲気を醸し出していた。

しんと静まり返った中、雪成がページをめくる音やノートにペンを走らせる音だけが響き、杏子はしばらく黙ってそれを聞く。

彼は勉強に集中しているものの、こちらが邪険にされている感じはまったくしない。むしろ「喋りたくなければ、好きなだけ黙っていてもいい」と許されている空気があって、杏子はじっと手元のビールの缶を見つめた。

沈黙の中で、今日の出来事を思い出す。街中で孝一を見かけたときは、いたたまれない気持ちがこみ上げた。女連れの彼など見たくはなかったし、身勝手な言い訳も聞きたくはなかった。

孝一が自分を正当化するために言った言葉は、すべて正しかったわけではない。だが冷静になってみると、彼の言い分に納得できる部分もあった。

――きっと自分には相手のことを思いやれないところがあり、言い方がきついときもあるのだろう。

無意識に不満を顔に出していたかもしれず、そう考えると、どんどん気持ちが落ちこんでいくのを杏子は感じた。

「今日……元彼に会ったの」

気がつけば杏子は、ポツリとそうつぶやいていた。雪成が文字を書く手を止める。

「……そうですか」

杏子に視線を向けないまま、彼はノートを見つめて言った。

「杏子さんがわざわざ俺に会いに来るのは、何かあったせいなのかなとは思ってました」

それきり何も聞いてこない雪成に、杏子は今日の出来事をポツポツと話す。口に出すことに痛みも感じたが、途切れ途切れのそれを、彼は黙って聞いていた。

話し終えてしばらく黙ったあと、杏子は口を開いた。

「最初はすごく腹が立ったんだけど、なんかね……今は、彼の言うとおりなのかなって思って」

杏子は小さく笑って言った。

「確かにつきあっていたときのわたし、彼に会うと不満ばかりだった。自分なりの理由があってのことだったけど、彼にしてみたら、いつも責められてる気になっていたかもしれない。言い方もきつかったし」

「――だからって、一方的に連絡を断っていい理由にはなりませんよ」

雪成はノートに目を伏せて言った。

「杏子さんが、罪悪感を持つことなんかないです。別れたいと思うならちゃんと相手と話をするべきだし、恋愛でお互いに嫌なところが出てくるのも当たり前じゃないですか。どっちかが、無理して相手に合わせなきゃいけないってわけでもないですしね。傷つけようとして言った言葉に、わざわざ律儀《りちぎ》に傷つけられてやることないですよ」

彼の言葉を聞いた杏子は、ぐっと唇を噛《か》む。

――雪成が自分の肩を持ってくれたことにじわりと心が疼《うず》き、やはり自分は彼にそう言われたくてここにやってきたのだと思った。

ビールの缶を強く握《にぎ》り、杏子は言った。

「わたし、今頃になってようやく気づいたの。見る目がなかったんだって」

苦いものがこみ上げるのを感じながら、杏子は小さく息をついた。

「五年もつきあってたのに……彼があそこまで自己中な人だと知らなかった。つきあってるときは好きだったし、だからこそ彼の悪い部分を、あえて見ないようにしていたのかもしれない。いつか彼と結婚したいって――そんなことも考えてた」

雪成が無言で背後のソファにもたれかかる。彼はきっと呆《あき》れているのだろうと考え、杏子は居心地の悪い気持ちで続けた。

「本当は、こんな愚痴《ぐち》を言いに加賀くんのところに来るのは、お門違《かどちが》いだってわかってる。わたし、自分がつらいときばかり加賀くんに甘えて……踏みこまれたくなくて、いつもつんけんしてるくせに」

「――いいんですよ」

雪成が笑い、杏子を見た。

「最初に言ったじゃないですか。俺のことは、都合よく利用してくれていいって。俺、うれしいんです。杏子さんが傷ついたときに思い出してくれたのが自分で」

優しい言葉にぎゅっと胸が痛くなり、杏子は黙りこむ。雪成が微笑《ほほえ》み、おもむろに腕を伸ばして、頭にポンと手を載せてきた。彼は驚く杏子の髪を、大きな手で掻き混ぜながら言う。

「俺は絶対に杏子さんを傷つけたりはしません。いつだって優しくしたいし、笑ってくれるだけで舞い上がっちゃうくらい、あなたにぞっこんですから。つらいなら、泣いたりわめいたりしてもいいですよ。それで嫌いになったりしないですし」

雪成の言葉が、じわじわと心に沁《し》みてくる。

頭に置かれた手のぬくもりに、杏子の涙腺《るいせん》が緩《ゆる》んだ。なんでも許されると思った途端、言わずにおこうと考えていた鬱屈《うっくつ》さえもつい口に出していた。

「わたし——本当は見たくなかった。彼が他の誰かと一緒にいたりするところなんて……本当にわたしは必要なくて、捨てられたんだって思うから」

堰《せき》を切ったように思いが止まらず、杏子は続けて言った。

「こっちを一方的に切ったくせに、お金を借りたいときだけはいい顔して。『お前に連絡できなかったのはわざとじゃない、元気そうで安心した』とか言いながら、わたしがお金を貸すのを断った途端、いきなり手のひらを返したの。『久しぶりに会っても、やっぱり可愛げのない女だ』って——そういうお前に、昔からうんざりしてたんだって……そう言われて」

こらえきれずに涙が落ちるのを感じながら、杏子は小さく鼻をすする。

「それからつきあっているあいだ、彼がどれだけ嫌な気持ちだったのかを延々聞かされて……でもわたし、言い返すのを我慢してた。そこで言い返したら、彼に対する言葉が止まらなくなりそうで……そうしたら、まるで彼の言葉を全部認めたみたいになっちゃって」

頭にお金を投げつけられたことまで杏子が話すと、雪成はかすかに眉を寄せ、目を細める。

彼がティッシュの箱を差し出してきて、杏子は「以前もこんなことがあった」と思いつつ、二、三枚抜き取った。鼻をかみ、小さく息をつくと、杏子は苦く笑って言葉を続けた。

「でも一人になったら……彼の言うことも、一理あるのかもって思った。確かにわたし、全然優しくないもの。加賀くんにだっていつもつんけんして……。そのくせこうして、頼りたいときだけ会いにくるなんて」

「わかってないな、杏子さんは」

雪成が呆《あき》れたように笑って言った。

「俺はそんな杏子さんを、可愛いと思ってますから。だからいいんですよ、俺に対する態度は気にしなくて」

雪成の言葉に、杏子の胸がきゅうっとする。

彼はこんな自分でもいいと、許容してくれる。ずるくても、優しくなくても――そう思うと切なさと安堵《あんど》をおぼえ、杏子はじっと隣の雪成の顔を見つめた。

彼は杏子にチラリと視線をよこしたものの、すぐに目をそらす。そしてなぜか苦虫を嚙《か》み潰したような顔で、ボソリと言った。

「……そういう顔をして、間近で見ないでください」

「どうして？」

「杏子さんに触れたくなるのを、これでも精一杯我慢してるんです。……あなたは他の男のことで泣いてるんだし」

雪成の言葉が意外で、杏子はまじまじと彼を見つめた。

孝一の話を聞きながら、雪成は一体どんなことを考えていたのだろう。ひどい男とつきあっていたことに対する、呆《あき》れだろうか。――それとも嫉妬《しっと》だろうか。

そう思うと形容しがたい思いがこみ上げて、気づけば杏子は雪成に体を寄せ、衝動的《しょうどう》に口づけていた。

雪成が驚いた顔で、杏子を見下ろしてくる。

「……杏子さん」

「別に、我慢しなくていい」

――「触れたい」という衝動は、彼と初めて抱き合ったときにも似ていた。ただあのときよりずっと強く、目の前の雪成に対して渇望《かつぼう》に似た気持ちがある。

彼の触れ方がどんなに優しいか、杏子はもう知っている。どれだけ丁寧に自分に触れるか、手も、声も――それが今欲しいと、切実に杏子は思った。

（わたしに夢中になる……加賀くんが見たい）

そう思いながら、杏子はもう一度自分から雪成に口づけた。誘うように彼の唇の合わせを舌でなぞり、表面を軽く吸う。

複雑な表情だった雪成は、やがて杏子の体を引き寄せ、キスを深くしてきた。

「ん……っ」

雪成の舌が口腔《こうこう》に押し入ってきて、中を熱っぽく舐《な》めつくされる。苦しいくらいに強く抱きこまれ、吐息すら封じこむ口づけは、ひどく情熱的だった。

混ざり合った甘い唾液を嚥下《えんか》し、それでもまだ終わらないキスに、杏子は息を乱す。

ようやく唇を離し、雪成がささやいた。

「こんなふうに誘ったら……止まらなくなるけど、いいんですか」

「――いいの」

杏子の真意を探るように、雪成がじっと見つめてくる。彼の顔を見つめ返しながら、杏子は小さくささやいた。

「加賀くんの……好きにされたい」

＊　＊　＊

「……っ、はっ……」

薄闇の中、押し殺した息遣いが響く。

ベッドの上に座る雪成に向かい合う形で、杏子は彼の腰に跨《また》がっていた。雪成の唇が、杏子の胸元を辿る。それと同時に、膝立ちしたまま中に挿《い》れられていた指が、より深くに押しこまれた。

杏子はビクリと体を震わせた。

「ぁ……っ」

根元まで埋めた指を、雪成が奥で動かしてくる。溢《あふ》れ出た愛液で恥ずかしいほどの水音が立ち、彼の手のひらまで濡《ぬ》らしているのがわかった。

杏子の背中を抱き寄せながら、雪成が胸の先端に唇を寄せてくる。舌先で乳暈《にゅううん》を舐《な》めたあとに吸いあげられ、じんとした快感をおぼえた杏子は、必死に彼の肩にしがみついた。

「んっ……あ、……ゃっ……」

「すっごい濡れてる……聞こえますか、音」

「あっ……やっ、ぁっ……！」

押しこんだ二本の指を体内で動かしつつ、雪成の親指が花芯《かしん》を優しく撫《な》でる。途端に甘ったるい愉悦《ゆえつ》がこみ上げ、最奥が物欲しげに蠢《うごめ》くのを杏子は感じた。

こちらは服を脱がされているのに、彼は着衣のままで、それが無性に恥ずかしい。雪成は尖った胸の先端を舐めながら、隘路《あいろ》で指を動かす。中を掻き回されるたび、内襞《ひだ》が彼の指をビクビクと締めつけて、杏子は息を乱しながらささやいた。

「あっ、……も……っ……」

「なんですか？」

「……んっ、早くして……っ……あっ……」

早く体の中の隙間を埋めてほしくてたまらないのに、雪成は笑って杏子をはぐらかす。

「俺の好きにしていいって言ったんですから、そんなに急《せ》かさないでください。一回、指で達《い》っときますか」

「やぁっ……あっ、ぁ……っ！」

反応するところばかりを狙って激しく動かされ、杏子はあっというまに昇《のぼ》りつめる。

余韻に体を震わせる杏子を引き寄せて、雪成が口づけてきた。

「っ……うっ、……は……っ」

口腔《こうこう》を深く探る動きに、荒い呼吸がさらに乱れる。

そのままベッドに押し倒されて、上に覆《おお》いかぶさってきた雪成の手が、肌を撫でた。

胸のふくらみを手のひらに収められ、揉《も》みしだかれながらきつく頂《いただき》を吸われる。快感と疼痛《とうつう》がない交ぜになった感覚に、思わず杏子は声を上げた。

――いつもよりどこか荒っぽい雪成に、ゾクゾクした。

「ん、ぁっ……」

秘所を這《は》った指がまた中にもぐりこんできて、杏子は喘《あえ》ぎながら雪成の手首をつかむ。

「指……嫌、も……っ」

「熱いですね、中。ぬるぬるして柔らかいのに、狭くて……ぎゅうぎゅう締めつけてくる」

「はぁっ、あっ……！」

(早く、はやく……欲しいのに)

ねじ込まれた硬い指で体の内側をなぞられ、息が乱れる。

杏子は潤《うる》んだ瞳で雪成を見つめた。「好きにされたい」という言葉に煽《あお》られたように、彼は執拗《しつよう》に快感を与えてくる。中に指を挿《い》れながら動かされ、さらに胸の先を噛《か》まれると、甘い愉悦《ゆえつ》が走って声を我慢できなかった。

ことさら反応を引き出すような動きが恥ずかしく、つかんだシーツで顔を隠した杏子は、切れ切れに訴える。

「やっ、お願い……早く……」

体を起こした雪成が、杏子の唇に軽くキスをした。間近で見つめられてじわりと頬を染めると、彼は微笑《ほほえ》んで言う。

「……挿れてほしいですか」

杏子がうなずくのを見た雪成が、ようやく自分のシャツを頭から脱ぎ捨てる。彼は杏子を見つめ、驚くことを言った。

「じゃあもっと、おねだりしてください」

「……えっ……」

「俺がその気になるように」

一瞬頭が煮《に》えたようになり、杏子は雪成に言い返そうとする。しかし欲しいのは本当で、何も言葉が出てこない。恨《うら》みがましく雪成を睨《にら》みながら、杏子は考え、結局小さく言った。

「……して」

「もっと」

「……欲しい、の」

「何をですか？」

雪成が屈《かが》みこみ、杏子の肌にキスを落とす。胸のふくらみを手のひらで揉《も》まれ、頂《いただき》をきゅっと強く刺激されて、思わず声が漏《も》れた。

「あっ……！」

「可愛い。ほら、もっとおねだりしてくれたら、なんでも言うこと聞きますよ。俺は」

「だから言ってください」と笑顔で促《うなが》され、杏子の中にじわじわと悔しさがこみ上げた。

（加賀くんの笑顔って……たまにすっごく憎たらしい）

いつも笑顔の雪成が、見た目どおりの爽《さわ》やかな性格ではないことは、もうわかっている。強引で計算高い部分があるが、普段の彼はそれを、人好きのする顔の下にきれいに押し隠していた。

言いなりになることに反発する気持ちがあるのに、突っぱねられない自分も確かにいて、杏子は喘《あえ》ぎながら言った。

「……ぁっ、……加賀くんが、欲し……っ……」

言われるがままに答えたのに、雪成は動かない。杏子をじっと見つめた彼は、苦笑いして言った。

「ほんと、杏子さんの声は――たまんないな」

杏子の耳に唇を這《は》わせ、舌でなぞりながら、雪成が指で濡《ぬ》れそぼった秘所を割る。再び中に指を埋められ、杏子は体を震わせた。

「や、……っ！」

杏子は彼の二の腕に、思わずぎゅっと爪を立てる。焦《じ》らすような行為が、もどかしくて仕方なかった。雪成が「いてて」と言って顔をしかめ、ようやく動きを止める。悔しくなった杏子は、彼の顔を見つめて言った。

「ずるい。ちゃんと言ったのに……っ」

「すみません。杏子さんのおねだりが可愛くて、つい」

噴き出した雪成は乱れた杏子の髪を撫《な》で、なだめるように口づけてくる。

「怒らないでください。そうやって杏子さんが、普段とは違う顔を見せるから……もっと反応を引き出したくなるんです」

言葉の内容と甘いしぐさが恥ずかしく、杏子はぐっと黙りこんだ。雪成は枕の下を探って避妊具を取り出し、前をくつろげて装着する。彼は屈《かが》みこみ、覆《おお》いかぶさりながら、杏子の耳元でささやいた。

「――本当に可愛い。あげますから、いっぱい声、出してください」

「……あっ……！」

膝を押した雪成が一気に屹立《きつりつ》を押しこんできて、杏子はビクッと体を震わせた。

「あ、待っ……ぁ、っ！」

「力抜いて……すぐ入りますよ、ほら」

「んん……っ」

硬い熱に内側を擦《こす》られ、いっぱいに満たされて奥を突かれると、背すじを鋭《するど》い快感が走り、強い圧迫感と充足をおぼえる。

最奥に到達した雪成が軽く揺らすだけで、じんとした愉悦《ゆえつ》が走った。熱っぽい息を漏《も》らす杏子を見つめ、雪成が笑って言った。

「ああ、すごいな……中、熱くてビクビクしてる。欲しくてたまらなかったみたいに」

「はっ……ぁ……っ」

さんざん焦らされたせいか、内部はひどく敏感になり、雪成を強く締めつけている。そんな反応が彼に伝わっているかと思うと、杏子の中にじわじわと恥ずかしさが募《つの》った。

だがやっと隙間なく埋めつくされた充実感が大きく、体の奥がトロリと潤《うる》み出す。

ゆっくりと腰を使われて、じりじりと体温が上がった。隘路《あいろ》から屹立を抜き差しされるのも、奥まで押しこまれる動きもよくて、気づけば杏子は甘い声を上げていた。

「あ……っ、んっ、……ぁっ……」

律動《りつどう》のたびに声を漏《も》らす杏子を見下ろしながら、雪成が笑った。

「そんな腰にくるような声を出されたら、すぐ達《い》っちゃいそうです。……好きですか、俺のこれが」

「……んっ……ぁっ、好き……」

「もう一回言ってください」

「好き……っ、ん、あ……っ！」

雪成はことさら杏子から言葉を引き出そうとし、抽送《ちゅうそう》を激しくしてくる。そして体重をかけてさらに奥まで自身を押しこみ、唇を塞《ふさ》いできた。挿《い》れられたものの大きさに一瞬息を詰めた杏子は、律動のたびに小さく声を漏らしつつ、キスに応《こた》える。

そんな様子を熱っぽい目で見つめ、唇を離した雪成がささやくように言った。

「――いい加減、観念して俺のものになればいいじゃないですか」

「……えっ……？　ぁ、っ」

「俺じゃ駄目ですか？　どんな男だったら……あなたは好きになるんですか」

間近で怖いくらいに真剣な眼差《まなざ》しを向けられ、その声が孕《はら》む熱情に、杏子の心臓がドクリと音を立てる。

雪成は杏子の頭を抱えこみ、髪に顔を埋めて言った。

「そばにいられるなら、俺が必要なら――なんだってしてしますよ。ただ、他の男のことで泣かれるのは結構きついです。『結婚したいほど好きだった』なんて言われたら、その記憶を俺が全部塗り潰してやりたくなる」

「……っ」

雪成の言葉を聞いた杏子の心が、ぎゅっと痛みをおぼえた。

――やはり自分は、雪成にひどいことをしている。こんなふうにひたすら優しくしてくれようとする彼を、身勝手に振り回してしまっている。

そんなふうに考える杏子の顔を見た雪成が、どこかやるせなさそうに微笑《ほほえ》んだ。それはいつもの快活な笑顔とは違っていて、杏子の中の罪悪感が疼《うず》いた。

「――好きです。杏子さんが俺を、恋愛対象として見ていなくても……なんだってしてあげたい」

「あっ……」

「もし俺のことを好きになってくれるなら……こんなにうれしいことはないのにな。今よりもっと、嫌ってほど甘やかしてあげるのに」

「はぁっ……んっ、ぁ……っ！」

律動《りつどう》を速められ、弱い部分を的確に抉《えぐ》る動きに、息も止まるほどの愉悦《ゆえつ》を感じる。目の前の首にきつくしがみつき、杏子は雪成の肩口に顔を埋めた。

「ぁっ……あっ、や、も……っ」

達する寸前なのに微妙にポイントをずらされ、杏子は焦《じ》れてますます雪成の首にしがみつく。杏子の耳にキスをし、汗ばんだ額《ひたい》を唇でなぞりながら、彼は少し息を乱してささやいた。

「『達《い》っちゃう』って、可愛く言ってくれたら達かせてあげますよ。……ほら」

「やっ……加賀、くん……っ」

「気持ちをくれないなら、せめて今、言葉だけでも――俺にください」

雪成が杏子を、熱っぽく見つめてくる。ぐっと深く突き上げられ、先端で奥を抉られて、気がつけば杏子は声を上げていた。

「ん、ぁっ、達く、いっちゃ……っ……、はぁっ、あ……っ！」

ビクッと大きく体を震わせ、杏子は達する。しかし息を詰めて中の締めつけをやり過ごした雪成は、動きを止めなかった。

力の抜けた体を抱えられ、膝の上に乗せられる。突き上げながら唇を塞《ふさ》がれ、杏子はくぐもった声を漏《も》らした。達したばかりの内部は揺さぶられるとまたじわりと愉悦を滲《にじ》ませ、中の雪成を締めつける。

少し汗ばんだ雪成の様子と、自分に向けられる彼の眼差《まなざ》しに、ゾクゾクした。唇が離れるのが寂しくて顔を寄せると、雪成がすぐに唇を塞いでくる。

「……んっ、は……っ……ぁっ……」

（わたし……何か、変……）

抱き合っているのに、ひどくもどかしい。もっと触れたくて、雪成を近くに感じたくて、たまらなくなる。

「好きだ」と言われるのは、初めてではなかった。会うたびにほぼ毎回そう言われていたのに、今日の言葉はことさら心に沁《し》みる。

どんな自分でも許容するという雪成の言葉に、杏子は確かに安堵《あんど》をおぼえていた。彼だけは揺るぎなく自分のことを好きでいてくれると思うと、胸の奥がきゅうっと切なくなる。

ふと、ここ数日感じていた憂鬱《ゆううつ》を思い出した。松永に誘われていた雪成を見て、杏子はずっと不安だった。彼が松永の言葉にどう答えたのかばかりが気になって、何をしていてもうわの空だった。

今日孝一に会い、彼と話をして落ちこんだときも、思い浮かんだのは雪成の顔だ。――彼の都合も考えず、家まで押しかけてしまうくらいに。

めつめる。


（……ああ、――わたし）

唐突にすべてが腑《ふ》に落ちたような気がして、杏子は頬をじわりと熱くした。

（わたし、とっくに加賀くんのことが――好きだったのかも……）

自覚した途端、猛烈ないたたまれなさをおぼえ、杏子は目の前の雪成をじっと見つめる。

「……杏子さん？」

「……っ」

意図せずに中の雪成を強く締めつけてしまい、その動きで彼が一瞬息を詰めた。雪成はぐっと奥歯を噛《か》み、どこか怒ったように言う。

「あんまり締めないでくださいよ」

「や、だって……ぁっ」

「そんなに締められたら保《も》たないじゃないですか」

言われれば言われるほど、杏子は自分の体内にある屹立《きつりつ》を意識してしまい、締めつける動きが止まらない。

やがて雪成が、「ああ、もう」と悔しげな顔でつぶやき、杏子の腰をつかんで下から強く突き上げてきた。揺さぶられるがまま、杏子は彼にしがみついて悲鳴のような声を上げる。

「あっ……はっ、や、ぁっ……！」

「……っ……」

雪成の体が一瞬強張《こわば》り、最奥で彼が熱を放つのを感じる。目も眩《くら》むほどの愉悦《ゆえつ》を感じながら、杏子は息を乱して彼を見つめた。

（わたし、加賀くんが……好き）

――自覚したばかりの気持ちはまだ混沌《こんとん》としていて、すぐに雪成には言えそうにない。

気がつけば杏子は強い疲労感の中、深い眠りに吸い込まれていた。

10

十日ほど晴れて三十度近い気温が続き、すっかり季節は夏真っ盛りだった。気がつけば七月は、もう下旬になっている。

「うーん、やっぱりむずかしいわねえ。全然動かないわ、これ」

母親が脚の手術をしてから、一カ月と少しになる。病室のベッドの上で、彼女は最近新たに加わったリハビリに励《はげ》んでいた。

今やっているのは、タオルの端に本などの重いものを載せて足の指でたぐり寄せることと、それと太いストローを一センチの長さに切ったものを足の指で持ち上げるというメニューだ。今までの筋トレや院内の散歩も含めると、リハビリのメニューがだいぶ多彩になってきた。もう少ししたら、折れた脚に段階的に荷重する訓練も加わるらしい。

「そんなこと言わないで、がんばってよ。ギプス取ったときに比べたら、だいぶ膝も足首も動くようになってきたでしょ？　やっぱり毎日の積み重ねが大事なんだってば」

リハビリに飽きたらしい母親を、杏子はそう言って励ます。

実際ギプスを取った直後の脚は、足首が腫《は》れて太くなっているのにふくらはぎは痩《や》せているという状態で、母親本人も相当ショックなようだった。しかし現在、足首の腫れはだいぶ引いてきて、リハビリを続けることで、少しずつではあるが筋力も戻ってきている。主治医からは、「折れた脚に全体重をかけられるようになれば、退院していい」と言われていた。

「飽きちゃったんなら、気分転換に院内のお散歩に行こうか？　わたしもつきあうから、ね？」

ともすれば自主的なリハビリをさぼりがちな母親を、杏子はそう言って病室の外に連れ出した。

折れた脚はまだ地面につけられないものの、松葉杖《まつばづえ》を使って歩くことはできる。これは筋トレとして、非常に有効らしい。母親のペースを崩さないよう、ゆっくり各階を歩き回った杏子は、一階のリハビリテーション室の前まで来た途端、にわかに緊張した。

（……どうしよう）

リハビリを受ける人は、入院患者だけではない。退院後の通院や、他の病院から紹介されてリハビリだけ受けに来る人など、様々だ。リハビリテーション室の中には患者と職員を合わせて結構な人数がいたが、杏子の視線は自然と一人の男に引きつけられる。

マスクをした雪成は、寝台の上で若い女性患者の関節のストレッチをしているところだった。

ドキリとする杏子の横で、母親が言った。

「加賀先生、相変わらずモテモテねえ。見て、あの子、明らかに恋してる目じゃない。彼にかかると年齢関係なく、みーんなああいう目つきになっちゃうのよ。本当、罪作りだわ」

何度か院内で見かけたことのある二十歳くらいのその女性は、確かに頬を染めて雪成を見つめている。

「なるほど、あれが恋をしてる目か」と他人事のように思ったところで、杏子はふときまりの悪さをおぼえ、目を伏せた。

（もしかしてわたしも……あんな目をしてる？）

もし彼女と同じような目で雪成を見ているのだとしたら、それはまずい。彼に見つかる前に帰ろうと考え、杏子は母親を急《せ》かした。

「ほら、もう行かないと。いつまでも眺めてたら、お散歩が終わらないでしょ」

「えー、いいじゃない。若い理学療法士《りがくりょうほうし》や作業療法士の男の子たちを眺めるのが、入院中の娯楽なのよ。これくらいしか楽しみがないんだから」

「もう、何言ってるの」

ふざけたことを言う母親に、杏子は呆《あき》れて怒ろうとする。そこでリハビリテーション室のドアが開き、雪成が顔を出した。

「佐伯さん、散歩ですか。がんばってますね」

思わず固まる杏子の横で、母親がうれしそうに雪成に答えた。

「ええ、そうなの、娘とね。でもどうせなら私、加賀先生とお散歩したかったわあ」

「あはは、そうですね。時間が空《あ》いたら迎えに行きますよ」

雪成はそこで杏子に視線を向け、ニッコリ笑いかけてきた。

「娘さんも、こんにちは」

「あっ、はい、あの……こ、こんにちは」

ぎこちなく挨拶《あいさつ》を返し、杏子は急いで母親に言う。

「ほら、邪魔しちゃ悪いし、もう行こ？」

「わかったってば」

不満げな様子の母親を急かし、杏子は雪成に目を合わせずに頭を下げる。そしてリハビリテーション室をあとにした。

しばらく行った先の外来の待合は、いつもと比べて若干空《す》いている。そこまで来て、杏子はようやく緊張を緩《ゆる》め、大きく息を吐いた。

（どうしよう……加賀くんの顔が見られない）

意識しすぎなのだと思う。――それは充分、わかっている。

杏子が雪成に対する気持ちに気づいたのは、九日前のことだった。以来、杏子は悩ましい日々を過ごしている。

　これまでの杏子は、向けられる好意に甘えてずいぶん彼に冷たく当たり、振り回してきた。思い返すとつくづく雪成の辛抱強さが身に沁《し》みて、杏子の中に罪悪感ばかりが募《つの》る。

　自分のテリトリーに踏みこまれたくない気持ちが強すぎて、初めは名前も職業も、連絡先すら教えなかった。母親の入院がなければ、きっと今も教えていなかったに違いない。

　そんな杏子に対して、雪成はいつも穏やかだった。彼の優しさを当たり前のように思っていた自分が、杏子は今さらながらに恥ずかしくなる。

（さんざん加賀くんを振り回したくせに、今さら「好き」だなんて……簡単には言えない）

　――そんな気持ちが、杏子の心をずっと重くしていた。

　九日前、雪成と抱き合ったあと深夜に目を覚ました杏子は、すぐに「帰る」と言って雪成に自宅近くまで送ってもらった。しかし心の整理がつかず、どこかうわの空で、会話らしい会話はなかったと思う。

　そのあとの丸一週間、杏子は自分の気持ちを持て余し、雪成に会わない時間を選んで病院に来ていた。ずっと雨が降らなかったのもあって、彼の顔を見ること自体、今日が久しぶりだ。

（わたし、どうしたらいいんだろう……）

会話とも言えないような先ほどのやり取りを思い出し、杏子はため息をつく。

顔を見ると、改めて「好きだ」と思った。雪成の顔、しぐさ、声を聞くだけで胸がきゅうっとするのは、まるで初恋にのぼせ上がる中学生のようだ。当初の頑《かたく》なさを思うと、我ながらかなりの変わりようだと杏子は自分に呆れる。

院内の散歩を終え、母親を病室まで送り届けた杏子は、彼女が使っているマグカップを洗いに給湯室に向かった。「今日は洗濯物を持って帰ろう」と考えながら病室に戻ると、カーテンのむこうからクスクスと笑い声が聞こえる。

不思議に思って中をそっと覗きこんだ杏子は、ドキリとした。母親と話しているのは、看護師の松永だ。彼女は杏子に気づき、明るく言った。

「あらっ、こんにちは、娘さん」

「あ……こんにちは。お世話になってます」

翌日に予定しているレントゲン検査の紙を持ってきたという松永は、ついでに母親と雑談をしていたらしい。間近で見ると、目が大きな彼女はやはり可愛らしく、男性受けが良さそうだと感じる。

なんとなく気まずさをおぼえる杏子に、母親が言った。

「聞いてよ、杏子。松永さん、最近すごーくいいことがあったんですって」

「やだあ、佐伯さんったら。まだこれからっていうか、全然確定じゃないんですけどね？」

松永が母親を叩くふりをしながら、うれしそうに笑う。話が見えない杏子は曖昧《あいまい》に微笑《ほほえ》み、「いいことって？」と水を向けた。

「彼氏ができそうだっていうのよ。ねっ、松永さん」

「もう、だからまだ、わかんないんですってば」

それを聞いた杏子の心臓が、ドクリと音を立てた。頬を染める松永は本当にうれしそうで、杏子はついまじまじと彼女の顔を見つめてしまう。

（松永さんに、彼氏って……）

――彼女は、雪成を好きなのだと思っていた。何度か二人が一緒にいるところを目撃したが、松永は確かに彼に対して好意を抱いているように見え、かなりあからさまなアプローチをしていた。

（まさか、相手は加賀くん……？）

杏子が見るかぎり雪成は誠実で、二股をかけるタイプではない。しかしふいにそんな考えが浮かんで、にわかに不安をおぼえる。

そんな杏子の目の前で、松永が母親に向かって言った。

「佐伯さん、絶対言いふらしたりしないでくださいね？　まだ本当にどうなるかわかんないですし。あ、私、そろそろ戻らなきゃ」

松永が「失礼します」と言い、笑顔で病室を出て行く。彼女を見送った母親は、すぐに勢いこんで言った。

「ね、やっぱり松永さんの相手って彼だと思う？」

同室の人を気にしたのか声をひそめる母親に、杏子は問い返す。

「彼って？」

「だからー、やっぱり加賀先生かしらって」

「……っ」

（やっぱり、お母さんも……そう思ったんだ）

杏子は一瞬、言葉に詰まる。

そもそも松永が雪成に対して気がありそうだと言い出したのは、母親だ。先ほどの話の流れから、彼女の相手は雪成だと考えたらしい。

杏子は動揺《どうよう》を抑え、精一杯何気ないふうを装《よそお》って答えた。

「さあ……どうなんだろ。わからないけど」

「もし加賀先生だったら、なんだかショックだわー。別に松永さんが嫌いなわけじゃないんだけどね、言うなればお気に入りの俳優の熱愛が発覚した感じ？　でもまあお似合いかしら、美男美女だし、歳も同じくらいだし」

ズキリと心が痛んだものの、杏子はそれを押し隠す。そして母親に釘《くぎ》を刺した。

「松永さんも言ってたけど、あんまりベラベラ言いふらしちゃ駄目よ。そういう噂って
わりとすぐに広まっちゃうし、二人の迷惑になったら困るでしょ」

「んー、そうねえ」

「あ、洗濯物があったら出して。持って帰って洗うから」

「あら、もう帰るの？」

母親の問いかけに、杏子は「仕事で新刊書籍のレビューを書くため、読まなければならない本がある」と言い訳して、帰り支度をした。

時刻はまだ午後四時だったが、五時までいたら雪成に捕まってしまうかもしれない。その前に、どうしても一人で帰りたいと考えていた。

「また明日も来るから」と母親に告げ、病室を出た杏子は、エレベーターホールに向かう。ちょうど来たそれに乗りこみ、一階まで降りた。

ドアが開いて出ようとした瞬間、患者と一緒にエレベーターを待っていたらしい雪成と偶然鉢合《はちあ》わせる。彼と正面から目が合い、杏子は息が止まるほど驚いた。

「……っ」

互いに目を丸くして見つめ合ったが、動揺《どうよう》した杏子は先にパッと視線をそらす。

「――佐伯さん、あの」

「し、失礼します」

雪成がこちらに向かって何かを言いかけたものの、杏子は頭を下げ、彼の横をすり抜ける。足早に病院の出入口に向かい、自動ドアを出た。

敷地を抜け、バス停に向かって数分歩いたところで、ようやく息をつく。

（わたし……何やってるんだろ）

あんな態度を取れば、きっと雪成は不審に思うに違いない。

外はもう夕方とはいえ気温が高く、かすかに吹き抜ける風はぬるかった。まだジリジリと暑い日差しを浴びながら、杏子は病室での松永との会話を思い出す。

「もうすぐ彼氏になりそうな相手がいる」という彼女は、相手がどんな人間なのかは具体的に明かさなかった。しかしそれが雪成を示している可能性は、高い気がする。

そう考えると自分でも驚くほど動揺してしまい、杏子は彼の顔をきちんと見ることができなかった。

（あのとき……加賀くんは松永さんの言葉に、なんて答えたんだろう）

――以前、合コンの誘いを断った雪成に、松永は「じゃあ、私と二人でならどうですか？」と誘っていた。それに対して雪成がどう答えたのかは、その場を立ち去った杏子にはわからない。

彼の性格上、二股のようなことをするとは考えにくい。だが先ほどの松永のうれしそうな様子を思い出すと、杏子は心穏やかではいられなかった。

（松永さんの相手が誰なのか、すごく気になる……）

一番簡単なのは、雪成に聞くことだ。松永との関係がどうなっているのか、彼に直接聞けばいい。

しかし偶然とはいえ、盗み聞きのような形で二人の会話を聞いてしまったことがうしろめたく、雪成に聞くのはためらいがあった。

松永に「彼氏になりそうな相手とは、誰なのか」と聞くという手段もあるが、杏子はそこまで彼女と親しくない。しかもそれでももし「加賀さんです」と答えられたらと考えると、なかなか勇気が出なかった。

鬱々《うつうつ》とした気分のまま過ごし、その後二日ほど、杏子は雪成と顔を合わせない時間帯に病院へ行った。幸い、病院にいるあいだは松永にも雪成にも会うことはなく、ホッとする。

週の後半の今日、これまでと同様に終業後に少し図書館で時間を潰し、杏子は午後六時頃、歩いて病院に向かった。行く手に建物の姿が見えてきたそのとき、杏子は驚いて立ち止まる。

（……加賀くん？）

病院の敷地の外、塀にもたれて立っているのは、私服姿の雪成だ。

心臓がドキリと音を立て、杏子は戸惑《とまど》いながら彼を見つめた。「なぜこんなところに」と思ったが、こちらに視線をよこした彼を見て、やはり自分を待っていたのだとわかる。

今日の雪成は、ネイビーの五分袖のシャツを前開きにして白のインナーを覗かせ、茶色のクロップドパンツと淡い水色の紐靴を合わせている。

思わず来た道を引き返したい気持ちにかられたが、そうするわけにもいかない。杏子は緊張しながら、彼に近づいた。

気まずさを感じる杏子に、雪成が笑いかけてきた。

「こんにちは、杏子さん。こんなところで待っていたりして、すみません」

「……あの」

「最近、全然顔を合わせる機会がないので。雨も降らないし、だから思い切って待ち伏せしちゃいました」

雪成の言葉に、杏子はいたたまれずに目を伏せる。なんと答えようか迷っているうち、彼が問いかけてきた。

「こんなこと聞くのもなんですけど。俺、避けられてますよね？」

「……っ、別に、そんなつもりじゃ」

「最近はわざと俺に会わない時間帯に、病院に来てるみたいですし」

その理由は、雪成が好きだから緊張して顔を見られないだけだったが、言い出せない。松永のことが気になっていたもののやはり聞くことができず、杏子はバッグを持つ手に力をこめた。

黙りこむ杏子を見下ろし、雪成が小さくため息をつく。

彼が穏やかな声で言った。

「――これから少し、つきあってくれませんか」

「えっ」

「話がしたいんです」

「あの……わたし、母のお見舞いが」

「じゃあ、終わるまでここで待ってます」

杏子は迷った。確かに見舞いには来たが、特別母親と会う用事があるわけではない。ずっと雪成を避けてきたのは確かで、彼をこれからまたしばらく待たせるのは気が引ける。

考えた末、杏子は結局、「今日はお見舞いをやめる」と雪成に告《つ》げた。彼が目を丸くして言う。

「でも、お母さんに会いに来たんですよね？　いいんです、俺が勝手に待ちたいだけですから」

「確かに来たけど、別に行かないなら行かないで大丈夫だし」

　杏子の言葉に、雪成は少し考えて言った。

「……じゃあ、俺の家でいいですか」

　杏子がうなずくと、彼はバス停に向かって歩き出す。ふと気になって、杏子は問いかけた。

「加賀くん、バイクは？」

「病院に置いていきます。杏子さん、『後ろに乗るのが怖い』って前に言ってましたし、しかも今日はスカートですよね？」

　わざわざ自分を気遣ってバスにするという彼に、杏子は申し訳なく思う。雪成が歩きながら言葉を続けた。

「車通勤にしてもいいんですけどね。そうしたら、雨の日にバス停に行く理由がなくなっちゃうので」

「…………」

　雨の日なら会う――という約束にこだわる彼の言葉を聞き、杏子の中になんともいえない気持ちがこみ上げる。

　振り回してしまっていることにいたたまれなさを感じていると、雪成が自然なしぐさで手を繋いできて、心臓が跳ねた。

手を繋ぐのは、先日飲みに行ったとき以来だ。さんざん抱き合っているのに、こんな些細《ささい》な行為が恥ずかしく、杏子はどんな顔をしていいか迷う。彼に対する気持ちを自覚したらなおさら、繋いだ手の大きさと彼の体温を意識していた。

歩いて数分で図書館前の停留所に着き、ちょうどやって来たバスに乗りこんだ。車内は混み合っていて、揺れで他の乗客に触れそうになったものの、雪成がさりげなく杏子の体を引き寄せてくる。そのしぐさにもいちいち心乱される自分が、まるで恋愛慣れしていないように思えて杏子は嫌だった。

バスを降り、彼の自宅マンションに行くまでは、互いに無言だった。雪成のあとから遠慮がちに自宅に上がった杏子を、雪成はキッチンから振り返った。

「座ってください。何か飲みますか？」

「ううん、いらない。……あの」

部屋に踏みこむことがためらわれ、杏子はリビングの入り口で立ちつくす。そんな様子を、雪成がじっと見つめて言った。

「会うのは十日ぶりくらいですけど……避けられてると思うのは、俺の気のせいではないはずです。もし何か理由があるなら、教えてもらえませんか」

答えられず、杏子は気まずくうつむく。

理由はこちらの、勝手な都合だ。雪成への気持ちを持て余し、彼に会ってどんな顔をしたらいいのかわからなかった。だからわざと顔を合わせる確率が低い時間帯を選んで行っていたが、それを「避けている」と受け取られるのは、もっともだと思う。

黙りこむ杏子に、雪成は言った。

「俺なりにいろいろ、理由を考えたんです。何か杏子さんの気に障《さわ》ることを言ったのかなとか、会いたくないと思うような行動をしたのかとか」

実際はそんなことはなく、杏子は内心焦りをおぼえる。

そんな杏子を見つめ、雪成が小さく笑った。

「でも、心当たりはなかった。病院で見かけたときも、すぐ視線をそらしたり、逃げるような素振りをされて――それでなんとなく、思ったんです。……元彼のことを、まだ忘れられないからなのかもしれないって」

「えっ……？」

思いがけないことを言われて、杏子は顔を上げる。

どうやら自分の態度で雪成が誤解していると気づき、動揺《どうよう》した。慌てて否定しようとしたものの、こちらを見つめる雪成の瞳にどこか思いつめた色を見つけ、杏子は言葉をのみ込む。

雪成が笑って言った。

「今日も俺の顔を見て、気まずそうな顔をしてましたよね。でも俺は——たとえあなたが逃げたくても、手放す気はないですよ」

歩み寄ってきた彼の手が頬に触れて、杏子はビクリと体を震わせる。雪成は杏子を見下ろして言った。

「気持ちはくれなくても、体は俺のものですよね？　たとえ元彼のことがまだ忘れられなくても、俺は杏子さんを抱きたい。会えないあいだずっと触れたくて、あなたのことばかり考えていました。一人のときも——仕事をしてるときも」

「誤解だ」と言いたかったが、言葉が出てこなかった。

雪成を好きで会いたいという思いがあるものの、杏子はなかなか気持ちの整理をつけることができなかった。だから顔を合わせるのを避ける行動を取ってしまったが、それは彼の目にひどくよそよそしく映っていたらしい。

雪成は杏子の唇に親指で触れ、意味深に辿りながら言った。

「……今日は、俺のことを気持ちよくしてもらってもいいですか」

＊　＊　＊

寝室に連れこまれるなり、「口でしてください」と言われ、杏子はしばらく固まってしまった。

こちらの態度を誤解しているからか、今日の雪成の様子にはどこか余裕《よゆう》がない。ベッドの縁《へり》に座った彼の脚のあいだに招かれ、杏子は複雑な思いで彼を見下ろす。

――本当は、「全部誤解だ」と言いたかった。孝一にはもう、気持ちを一切残していない。

しかし雪成と顔を合わせづらく、彼を避けていたことは事実だ。目を合わせられなかったのはただ単に意識しすぎているだけだったが、まぎらわしい態度を取ったうしろめたさをひしひしと感じる。

緊張しながらしゃがみこみ、杏子は雪成のパンツのウエストに手をかけた。口でする行為自体は、経験がある。しかし彼にするのは初めてだ。ファスナーを下ろし、まだ兆《きざ》していない雪成の欲望を取り出すと、杏子は意を決してそれを口に含んだ。

雪成が頭上で、息を詰める。表面に舌を這《は》わせた途端、それは弾力を帯《お》びて体積を増した。くびれを舐《な》め、先端を吸い上げると、彼は熱い息を漏《も》らす。手を伸ばして杏子の頬を撫《な》で、髪に触れながら、雪成は熱を孕《はら》んだ眼差《まなざ》しで見下ろしてきた。

「……っ、んっ……」

硬くなった屹立《きつりつ》がときおり舌の上でピクリと震え、反応がダイレクトに伝わってくる。それを感じるうち、杏子は口での行為に夢中になった。大きさに苦しくなり、あごが疲れたが、自分が雪成を気持ちよくしていると思うといとおしさが増した。

（このまま、出してくれてもいいんだけど……）

そう思いながら強く吸うと、彼はぐっと息を止めて快感をやり過ごす。杏子は雪成の顔を見ながら舌のザラザラした部分で鈴口をくすぐり、口に含み切れない部分を手でしごいた。

再び顔を伏せ、喉奥《のどおく》まで迎え入れた途端、体を揺らした彼が杏子の頭を押さえてやんわりと行為をやめさせる。そして杏子の濡《ぬ》れた唇を親指で撫《な》で、苦笑した。

「はあ、やばかった。杏子さんの顔を見てるだけで、危うく達《い》きそうになりました」

雪成は杏子を立たせると、スカートの裾《すそ》から手を入れ、ストッキングの上から脚に触れてくる。彼の手が膝から太ももまでを辿り、羞恥《しゅうち》を感じた杏子は身じろぎした。

雪成はストッキングと下着に手をかけ、脱がせてくる。そして再度スカートの中に手を入れて、脚の間をなぞってきた。

「んっ……」

「……濡れてる。俺のを舐《な》めて、興奮しましたか？」

雪成の言葉に、杏子の顔が熱くなる。確かにそこは触れられていないのにすでに熱く潤《うる》み、蜜をこぼしていた。

彼は小さく笑うと、溢《あふ》れた蜜を塗りこめるように指を滑らせ、敏感な尖りを撫でる。

ビクリと体を震わせた杏子の腰を抱き寄せ、雪成は胸に顔を埋めながら、指でいたずらに花芯を嬲《なぶ》った。

「ぁっ……はっ……」

甘い愉悦《ゆえつ》が広がるものの、その感覚はじれったく、体の奥が疼《うず》く。次第に体温が上がるのを感じて、杏子は雪成の肩をつかみ、やるせなく吐息を漏《も》らした。

「っ……んっ、加賀、くん……」

敏感な尖りを押し潰したり、こね回されると、じんとした快感がこみ上げて蜜口がどんどん潤みを増す。それでもそこばかり嬲る指は止まらず、杏子は焦《じ》れて彼の肩に強くしがみついた。

「ん、やっ……も……っ……」

溢れ出た蜜で脚の間が濡れ、身体の奥が切なく疼く。杏子が雪成の顔に強く胸を押しつけた途端、彼はようやくぬかるんだ隘路《あいろ》に指をもぐりこませてきた。

「あっ……！」

「すっごい……中、うんと濡れてますよ。ほら」

「あっ……やっ……！」

奥まで挿《い》れた指を音を立てて動かされ、杏子は高い声を上げた。雪成は服の上から鼻先で胸をまさぐり、先端に軽く歯を立ててくる。じんわりとしたその刺激に、杏子の目に涙が滲《にじ》んだ。

いっそ服を脱がせてほしいのに、雪成はもどかしい刺激ばかりを与えてくる。中に押しこまれた指が感じるところを抉《えぐ》り、反応した内壁が絞り上げるように蠢《うごめ》いた。

雪成が指を動かすたびに粘度のある水音が立ち、際限なく愛液が溢《あふ》れ出す。服越しにやんわりと噛《か》まれている胸は、直接触られていないのに痛いほど尖《とが》っていた。

「ん、あっ……」

達《い》かされないままズルリと内部から指を引き抜かれると、物足りなさに奥が疼《うず》く。

雪成は座ったまま手を伸ばして棚から避妊具を取り出し、自らにかぶせた。

体を引き寄せられ、彼の膝に跨《また》がる形になった杏子は、思いがけない体位にドキリとする。雪成は杏子の蜜口に自身を押し当て、そのまま腰を下に誘導した。

熱く太い性器が、じわじわと体の中に押し入ってくる。

「あっ……は……っ」

「そのまま……全部のみ込んでください。……っ、ああ、すごいな」

内側を硬い熱で擦《こす》られる感覚に耐えながら、杏子は最奥まで彼を受け入れる。息を乱して膝の力を抜いた途端、腰をつかんでより結合を深くされ、ビクリと体がのけぞった。

「っ、ぁ……っ！」

「きつい……でも、全部入りましたよ」

ずっしりと重い質感が身体の中を隙間なく満たし、圧迫感で息が上がる。杏子が日を潤《うる》ませながら中のものを強く締めつけると、雪成が快感をこらえるように一瞬息を詰め、少しかすれた声で言った。

「……自分で動けますか」

「…………っ」

恥ずかしさをこらえ、杏子は腰を揺らす。中でズルリと動く硬い感触に、ゾクゾクと快感が走った。

「はぁっ……ぁ、……んっ……ぅっ……」

いっぱいに埋めつくされ、入りこんだものに奥を突かれるのがたまらない。中がじわじわと潤み出し、愛液のぬめりで動きがなめらかになる。次第に腰を揺らすことに夢中になる杏子の首筋に、雪成が舌を這《は》わせながらささやいた。

「……気持ちよくなってきましたか？　中、ビクビクしててすごく熱い……」

「っ……」

急に自分のしていることが淫《みだ》らに思え、杏子の頬が羞恥《しゅうち》で赤らむ。そんな杏子の後頭部を引き寄せ、雪成が唇を塞《ふさ》いできた。

「ふ……っ、ぅっ、ん……っ」

舌を絡められ、口腔《こうこう》をくまなく舐《な》められると、頭の芯《しん》までトロトロと溶けていく気がした。彼への好意を自覚した今は、されることがすべて甘く感じる。

杏子と目が合った雪成が、笑って言った。

「俺もいいですよ、すごく。杏子さんに抱きつきながら動いてもらえて、気持ちよくないわけがない」

「……っ、あ……っ」

「こうやって抱き合ってるときだけは……あなたは俺を欲しがってるように見えるから。だからつい、いろいろと求めすぎるのかもしれないです」

どこかやるせない顔でそんなふうにささやき、雪成は下からぐっと深く突き上げてくる。言葉の意味を考える間《ま》もなく動かれて、杏子は声を上げた。

「あっ……！」

「気持ちいいところで……動かしてください。もっと乱れる杏子さんが見たい」

「……っ……」

自分を見つめる視線に煽《あお》られるのを感じながら、杏子は言われるがまま腰を揺らす。そして彼のもたらす熱に、翻弄《ほんろう》され続けた。

＊　＊　＊

体の芯《しん》に甘ったるい余韻を感じながらストッキングを穿《は》き、身支度をする。熱に浮かされたような時間が過ぎ去ったあとも、薄暗い室内には淫靡《いんび》な空気の名残《なごり》があった。

杏子は立ち上がってスカートの乱れを直し、チラリと雪成に視線をむける。ベッドの縁《へり》に座り、おざなりにズボンを穿いただけの彼は、先ほどからじっと何かを考えこんでいるようだった。

なんと声をかけようか迷っていると、ふいに手首をつかまれる。驚く杏子に、雪成が小さく言った。

「――謝りませんよ」

「えっ？」

「今日、強引だったこと。あなたを手放したくないのは、俺の本心ですから。それに、あからさまに視線をそらされたり、避けられたりするのは……かなりつらいです」

「謝らない」と言いつつ落ちこんでいる様子の彼は、何やら罪悪感を抱いているらしい。強引と言ったのは、自分に「動け」と言ったことだろうか。それとも、「口でしろ」と言ったことだろうか。

別に嫌ではなかった杏子は、つくづく雪成を優しい男だと思った。

こんなにも振り回しているのはこちらなのに、彼は決して怒りをぶつけようとしない。煮詰《につ》まって焦《じ》れたような空気を出しても、そんな自分自身を責めているように見える。

それを見た杏子の胸が、ふいにぎゅっと痛んだ。いっそ、自分も好きだとはっきり言ってしまえばいいのだろうか――そう思い、口を開きかけたものの、言葉が喉《のど》に詰まって声が出てこない。いざ気持ちを伝えようとすると、途端に不安がこみ上げていた。

（わたしなんかが……加賀くんに好きって言う資格があるの？）

これまでさんざん彼を振り回し、自分勝手に振る舞ってきた。そんな人間より、純粋に彼を想っている松永のほうがふさわしいのではないかという考えが、心のすみにある。だがそんな理由を並べても、どこか納得がいかない。本当の自分の気持ちの在《あ》り処《か》を探った杏子は、ふいに確信がいった。

（わたしはきっと――加賀くんとつきあって、いつか終わりになるのが怖いんだ……）

五年も一緒にいたのに、杏子はあっさり孝一に捨てられた。それなりにうまくつきあってきたつもりだったのに、実はいろいろな部分が嫌だったと告《つ》げられた。

そんな自分が誰かとつきあっても、うまくいく気がしない。雪成にまで捨てられたら、もう立ち直れないような気がする。

（じゃあどうするの？　加賀くんと、このまま……終わりにできるの？）

そう自分に問いかけ、杏子はうつむく。――できるわけがない。気持ちを自覚した今はなおさら、雪成の好意が、優しい手が、手放せなくなってしまっている。だが気持ちを伝えないまま彼を繋ぎ止めるのは、ひどくずるい行為に杏子は感じた。

言わずにこのままでいるのか、言えないから終わりにするべきなのか。そんな迷いばかりが心を占めて、どうしたらいいかわからない。

「……手、離して」

やがて発した杏子の言葉に、雪成が物言いたげな顔をしながらも手を離した。

杏子は床に落ちていた自分のバッグから、手帳を取り出す。そしてメモに書きつけて一枚破り、彼にむかって「はい、これ」と差し出した。雪成は訝《いぶか》しげに杏子を見る。

「なんですか？」

「わたしのスマホの番号と……アドレス」

雪成は驚いたように目を瞠《みは》り、杏子をまじまじと見つめた。

「……いいんですか」

——雪成の気持ちに応《こた》えるには、今はこんな形でしか表せない。そう杏子は思った。ずるい自分は、気持ちは伝えられないくせに、彼にそばにいてほしいという勝手なことを考えている。

どこか気まずさをおぼえながら、杏子は雪成と目を合わせずに言った。

「いらないんなら、捨てるから」

「い、いります」

雪成を繋ぎ止めるための姑息《こそく》な手段なのに、彼は慌ててメモを受け取る。そんな様子を見て複雑になりつつ、杏子は雪成に背を向けてバッグを拾った。

突然のこんな行動を、彼は一体どう思っただろう。そう考えて体を起こした瞬間、後ろから強く抱き寄せられ、杏子はドキリとする。

息をのむ杏子の肩口に顔を埋めた雪成が、耳元でささやいた。

「――すっごいうれしいです。まさか今日、杏子さんがこんなのをくれるなんて思わなかったので」

その声に罪悪感をおぼえ、杏子は押し黙る。彼は抱き寄せる腕に力をこめ、確認するように言った。

「これからは、雨じゃなくても連絡していいですか」

どこか切実な響きのその言葉に、心が揺れた。小さくうなずいた途端、雪成は杏子の体をクルリと反転させ、向き直ってじっと顔を見つめてきた。

「……杏子さんのことが、わからないです。避けて、冷たくしたと思ったら……こんなふうに突然連絡先を教えてくれる」

確かにそうだろう。彼にしてみたら、振り回されているようにしか感じないかもしれない。

そう考える杏子を見つめ、雪成は小さく笑った。

「でも、そんなあなただから目が離せない。どうにかして捕まえたくて、俺のほうを見てほしくて——たまらなくなるんです」

（わたしの気持ちは……もうとっくに加賀くんのほうを向いているのに）

なのに言えない自分は、やはりひどい女だ。そんなことを思っていると、雪成が正面から抱きしめてきた。彼の匂いを吸い込んだ杏子は、そのぬくもりに安堵《あんど》をおぼえる。

いつか、自分の中で折り合いをつけることができたら、彼に気持ちを伝えることができるだろうか。

それまでずっと彼を振り回すかもしれないことに重苦しい気持ちを抱えながらも、ぬくもりにいとしさを感じて、杏子は目を閉じる。

触れる体温、それに髪に埋められた雪成の唇の感触が、心を甘く疼《うず》かせていた。

11

市立図書館では、普段からいろいろな企画やイベントを実施している。内容は、絵本の朗読会や地域にまつわるミニ展示をはじめ、映画祭のPR上映会やヨガなどの健康講座、サイエンスフォーラムの開催など、多岐に亘る。杏子が勤める図書館は、他と少し変わった独自のイベントに力を入れていた。

図書室の二階にある広いフロアで、展示コーナーを作っていた杏子は、少し引いた位置からそれを眺めて一息つく。八月は市が音楽イベントを開催するため、地元出身の作曲家や音楽に関わる展示をすることになっていた。

関連図書の選定やレビューを書いたPOP《ポップ》の作成、コーナーのレイアウトなど、同僚《どうりょう》と手分けをしてもやることはたくさんある。通常業務をこなしながら作業していると、あっというまに時間が過ぎていた。

ここ数日準備に追われていた杏子は、閉館間際まで作業を続け、やっとすべてのディスプレイを終えたところだった。しかし仕事がひとつ終わっても、明日以降には絵本の朗読会の打ち合わせや企画会議も入っている。次々とやることが出てきて、忙しさに終わりがない。

そろそろ閉館の時間が迫り、館内は来館者の姿がまばらだ。そんな様子を、杏子は二階の踊《おど》り場からぼんやりと見下ろした。忙しいが、仕事はやりがいがあって充実している。だがプライベートはどうだろうと考え、ため息が出た。

（もう、何日会ってないっけ……）

杏子が雪成に自分のスマホの番号とアドレスを渡してから、数日が経っていた。彼からは朝や昼に二、三度、メッセージが来る。内容は朝晩の挨拶《あいさつ》や仕事に関する他愛《たあい》のないことで、しつこくならない程度に送られてくるそれを、杏子は密《ひそ》かに楽しみにしていた。

そうして連絡はとっていても、あれから雪成に会っていない。杏子も忙しいが、彼はそれ以上に忙しいようで、その理由を雪成は「実習生が来たせいだ」と説明した。

理学療法士《りがくりょうほうし》の養成カリキュラムでは、最終学年に二度、総合臨床《りんしょう》実習があるのだという。理学療法士を目指す生徒が、病院や施設で実際に患者と触れ合いながら、二カ月かけて仕事を学ぶらしい。

雪成は実習生のフォロー役を任《まか》されており、そのフィードバックにつきあって毎日帰りが遅いのだと言っていた。

遅いときには夜の九時、十時までかかっているようで、なんとなく会う話にはならないまま、五日が過ぎている。連絡を取りあうようになってから、彼との距離は以前より縮まったような気がした。いざやり取りをはじめてみると、今まで知らなかった彼の日常が垣間見えて新鮮だ。

（……会いたいな）

ふとそんなことを考え、杏子はうつむく。

以前はさんざん雪成から逃げ回っていたのに、こんなふうに考えるようになった自分が不思議だった。自覚した恋心は日ごとに密度を増していて、ふいに気持ちが溢《あふ》れ出しそうになる瞬間があり、杏子を戸惑《とまど》わせている。

杏子は今、自分に会えないときに雪成がどんなに焦《じ》れていたのかを、身をもって実感していた。つくづく彼にはひどいことしかしていないと考え、心がシクリと痛む。

（本当はいつ愛想を尽かされても、不思議じゃないのに……）

「そんな杏子だから、目が離せない」と雪成は言った。どうにかして捕まえたくて、自分を見るようにさせたくて、たまらなくなるのだと。

なかなか落ちない相手だからこそ、彼はこちらに執着《しゅうちゃく》するのだろうか。きっと今まで、こんなにも雪成を振り回す女性はいなかったに違いない。仕事柄なのか女性に好意を持たれやすい彼は、あの人当たりのよさから恋愛にさほど苦労してこなかったように感じる。

思いどおりにならないから、彼は自分にこだわっているのかもしれない――そんなふうに考え、杏子は苦く笑った。

（わたし……ひねくれたことばっかり考えてる）

雪成の気持ちを疑うつもりはないのに、自信のなさから、ついなんでもネガティブに捉《とら》えてしまう。

考えこんでいるうち、館内に閉館を告《つ》げるアナウンスが流れ出した。我に返った杏子は来館者の忘れ物がないかどうかフロアを確認し、片づけをするために階段を下りた。

＊　＊　＊

「え？　ああ、実習生の子ねえ。最近いるんだけど、なんだかかわいそうなのよ。いつもすみっこで怒られてるから」

今日から八月という金曜の夕方、病院を訪れた杏子に、母親はそう説明した。

一週間前から来ているという実習生は市内の専門学校生で、朝から夕方までずっとリハビリテーション室に詰めているのだという。

実際に患者に施術《せじゅつ》する理学療法士《りがくりょうほうし》の仕事を見学したり、車椅子からの移動のさせ方を実践したりと、いろいろとやっているらしい。しかしバイザーと呼ばれる指導役の先輩が厳しく、いつも怒られてばかりの実習生は、すっかり畏縮《いしゅく》してしまっているという。

「指導の高瀬《たかせ》先生って、結構言葉がきついのよねえ。同じ部屋でそれを聞いている私たちも、なんだかいたたまれなくなっちゃってね。加賀先生が一生懸命フォローして、面倒見てあげてるみたいよ？　いつも夜まで居残りしてるし」

「……そう」

現在の時刻は午後六時になるが、雪成はまだ残っているのだろうか。朝、「いつ病院に来るのか」というメッセージを受け、杏子は「今日の夕方」と返したものの、そのあと彼からの返信はない。

そのとき杏子のバッグの中で、スマホがメッセージの受信を告《つ》げた。確認すると雪成からで、「まだ院内にいますか？」という言葉のあと、「いるなら外来待合まで来ませんか」と書いてある。

母親に「飲み物を買ってくる」と言った杏子は、そそくさと病室を出る。そしてエレベーターに乗り、一階の待合に急いだ。

診療が終わった人気《ひとけ》のない待合に行くと、ケーシー姿の雪成がいた。

「すみません、呼び出してしまって。時間的に、まだお母さんのところにいるかと思って連絡したんですけど」

「まだ仕事中だったの？」

もう終業時間を過ぎているにもかかわらず、彼はケーシー白衣を着たままだ。杏子の問いかけに、雪成はうなずいた。

「ええ、まあ。実習生のおさらいにつきあっていて」

雪成はあごに引っかけていたマスクをはずし、小さく息をついた。

「たぶん今日も遅くなるんじゃないかな。実習生の彼、毎日出すレポートを、Ａ４で五枚書けってバイザーに言われてるんです。本人がすごくきつそうなので、ちょっと放っておけなくて」

理学療法士《りがくりょうほうし》の臨床《りんしょう》実習は、かなり過酷《かこく》なのだという。施設に派遣されるのはたいてい一人で知り合いもおらず、朝から晩まで気が休まることはないらしい。

「臨床は肉体的に結構ハードなので、まず体力を消耗《しょうもう》するんですけど、頭も目一杯使わなきゃならなくて、まったく余裕《よゆう》がない状態になるんですよね」

まず患者に接するときに長時間しゃがみこまなければならないのがきつく、慣れるまでが大変だ。見学中も常にわからないことは質問し、聞いたことを忘れないうちにまとめなくてはいけないため、昼休みもろくにない。

さらに普段の態度や言葉遣い、患者に対する接し方まで細かく見られる上、毎日のレポート提出があるせいで、肉体的にも精神的にもかなり追い詰められるのだという。

「俺も実習のとき、睡眠時間は毎日三、四時間くらいでした。朝起きれなくて遅刻したり、実習中に居眠りして怒られたりする人も、結構多いんですよ。それが二カ月続くので、俺にできることはなるべくフォローしてあげたいって思ってるんですけど」

「指導役の先輩がとにかくきつい」と言って、雪成はため息をついた。

「せめてもう少し、穏やかな言い方をしてやればいいんでしょうけどね。バイザーは理学療法士《りがくりょうほうし》としてはプロでも、人に教えることは慣れてない人がほとんどなので、仕事をしながら実習生の面倒を見るのが大変だってことは、よくわかるんですが」

バイザーとの相性は、臨床《りんしょう》実習をする上でかなり重要だという。今回の実習生は、質問をしなければ「やる気がない」と言われ、かといっていろいろと質問すると「まず自分で考えてから質問しろ」と叱られ、どうしていいかわからなくなっているらしい。

夕方、患者がいなくなってから昼間の実習内容を復習し、次の日までにレポートを書くという流れだが、実習生は開始一週間ですでに青白い顔になっていると雪成は言った。聞いていると確かにハードで、杏子は気の毒になる。

「俺はレポートの作成自体は手伝いませんが、書きやすい書式のアドバイスをしたり、実習内容のおさらいにつきあってやってるんです。ただ、彼は精神的に結構まいっていて、どちらかというとメンタル面のフォローのほうが大変ですね」

雪成はそう言って、小さく笑う。

「俺としては杏子さんに会う時間を作りたいんですけど、明日と明後日《あさって》はセミナーと勉強会が入っていて、時間がないんです。でも直接連絡がとれるだけで、かなり救われてますよ。返事がすごく楽しみなので」

「自分も楽しい」と思いながら、杏子は黙りこんだ。

「月曜は休みですよね？　絶対時間作るので、夕方から会ってもらえませんか」

突然の誘いに杏子は驚き、顔を上げてうなずく。雪成がうれしそうに笑った。

「よかった。それを励《はげ》みに、月曜までがんばります」

杏子の頬がじわりと紅潮《こうちょう》する。彼は立ち上がり、はずしたマスクを胸ポケットに入れると、杏子を見下ろして言った。

「杏子さんは今日、何時に帰るんですか？」

「そろそろ帰るけど……加賀くんはまだ実習生につきあうの？」

「そうですね。今は一人でやってもらってるんですが、もう戻らないと」

雪成が名残惜《なごりお》しそうな顔で言った。

「じゃあ、気をつけて帰ってください」

杏子が「がんばってね」と言うと、彼はうなずき、笑顔で仕事に戻っていった。

その背中を見送り、「短い時間でも会えてよかった」と思いつつ、杏子は少し物足りない気持ちになる。結局、松永のことは何も聞けておらず、自分の気持ちも雪成に伝えていない。しばらくは今のまま現状維持でいたいと思うが、そんな考えはやはり勝手だろうか。

待合から廊下に出て、エレベーターで二階に上がる。開いたドアから出た杏子は、何気なく廊下のむこうに目をやり、ふと動きを止めた。

（えっ……？）

病院の二階は入院病棟で、エレベーターから降りた正面はナースステーション、右側が女性病棟で、左側が男性病棟になっている。

その男性病棟のほうの廊下を、松葉杖《まつばづえ》をついて通り過ぎて行く一人の男性がいた。見覚えのあるその姿に、杏子は目を瞠《みは》る。

（孝一……？）

一瞬だったが、間違えようはない。杏子は急いでナースステーションの前を横切り、先ほどの人物が通り過ぎた廊下を、角からそっと覗きこんだ。

松葉杖をついたその男は病衣を着ていて、首と右脚にギプスをしている。右腕も肘から先に包帯を巻いていて、松葉杖を使うしぐさはどこかぎこちなく、大変そうに見えた。

ゆっくりと廊下を歩き、やがて一番奥の病室に入っていったその横顔を見た杏子は、「やはり」と確信する。

男は、元彼の木下孝一だった。半月ほど前、街で会ってひどい言葉を投げつけられて以来だったが、こんなところにいるのが信じられない。

（どうして……）

――もう二度と、会いたくない相手だった。

杏子はぎゅっと強く拳を握《にぎ》りしめる。さまざまな考えが胸を渦巻《うずま》き、しばらくその場から動くことができなかった。

＊＊＊

土曜の午後、イベントが行われていた図書館三階の研修室から、ゾロゾロと人が吐き出されてくる。多くの人で、階段付近は一時的に混雑した。

「お疲れ様でした。お帰りの際は、階段にお気をつけください」

図書館でほぼ毎月行われている「大人の朗読会」は、固定のファンがいる人気の企画だ。会が終わり、研修室の椅子の片づけをしながら、杏子は何度目かわからないため息をついた。

「――……さん、佐伯さん？」

呼ばれていることに気づいた杏子は、顔を上げる。

「えっ、何？」

同僚《どうりょう》の女性が、壁の時計を見て言った。

「時間、大丈夫？　会議の前に資料をプリントアウトするって言ってたけど」

「もうやった？」と聞かれた杏子は、顔色を変える。気がつくと会議の十五分前で、慌てて同僚《どうりょう》に言った。

「いけない、忘れてた。残りの椅子の片づけ、お願いしていい？」

うなずく同僚に不手際《ふてぎわ》を詫《わ》び、杏子は駆け足で一階に下りる。今日はイベントと会議が重なり、いつもより忙しい。そんなときにぼんやりしていた自分が、嫌になった。

昨日、母親の入院する病院で孝一の姿を見かけて以来、杏子は何をしてもうわの空だった。一カ月ほど前、街で会ったときの孝一の態度ばかりが何度も思い出され、気持ちがひどく落ちこんでいる。

彼にはもう、二度と会うことはないと思っていた。貸した金は全額返ってはこなかったものの、あれで話は終わったと思っていたし、おそらく孝一のほうも杏子に会うつもりはなかったはずだ。

（でも……）

パソコンを操作し、会議に必要な資料をプリントアウトしながら、杏子は考える。

昨日見た様子では、彼は脚と腕、首に大怪我をして入院しているようだった。さほど大きくない病院で、入院病棟は二階のみということもあり、今後偶然出会ってしまう可能性は捨てきれない。そう思うと、暗澹《あんたん》たる気持ちになる。

（……どうしたらいいんだろ）

杏子は深くため息をつく。

もし孝一に会ってまた何かを言われたらと思うと、病院に行くことが嫌になる。かといって母親のところに行かないわけにもいかず、どうにか会わないようにするしかないのだろうと結論づけ、鬱々《うつうつ》とした気持ちになった。

その日は仕事が終わったあと母親に会いに行き、翌日の日曜は仕事が休みだったものの病院には行かなかった。

月曜の朝、仕事が休みでいつもより少し遅めに起きた杏子は、カーテンを開ける。今日は雪成と会う約束があり、久しぶりで心が躍《おど》った。しかし頭の片隅では、やはり孝一のことが気にかかっていた。

（もし孝一に会っちゃったら、どうしよう……）

そんなことを考えながら、杏子は午後二時頃、病院に向かう。

相変わらず混んでいる外来を通り過ぎ、エレベーターで二階に上がって、無事に母親の病室に着いたときにはホッとした。

ベッドにいた母親は、杏子の顔を見るなり笑顔になる。そして「退院が決まったのよー」とうれしそうに言った。

「えっ？」

「さっき先生と話したんだけどね、ギリギリお盆前には退院できそうだって」

「そうなの？」

今日は八月四日だから、来週になるのだろうか。そう考える杏子に、母親はうれしそうに笑った。

「今のところ、十二日の火曜日の予定ですって。退院しても、しばらくはリハビリに通うようにって言われたけど」

「よかったね。おめでとう」

母親の退院が決まったことは、杏子の気持ちを少し明るくした。

最近の彼女はリハビリをがんばっていて、折れたほうの足に体重をかける訓練もだいぶ進んでいると雪成から聞いていた。彼は忙しい最中、暇を見つけては、母親の散歩やベッドの上でのリハビリにつきあってくれていたらしい。

（……加賀くんのおかげよね）

上機嫌の母親と話し、小一時間経ったところでスマホを確認すると、メールが来ていた。発信者は雪成で、杏子は母親に「ちょっと売店に行ってくる」と告《つ》げて病室を出る。

バッグを手に一階に下り、外来の待合のすみにある椅子に座った。そして改めてメール画面を開いたが、読み進めるうち、杏子はじわじわと落胆する。

――内容は、雪成がフォローしている実習生が過酷《かこく》な実習に耐えかね、昼に何も言わずに病院からいなくなってしまったというものだった。その後連絡が取れ、彼は自宅にいるようだが「もう辞めたい」と言っているのだという。バイザーの理学療法士《りがくりょうほうし》は怒っていて冷静に話せそうもないため、雪成が終業後、実習生の家まで行って話をしてくることになったらしい。

そんな事情から、今日会うのはむずかしく、約束を破って申し訳ないという言葉でメールは締めくくられていた。読み終えた杏子は、深くため息をついた。

(仕方ない、よね……)

久しぶりに会えると楽しみにしていただけに、落胆する気持ちはどうしようもない。しばらくぼんやり椅子に座っていたが、杏子はスマホをバッグにしまい、お茶を買うために自販機が並ぶブースに向かった。

雪成は先輩と後輩に挟まれた立場で、おそらくいろいろと苦労していることだろう。背負いこみすぎて疲れていなければいいと考えつつ、自販機でお茶を買って取出口から出す。

そのときふいに、横から声が響いた。

「――なんでお前がここにいるんだよ」

思いがけない声に心臓が跳ね、杏子は弾《はじ》かれたように顔を上げる。

そこには松葉杖《まつばづえ》をついた孝一が、驚いた顔をして立っていた。彼の病衣の胸ポケットからは煙草《たばこ》の箱がチラリと見え、髪は少し乱れて無精《ぶしょう》ひげが生えている。

彼とかち合ってしまったことに動揺《どうよう》しながら、杏子はお茶のボトルを握《にぎ》りしめて答えた。

「母が——ここに入院してるの。だから」

「へーえ。まさかこんなとこでお前に会うなんてな。世の中狭いわ」

「こ、……そっちは、どうして？」

思わず名前を呼びそうになり、慌てて言い直す。杏子の問いかけに、彼は嫌なことを聞かれたという表情で舌打ちした。

「見りゃわかるだろ、事故ったんだよ。酒飲んで運転して、うっかり電柱に突っこんじゃってさ。右の膝と脛《すね》の骨を折って、右腕にもヒビが入った。ひどいムチ打ちだし、車も廃車になったし、もうさんざんだよ」

酒に酔っての自損事故なら、自業自得《じごうじとく》だ。そもそも飲酒運転は犯罪のはずなのに、彼に反省している様子は微塵《みじん》もない。

よりによって母親と同じ病院に入院するという偶然に困惑し、杏子は床を見つめた。

（でも、わたしにはもう……関係ない）

そもそもこちらと関係を絶ち切ったのは、孝一のほうだ。これ以上話をしたくなくて、杏子は無言で彼の脇を通り過ぎた。

「――おい」

「わたし、急ぐから」

孝一が何か言いたそうに声をかけてきたが、杏子はかまわずにエレベーターに向かう。ちょうどやってきたそれに急いで乗りこみ、「閉」ボタンを押して、ため息をついた。

（……やっぱり会っちゃった）

予想していたとはいえ、嫌な気持ちがこみ上げていた。小さな病院の中で会うのを回避するのは、もともと無理だったのかもしれない。

（できればもう、会いたくないけど……）

――彼に傷つけられたことを「過去の出来事」だと言えるほどの時間は、まだ経っていない。逃げ回るのは負けたような気がして癪《しゃく》だったが、孝一と会って話すのはこれきりにしたかった。

母親の退院は来週だから、気をつけていればなんとか会わずに済むだろうか。そう思いながら杏子はうつむき、じっと憂鬱《ゆううつ》な気持ちを噛《か》みしめた。

＊　＊　＊

その日、沈んだ気持ちのまま帰路についた杏子は、ふと思いついて自宅近くのレンタルビデオ店に寄った。雪成と会う予定がなくなったことも、落ちこんだ気持ちに拍車をかけていた。暇つぶしに何枚かのＤＶＤを借りて自宅に戻り、簡単な夕食を済ませたあと、明かりを消したリビングで見る。

あらすじから期待して借りた恋愛ものだったが、なんとなく集中できず、杏子はぼんやりとテレビの画面を見つめた。

思い出したくもないのに、気づけば孝一のことを考えている。半月ぶりに会った彼はどことなくやさぐれた雰囲気に見え、身なりにもあまりかまっていないようだった。取引先の社長の娘とつきあっていると言っていたが、彼女とは一体どうなったのだろう。入院するとなると、きっと仕事も大変なはずだ。

そんな考えが頭に浮かんだものの、すぐに苦い思いで打ち消す。

自分にはもう、関係ない話だ。彼の仕事や女性関係がどうなろうと、杏子には知ったことではない。

気がつけば時刻は、午後十時半を回っていた。集中できないＤＶＤを見るのを断念し、杏子は再生を止める。そろそろシャワーを浴びて寝ようと考え、目の前のグラスに入っていた焼酎《しょうちゅう》を飲み干した。

立ち上がったところで突然スマホが鳴り響き、杏子はびっくりして立ち止まる。ディスプレイの名前を確認し、驚きに目を瞠《みは》った。遅い時間の電話にドキリとしながら、急いで通話ボタンに指を滑らせる。

「もしもし？」

『……俺です。遅くにすみません』

電話をかけてきたのは、雪成だった。メールではなく電話してきたのを意外に思いつつ、杏子は問いかける。

「仕事、終わったの？」

『今終わったところです。……あの』

電話越し、彼の近くを車が通り過ぎるような音が聞こえる。ひょっとして外にいるのだろうかという疑問が浮かんだとき、雪成は言った。

『杏子さん家《ち》の近くの、コンビニの前にいます。少し、会えませんか』

12

部屋着にしているマキシワンピースの上にパーカーを羽織り、杏子は逸《はや》る気持ちを抑えながら自宅から徒歩一分のコンビニに向かう。到着したコンビニの駐車場には、バイクに跨《またが》ったままの雪成がいた。

「加賀くん」

杏子の声に気づき、ヘルメットを脱いでスマホをいじっていた彼が顔を上げる。そして杏子を見て、申し訳なさそうに微笑《ほほえ》んだ。

「すみません、こんな時間に電話したりして。まだ起きてましたか？」

「今からシャワーに入って、寝ようとしてたとこ」

「化粧を落とす前でよかった」と杏子が考えていると、雪成が言った。

「今日のこと、ちゃんと謝りたくて。本当にすみませんでした。俺のほうから約束したのに、ドタキャンする形になっちゃって」

「あ、ううん、気にしないで。仕事だから仕方ないもの。……実習生の子、大丈夫だった？」

雪成は仕事が終わってから実習生の家に行き、これからどうするのか、実習を続けられないかということを、延々話していたらしい。

「結局、がんばって実習を続けることになって……でも途中で黙って帰ってしまったことはよくないので、明日、迷惑をかけた人たちにきちんと謝罪すると約束してもらいました。さっき病院のスタッフに連絡を取ったら、バイザーの先輩も上の人と話をしたみたいです。もう少し下の人間の目線に立って接していくってことになったらしいので、まあ一段落ですね」

どうにか事態が収まったと聞き、杏子もホッとする。先輩と実習生に挟まれている雪成の苦労を思うと、少し心配になった。

「……疲れてる？」

杏子の問いかけに、彼は笑って答えた。

「まあ、少しは。でもどうしても杏子さんに一目会いたくなって、こんな時間に電話しちゃいました。すみません」

雪成の言葉に、杏子の心がじわりと疼《うず》く。

会いたかったのは、自分も同じだ。互いに忙しくて会えなかった十日間、メッセージでのやり取りはしていたものの、それが余計に会いたい気持ちを掻き立てていた。

バス通りに面しているコンビニは人の出入りが多く、駐車場の車の出入りも激しい。

それをチラリと見た雪成は、「じゃあ、そろそろ行きます」と言っておもむろにバイクのエンジンをかけた。

杏子は驚いて問いかけた。

「もう帰るの？」

「顔を見れたんで、帰ります。杏子さんも明日、仕事ですよね？」

確かに明日は仕事で、朝六時には起きなければならない。雪成はおそらく、こちらに気を使って帰ろうとしているのだろう。もしくは彼自身疲れていて、早く帰りたいのかもしれない。

（……でも）

わかっていても、杏子の心には離れがたい気持ちがこみ上げていた。久しぶりにゆっくり会えたはずだった今日の約束は結局流れ、先ほどまでひどく落ちこんでいた。思いがけず電話が来て、せっかく会えてうれしかったのに、雪成はこんなわずかな時間話しただけで帰るという。

気がつけば杏子は、彼に誘いをかけていた。

「――よかったら、これからうちに来ない？」

「えっ」

杏子の言葉に、雪成が驚いたように目を瞠《みは》った。

「杏子さんの家、って……」

いつも雪成に送ってもらうのはこのコンビニまでで、自宅は教えたことがなかった。杏子はコンビニの裏手に視線を向けて言った。

「ここのすぐ裏なの。歩いて一分くらい」

「ああ、だからさっきも来るのが早かったんですね。……でも、いいんですか。お邪魔しても」

改めて聞き返され、杏子は一瞬言葉に詰まる。

これまで頑《かたく》なに自宅を教えなかった自分が急に家に招いたのだから、彼が不思議に思うのは当たり前だ。杏子は焦ってつけ加えた。

「か、加賀くんが疲れててどうしても帰るって言うなら、別に無理にとは言わないけど。確かに時間も遅いし、明日も仕事だし……」

「言わないですよ。俺はずっと、会いたかったんですから」

自分の言葉を遮《さえぎ》った雪成の声の響きに、杏子はじんわりと顔を赤くする。

彼はエンジンを切り、バイクを降りた。手押しで行くつもりらしく、ヘルメットをホルダーに引っかける。

「どこですか？　杏子さんの家」

「……こっち」

＊　＊　＊

杏子の自宅は築三年のアパートで、造りは１ＬＤＫだ。十二畳のリビングダイニングと六畳の寝室という、単身者にしては贅沢《ぜいたく》な間取りだが、木造なので家賃はそれほど高くはない。

部屋に入った雪成は、感心したように言った。

「インテリア、おしゃれですね。杏子さんらしいというか」

「そう？」

リビングにはキッチンカウンターを背に、オフホワイトの肘置きのないソファ、ダークブラウンのチェストとテーブルがある。いくつかの観葉植物や白いラグ、北欧テイストのクッションカバーが、インテリアのアクセントになっていた。

テーブルの上に先ほどまで飲んでいた焼酎《しょうちゅう》のグラスが置きっぱなしなのに気づき、杏子は慌てて片づける。ＤＶＤプレーヤーのリモコンも定位置に戻し、雪成に問いかけた。

「何か飲む？　あ、おなか空《す》いてるなら、何か適当に作るけど」

彼にソファに座るように勧め、杏子はキッチンに向かおうとする。しかし突然腕を引かれ、強く抱きすくめられた。驚く杏子の耳元で、雪成がささやいた。

「何もいらないので、別に気にしないでください」

「……でも、あの」

杏子の肩口に顔を埋め、抱きしめる腕に力をこめながら、彼は小さく笑った。

「なんだかんだでもう十日くらい、まともに会ってなかったですけど。本当はこんなふうに遅い時間に杏子さんを呼び出そうとしたのは、初めてじゃないんです。連絡を取れるようになったらなおさら会いたくて、でも迷惑かと思って――一人で毎日悶々《もんもん》としてました」

「――……」

会えなかった期間、杏子は表向きは至って普通にメッセージのやり取りをしながらも、寂しさを感じていた。しかし雪成も同じ気持ちだったと思うと、胸がきゅうっとする。

彼は杏子の体を少し離し、笑って言った。

「このあいだは、電話番号とメアドを教えてもらって……ものすごいサプライズで本当にうれしかったんです。その上今日は、家まで教えてもらえた。このままだと、都合のいい誤解をしちゃいそうですよ」

「……あの……」

――誤解ではない。自分は確かに、雪成のことが好きだ。

杏子が視線を泳がせると、雪成が腰を抱き寄せて髪にキスを落としながら言った。

「……触っていいですか」

言われた言葉に、じわりと頬が熱くなる。

自宅に連れこむのは大胆だっただろうかと今さらながら考えていただけに、急にこんな展開になることに戸惑《とまど》っていると、彼は杏子の頭上で言った。

「杏子さんの、全部に触りたい。ずっと抱きたくて――おかしくなりそうでした」

熱っぽいささやきに、杏子の心に雪成に対するいとしさがこみ上げる。会いたかったのは自分も同じだと思うとたまらなくなり、杏子は顔を上げ、思い切って自分から彼にキスをした。

触れただけで離れると、間近で雪成と目が合う。彼はすぐに杏子の体を引き寄せ、唇を塞《ふさ》いできた。

「ん……っ」

わずかに開いた唇の合わせから、雪成の舌が入りこんでくる。舌先を舐《な》められ、杏子が小さく息を漏《も》らした途端、それすら封じ込めるようにキスを深くされた。

絡まり、舌先で根元をくすぐる動きに、ゾクゾクとした感覚が杏子の背すじを走る。

触れたくて仕方がなかったことを示すかのように、雪成の口づけは次第に熱を帯《お》び、いつまでも終わらなかった。

「……は……っ」

ようやく唇を離し、彼は上気した杏子の顔を見つめる。そして熱くなった頬を撫《な》でて言った。

「……寝室、どこですか」

尋ねられ、恥ずかしさをおぼえつつ、杏子はリビングに面したドアにチラリと視線を向ける。それを見た雪成は杏子の手を引き、「失礼します」と言って寝室に足を踏み入れた。

暗い部屋の中、杏子をベッドに座らせた雪成は、腕時計をはずしてサイドテーブルに置く。屈《かが》みこんだ彼に口づけられ、杏子はそのままベッドに押し倒された。雪成の手が胸のふくらみに触れ、ビクリと体を震わせる。

「うっ……ん、っ」

キスをしながら、着ていたパーカーを脱がされた。むき出しになった肩を撫で、首筋を辿る雪成の唇の感触に、杏子は小さく声を漏らす。

彼が「可愛い」とささやき、耳の後ろを強く吸ってくる。ワンピースの細い肩紐をずらして引き下ろし、肌にいくつもキスを落とされて、触れたところからじんと熱が広がる気がした。

こぼれ出た胸の先端を吸われた杏子は、声を漏らす。

「あっ……」

舌でなぞられ、舐めて吸われるうちに、そこは芯《しん》を持って甘く疼《うず》いた。左右を同じくらいに嬲《なぶ》られて杏子が息を乱すと、雪成が体を起こし、衣服を全部脱がせてくる。屈《かが》みこんだ彼のシャツが素肌に触れ、杏子は小さな声で言った。

「加賀くんも……脱いで」

雪成が羽織っていたシャツとインナーのカットソーを脱ぎ、床に落とす。しなやかな筋肉のついた彼の体は男っぽく色気があって、杏子をドキリとさせた。

「……加賀くんって、痩《や》せて見えるけど、結構しっかりした体してる」

杏子の問いかけに、雪成は笑って答えた。

「まあ、患者さんを支えたりするので。わりと力仕事ですし」

「触っていいですよ」と言われ、杏子は慌てて首を振る。しかし彼は杏子の手をつかみ、強引に自分の肌に触れさせてきた。

硬く引き締まり、張りつめた筋肉の感触は、女性のものとはまったく違う。こんなふうに以前、ホテルの風呂場でも触ったことを思い出すと、体の奥がじんと疼いた。

雪成が体を重ねてきて、杏子は自分より少し温度の高い肌に、小さく息を漏《も》らす。そのままじっと見下ろされ、戸惑《とまど》って彼を見つめ返した。

「……何？」

「こうやって少しずつ、杏子さんのテリトリーに入れてもらえるのがうれしいです。まるで気を許してくれているみたいで」

「あっ……！」

太ももを撫《な》でた雪成の手が、脚の間に触れる。とっくに濡《ぬ》れていたそこを硬い指がなぞると、かすかな水音が立った。

蜜口から溢《あふ》れた愛液を塗り広げ、指がぬるりと花芯を撫でる。同時に胸を吸われ、途端にこみ上げた甘い感覚に、杏子は手元のシーツをつかんで声を上げた。

「っ……は、ぁっ……」

敏感な尖りを撫でられるたび、体の奥がトロトロと潤《うる》む。ときおり押し潰されると快感にビクリと腰が跳ね、声を我慢することができなかった。

「ぁっ……はっ、あっ……」

触れ合うのが久しぶりなせいか、体の熱が上がるのが早い。すぐに内側を埋めてほしい気持ちがこみ上げてきたが、雪成の指は焦《じ》らすように花芯ばかりを辿った。

ときおり指がゆっくり蜜口をなぞるものの、わざと水音を立てて入り口をくすぐるだけで、中には入ってこない。焦れた杏子は足先でシーツを乱し、身を捩《よじ》った。

「……っ、やっ、あ……っ」

「可愛い、杏子さん。中は触ってないのに、もうぬるぬるしてる」

感じているのを揶揄《やゆ》され、たまらなくなった杏子は雪成の顔を引き寄せると、自分から口づけた。

「……っ……」

「欲しい」という衝動《しょうどう》のまま雪成の口腔《こうこう》に押し入り、舌を絡めて吸い上げる。首に腕を回して強く引き寄せると、雪成がキスに応《こた》えてきた。

「ふ……っ、ん、は、ぁっ……」

ぬめる舌を絡ませる行為に互いに夢中になり、何度も口づける。

蒸れた吐息を交えているうち、ようやく待ち望んだ指が中に押し入ってきて、杏子は体を震わせた。硬い指が内壁をなぞる感触にゾクゾクとした快感が走り、思わずきつく締めつける。

「はっ、あっ……」

雪成の指が動くたびに湿《しめ》った水音が立ち、その淫《みだ》らさが恥ずかしくなった。彼がまた唇を塞《ふさ》いできて、口腔をくまなく舐《な》められ、どこもかしこも埋めつくされる感覚にクラクラする。指先が奥の感じるところに触れると、中の反応でそれがわかるのか、雪成は執拗《しつよう》に同じところで動かしてきた。

「あっ……ぁ、や、ぁっ……」

「中、俺の指をぎゅうぎゅうに締めつけてますよ。……ビクビクして可愛い」

「はぁっ……あ、……ぁっ、っん……」

「指でされるのと舐められるの、どっちが好きですか？　うんと中まで舐めてあげますけど」

「……っ」

雪成の言葉に羞恥《しゅうち》を煽《あお》られ、杏子は唇を噛《か》む。雪成は指で杏子を喘《あえ》がせながら、耳元で「言ってください」と促《うなが》した。

「……っ、ぁ、指……っ」

「じゃあ、指で達《い》くとこ見せてください。奥でうんと掻き回してあげますから」

「っ、や……っ！」

根元までねじ込んだ指を感じやすいところでさんざん動かされ、同時に胸の先端を吸われる。溢《あふ》れた愛液がシーツと雪成の手のひらまで濡《ぬ》らしているのが恥ずかしいのに、止めることができなかった。

わななく内襞《ひだ》が彼の指に絡みつき、奥にどんどん快感がわだかまっていく。中でグルリと指を回しながら深く抉《えぐ》られた瞬間、それが一気に弾《はじ》けた。

「あ……っ！」

息も止まりそうなほどの愉悦《ゆえつ》に、杏子は息を乱す。ぐったりとした杏子の中から指を引き抜き、雪成が言った。

「久しぶりだから、もっと杏子さんを触って……いっぱい可愛い声を聞きたかったんですけど。駄目ですね。全然余裕《よゆう》がない」

雪成が体を離し、突然ベッドから降りる。彼の行動がわからず、杏子が驚いて見ていると、彼は床に落ちていた自分のボディバッグから財布を取り出した。彼の手に避妊具があるのが見え、杏子は顔を赤らめる。

(……そっか、加賀くんの家じゃないから)

この家に、避妊具の用意はない。なんとなく気恥ずかしさをおぼえ、視線をそらす杏子を見つめて、ベッドに戻ってきた雪成が小さく笑った。

「持っててよかった。ここまできて寸止めだったら、速攻コンビニまで走らなきゃいけないところでした」

前をくつろげた雪成が、杏子の手をつかんでくる。ドキリとする杏子の手を、彼は自分のものに触れさせて言った。

「……触ってください」

「っ……」

硬い感触に、じわじわと顔が赤らんだ。そっと形を辿ると雪成はわずかに息を詰め、熱っぽく息を吐く。

自分のしていることが恥ずかしいのに、気持ちよさそうな反応をされると、「もっとしてあげたい」という気持ちがこみ上げた。触れるたびに反応するそれを撫《な》でるうち、杏子の中にもうずうずとした衝動《しょうどう》が湧いてくる。

（加賀くんに……もっと触れたい）

好きという感情を自覚するとなおさら、抱き合う行為が甘く感じる。触れ合っているのに、物足りない。何もかも埋めてほしくてたまらなくなる。

やがて雪成が杏子の手の動きを止め、避妊具を着けて膝を押してきた。期待で体の奥がトロリと潤《うる》むのを感じながら、杏子は息を詰める。

蜜口にあてがったものを、彼がぐっと中に押しこんできた。

「あ……っ」

隘路《あいろ》を拓かれる動きにじわじわと快感をおぼえ、杏子は小さく声を漏《も》らした。締めつけながら潤み出す内部の感触に、雪成が眉間にぐっとしわを寄せてつぶやく。

「……くっそ……なんなんですか、これ」

「……あっ、な、なに……？」

何度か抜き差ししつつ奥まで昂《たか》ぶりを埋め、彼はささやいた。

「いつもより熱くて、きつくて……よすぎて全然、保《も》ちそうにないです」

杏子の顔が、じんわりと赤らむ。――いつもと違うのは、雪成への気持ちを自覚したせいだろうか。彼が欲しくて、触れられるのがうれしくて、今までよりずっと体が反応している気がする。

「んっ、あ……っ！」

押し入ってきたものに少し荒っぽく奥を突き上げられ、杏子は思わず高い声を上げた。体が汗ばみ、中がビクビクと屹立《きつりつ》を締めつける。彼は杏子の膝を押し、腰を密着させてより奥深くまで自身を押しこんできた。硬く重い質感が苦しかったが、すぐに甘い愉《ゆ》悦《えつ》がこみ上げてくる。中の襞《ひだ》に擦《こす》りつけながらねじ込むような動きをされ、杏子は声を我慢することができなかった。

「ぁっ……はっ、んっ……」

「……っ、あんまり締めないでください、すぐ達《い》っちゃいそうですから」

律動《りつどう》を開始され、揺らされるたびに声が漏《も》れた。雪成は浅いところで動いたかと思うと、ずんと深いところを突き上げてくる。その動きのすべてに、杏子は翻弄《ほんろう》された。

「ん……っ……ぁ、はぁっ……」

「さっき指で触ってビクビクしてたところ、当たってますよ。気持ちいいですか？」

「あっ、あっ……！」

挿《い》れられたものの先端で的確に弱いところを抉《えぐ》られ、息が乱れる。わななきながら締めつける動きが止まらず、それを感じた彼が熱い息を吐き、目を細めた。

「あー、すっごい……持ってかれないようにするだけで精一杯です。杏子さんの中がよすぎて」

いっぱいいっぱいなのは、明らかに杏子のほうだ。どんな動きをされても快感しかなく、恥ずかしいほど濡《ぬ》れているのを感じる。最奥を突かれるたび、快感とは裏腹に勝手に逃げようとする体を雪成が引き寄せ、また穿《うが》たれるのがたまらない。

こみ上げる愉悦に息も止まりそうになりながら、杏子は彼に強くしがみつく。汗ばんだこめかみに、雪成がいとおしそうにキスを落としてきた。

「好きです。……もっといっぱい、声を聞かせてください」

吐息のようなささやきに、胸がきゅうっとなる。唇を寄せられ、それを受け入れると、甘い感触に体の奥がますます疼《うず》いた。

杏子は目を閉じ、雪成が与えてくる快楽に身を委《ゆだ》ねた。

＊　＊　＊

ふと目が覚めたとき、カーテンの外はもう白みかけていた。

（今、何時……？）

自分の体に回された腕に気づいた杏子は、昨夜の出来事を思い出す。背中から雪成に抱きこまれ、そのまま眠ってしまっていたことに居心地の悪さをおぼえたものの、素肌に感じる彼の体温は思いのほか心地いい。

（六時には起きなきゃいけないんだけど……お弁当作りがあるし）

杏子は時計があるベッドサイドに背を向ける形で横たわっていて、時刻を確認しようとすればきっと雪成を起こしてしまう。だが平日の今日は彼も仕事があり、やはり時間を確認したほうがいいかもしれない。

そう思った杏子が身じろぎした途端、体に巻きついていた腕に強く抱きすくめられた。

驚く杏子の髪に顔を埋め、背後の雪成が少しかすれた声でささやく。

「……まだ早いですよ」

「あっ、でも、時間が……」

「五時半です。だからもう少し寝てても大丈夫です」

いつのまに時間を確認したのか、あっさりそう答えた雪成は、杏子の体を離そうとしない。

――昨夜は一度終わったあと、延々と舌で攻められてもう一度抱かれ、一体いつ眠ったのかわからなかった。

思いのほか乱れて濃密だった時間を思い出し、杏子はムズムズと落ち着かない気持ちになる。自分の体に回された腕と背中に感じる大きな体を意識していると、背後で雪成が噴き出した。

「なんでそんなに緊張してるんですか」

「べ、別に」

「杏子さんはいつも、何時に起きてます？」

「六時、だけど……」

「俺と一緒だ。風呂に入って弁当と朝飯を作ると、やっぱそれくらいの時間に起きないと間《ま》に合わないいんですよね」

意外な言葉に杏子は驚き、彼に問いかけた。

「加賀くん、自分でお弁当作ってるの？」

「作りますよ。普段も基本、自炊してます。いろいろと金を使うことがあるので、切り詰められるのは食費くらいしかなくて」

杏子は感心し、背を向けたまま小さく言った。

「……なんでもできるんだ」

「今度俺の家で、手料理でもご馳走しましょうか」

言いながら雪成の手が動き、やんわりと胸のふくらみを揉《も》んでくる。杏子は慌てて彼の手をつかみ、押し留めた。

「……っ、だ、駄目」

彼の財布に入っていた避妊具は、昨夜ふたつとも使ってしまった。触れられるだけで淫靡《いんび》な熱が揺り動かされる気がして、杏子はぎゅっと唇を噛《か》む。その背後で、雪成が笑った。

「杏子さんは普段、こんなふうにいつまでも一緒にいてくれないので、うれしいです。でもくっついてたら、やっぱり触りたくなっちゃうな」

「こっち向いてください」と言われ、杏子は渋々《しぶしぶ》彼のほうに向き直る。乱れた髪と寝起きの顔が恥ずかしくて顔を伏せると、微笑《ほほえ》んだ彼が言った。

「寝起きの杏子さん、無防備で可愛い。ちゃんと顔見せてください」

「や、やだ……」

腰から背中をスルリと撫《な》で上げられ、杏子は思わず「あっ」と声を漏《も》らし、顔を上げた。首筋まで上がってきた手が髪を掻き混ぜ、雪成が顔を寄せてくる。

「……んっ……」

唇を塞《ふさ》がれ、体の奥がじんと熱を帯《お》びた。後頭部を引き寄せてキスを深くしながら、彼のもう片方の手が後ろから杏子の脚の間を探る。

「あっ、やっ……！」

「まだ濡《ぬ》れてる……中、熱いですね」

「ぁっ、はっ……」

ゆっくり指を中に挿《い》れられ、動かされて、かすかに濡れた音が響く。一気に羞恥《しゅうち》がこみ上げ、杏子はぎゅっと太ももに力をこめた。

「も……駄目だってば……っ、ぁっ」

背後の雪成が動き、杏子の体の上に覆《おお》いかぶさってくる。杏子は焦って声を上げた。

「加賀くん、待っ……」

「わかってます。最後までしませんから――触るだけ」

「っ……んっ」

胸の頂《いただき》に吸いつかれ、杏子は声を抑えるために唇を噛《か》む。

朝日が差しこむ部屋での行為が恥ずかしいのに、彼をきっぱりと拒めないのは、触れられることを心のどこかでうれしく思っているからだ。

雪成はタオルケットの下で杏子の体を撫で、あちこちに唇で触れてくる。昨夜の快楽の余韻を残したままの内部に指を挿れられ、掻き回されて、杏子は彼の腕を強くつかんだ。

「ぁっ……あっ、や、ぁっ……」

「ここ、ほんと弱いですよね。昨日もこうしたら――ほら」

「んん……っ」

昨夜嬲《なぶ》られすぎてまだ熱を持った奥の部分は、触れられただけでじんとした快感が走った。

「可愛い」とささやかれ、あやすようにキスをされる。隘路《あいろ》を穿《うが》つ指にじりじりと追いつめられ、杏子は息を乱した。杏子の潤《うる》んだ目元に口づけた雪成は、「俺のも触ってください」と言って硬くなった自身を握《にぎ》らせてくる。

羞恥《しゅうち》をおぼえながらそっと手を動かすと、雪成は熱っぽい息を吐き、杏子を見つめて笑った。

「最後までできないのはつらいけど……これはこれでいいですね。いちゃいちゃしてる感じがして」

冗談めかしたささやきに、杏子の体温が上がる。

熱を帯《お》びた互いの体に溺《おぼ》れ、夢中になっているうちに時間を忘れた。いつしか明るさも気にならなくなり、杏子はその後もしばらくベッドから出ることができなかった。

13

学校が夏休みに入ったこともあり、図書館は平日なのに来館者が多い。普段より子どもの姿が増えた館内は、賑《にぎ》やかな雰囲気だ。

パソコンの画面を見つめながらぼんやりしていた杏子は、ふいに横から声をかけられた。

「佐伯さん、あっちで呼ばれてるよ」

「えっ？　あっ、はい！」

上司の言葉に驚いて顔を上げ、杏子は慌ててカウンターにいるアルバイトのもとに向かう。

「すみません、お待たせしました」

「こちらの方が、お探しの本なんですけど」

「はい、おうかがいします」

利用者が求めている本の内容を聞き取り、データベースで検索して、書架に案内する。

立て続けに利用者に声をかけられた杏子は、昼近くにやっと一息ついた。

休憩時間になり、昼食を買いに近くのコンビニに向かう。今日の朝はバタバタしていて、いつものように弁当を作ることができなかった。

雪成が泊まった昨夜のことを思い出し、杏子の頬がじわりと熱くなる。

（加賀くんは……時間、大丈夫だったかな）

――昨夜杏子の自宅に泊まった雪成は、朝七時半に慌てて帰っていった。触り合っていつまでもベッドから出ることができず、杏子は彼が帰ったあとで急いでシャワーを浴びた。化粧をしてベッドを整えるともう出勤時間になってしまい、弁当を作る余裕《よゆう》はまったくなかった。

体の奥には、まだ甘ったるい余韻が残っている。昨夜から今日の朝までは、思い出すだけで赤面するほど濃密な時間だった。

そのせいか、今日は仕事中に呼ばれても気づかないことがしばしばある。すっかり色《いろ》惚《ぼ》けしている自分を反省し、杏子は小さくため息をついた。

昨夜、雪成がわざわざ会いに来てくれたとき、杏子はうれしかった。会う約束が急に流れてしまい、がっかりしていたところで思いがけず会えたため、杏子は「帰る」という彼をつい引き止めてしまった。

雪成に対する気持ちを自覚したものの、杏子はまだ彼に何も伝えていない。

好きなのにそれを雪成に伝えられないのは、きっと自分の中に恋愛に対する臆病な気持ちがあるからだ。「いつか彼にも、鬱陶《うっとう》しく思われるようになったらどうしよう」と考えると、いっそ今のままの関係のほうがいいのではないかという消極的なことを思ってしまう。

だがその一方で、雪成に対してひどいことをしているのは理解していた。杏子を好きだという彼は、おそらくちゃんとした形でつきあいたいと思っているはずだ。「今のまま」という考えは、そんな彼の好意に向き合わない、ずるいやり方だといえる。

(加賀くんは、優しいから……そんなわたしでもいいって言うけど)

――それでいいのだろうか、と杏子は考えた。このまま雪成に甘え、曖昧《あいまい》な関係で彼に我慢をさせて、自分は本当にそれでいいと思っているのだろうか。

コンビニで飲み物とサンドイッチを買い、店の外に出た杏子は、蒸し暑さにため息をつく。昨日は三十度超えの厳しい暑さだったが、今日は曇《くも》っていて若干気温が低い。しかし湿度は高く、信号待ちで立っているあいだ、まとわりつくような湿気を感じた。

目の前を行き交う車を眺めながら、杏子は考えた。

(……わたし……加賀くんが、好き)

はじまりは、雨の中で偶然会ったことだった。

そのままなりゆきで体だけの関係がはじまったが、雪成は一貫して杏子に「好きだ」と言い続けた。八つ当たりしてもいい、都合よく利用してくれてかまわないから、いつか好きになってほしい――そう言ってずっと煮《に》え切らない態度を許してくれていた彼に、自分は一体何を返せるのだろう。

そう考え、杏子はぎゅっと強くコンビニの袋を握《にぎ》りしめた。

(わたしが返せるもの……加賀くんがわたしに、求めてるものは)

それはおそらく、「好き」という気持ちしかないのだろう。

どれだけ振り回しても辛抱強く待っていてくれた雪成に、「好き」と伝える。それは簡単なようでいて、杏子にとってはかなりの勇気を伴う行動だ。

孝一につけられた傷は、まだズキズキと痛みを訴えている。加えて、看護師の松永と雪成がどうなっているのかも、ずっと気にかかっていた。

しかし杏子の中の雪成に対する想いは、すでに溢《あふ》れ出しそうなくらいに強くなっている。

信号が変わり、横断歩道を渡りながら考えた。昨夜からずっと、雪成からの愛情を感じて幸せだった。もっと彼が欲しいし、笑顔が見たい。会えなかった時間に気持ちが煮詰められたように、強くそう思った。

(……加賀くんに、松永さんのことを聞いてみよう)

ふとそんな考えが、心に浮かんだ。

松永は「彼氏に発展しそうな相手がいる」と言っていたが、それは雪成のことなのか。そして雪成自身は松永をどう思っているのかを、直接彼に確認したい。

もしそれで彼が、「彼女のことはなんとも思っていない」と答えたら——そう想定し、杏子は自分の取るべき行動を決める。

（加賀くんに、「好き」って……自分の気持ちを伝えよう）

これまでさんざん振り回した人間が彼に好きだと伝えるのは、おこがましいという思いも依然としてある。だがそれは自分にとって逃げる口実だと、杏子にはわかっていた。

雪成との関係が恋愛に発展するのが怖くて、つきあわないための理由にしていただけだ。そんな迷いも葛藤《かっとう》も、全部彼に話してみようと杏子は考えていた。

（ぶつからないで逃げるのは……加賀くんの気持ちに失礼だから）

本当は、今も怖い。自分の弱さをすべてさらけ出すのは、勇気がいる。でも雪成の顔を見て、彼に触れて、会いないときもこみ上げるこの気持ちは、確かに「恋」だ。

杏子は目を閉じて、深呼吸をした。今日は早番で、夕方に仕事が終わる。その後、彼に「話がしたい」と言ってみるつもりだった。

（実習生のこともあるし……）

雪成の都合もあるため、折を見てメッセージを送ろうと思いながら、杏子は心の中の不安と緊張をそっと押し殺した。

＊　＊　＊

午後は気分を引きしめ、杏子は仕事に集中した。

他の図書館から予約された本を書架から探し出し、バーコードを読み取って転送の手続きをしたあと、行先ごとに仕分けをする。

その途中も何度か、利用者に呼ばれた。データベースで書籍を検索したり案内をする傍《かたわ》ら、来館者からのリクエスト図書の紙に目を通し、それをパソコンでリストにまとめて出力の作業まで終える。

そうしているうちに時間が過ぎ、杏子は午後五時十五分に仕事を終えて、図書館を出た。

病院に着いたのは午後五時半を回った頃で、外来の待合には精算待ちの患者がまだ数人残っていた。連絡を入れてみたが、雪成からの返信はない。終業時間を過ぎてもスマホを見れないということは、また実習生のおさらいにつきあっているのかもしれない。

(忙しいなら、もう少し加賀くんの状況が落ち着いてから話をするほうがいいのかな……)

大変なときにわずらわせるのもどうかと思いつつ、杏子はエレベーターのボタンを押す。到着を待っていると、やがて目の前でドアが開いた。

中に人がいるのが見え、杏子はすぐ脇に避《よ》けようとした。だがそれが松葉杖《まつばづえ》をついた孝一だと気づき、顔を強張《こわば》らせる。

すぐに彼から目をそらし、ばつの悪さを噛《か》みしめた。

（どうして、また……会っちゃうの）

孝一と話すことは、もう何もない。顔を見るだけで不愉快だが、母親と同じ病院に入院している以上、仕方のないことなのだろう。

彼の脇を通り過ぎた杏子は、無言でエレベーターに乗りこもうとする。しかしその瞬間、突然強く二の腕をつかまれて驚いた。

「っ……何？」

「なんだよ。目が合ったのに無視するなんて、傷つくな」

笑みを浮かべながらそう言われ、杏子は孝一を睨《にら》みつける。

「――離して」

「そんなカリカリすんなって。このあいだも呼び止めたのに、さっさといなくなるし」

孝一は笑い、廊下の奥にあごをしゃくった。

「ちょっと話があるからさ。つきあえよ」

＊　＊　＊

孝一が向かったのは外来とは逆の廊下で、病院の裏口に通じる人気《ひとけ》のない場所だった。

「入院暮らしもつくづく退屈だよな。何もすることないし、脚もこのとおり不自由で、ろくに動けないし」

彼の無精《ぶしょう》ひげは相変わらずで、かつて身なりにかなり気を遣っていたときの面影は、微塵《みじん》もない。なんとなく孝一を取り巻く雰囲気に荒《すさ》んだものを感じ、杏子は眉をひそめる。それを見た彼は、笑って言った。

「そういやお前の母親、このあいだ二階の廊下でチラッと見たよ。俺には気づいてなかったみたいだから、あえて声はかけなかったけど」

「…………」

五年もつきあっていたため、孝一は杏子の母親の顔を知っている。もし母親に孝一のことを知られたら、ややこしい話になるだろうか。そう杏子が考えていると、彼が問いかけてきた。

「お前の母さん、なんで入院してんの？」

「脚を骨折したの。でももう、来週には退院するから」

「へえ、そっか。いいよなあ、退院。うらやましいよ」

いつまでも本題に入らない孝一の意図が、わからない。杏子は次第に苛立《いらだ》ちをおぼえ、抑えた口調で言った。

「話って、一体何？　悪いけど世間話をするだけが目的だったら、わたし、もう行くから」

「そんなに怒るなって。あれだろ？　このあいだ街で会ったときの俺の言い方に、お前は怒ってるんだろ」

孝一はそう言うと、杏子の顔を見て苦笑した。

「――悪かったよ。すごく嫌な言い方をしたって、ずっと反省してたんだ。五年もつきあってきたのに、さすがにあれはなかったよな。俺にも悪いところはあったはずなのに」

杏子は眉をひそめ、孝一の顔を見つめる。

彼の真意は、一体なんなのだろう。以前街で会ったときはさんざんこちらへの不満を垂《た》れ流し、もう二度と会うつもりはないような口ぶりだった。杏子にもその気はまったくなく、今さら未練はない。

たまたま会ったことで、気まぐれに謝ってもいいと考えたのだろうか。そう思いつつ、杏子は孝一に言った。

「別に、謝ってくれなくていい。もう終わったことだと思ってるから」

「実はさ、離れて思ったんだよな。お前と五年も続いたのって、やっぱ理由があるのかなって」

自分の言葉を無視して能天気なことを口走る孝一を、杏子は訝《いぶか》しむ。

「……何言ってるの？」

「お前が一生懸命、俺に合わせてくれてたんだよな。そんなお前の態度を、俺はどっかで当たり前だと思ってたのかもしれない。反省してるんだ」

杏子はじわじわとこみ上げる、なんともいえない居心地の悪さを持て余す。

今さらそんなふうに言われても、困惑するだけだ。孝一にはすでに充分幻滅《げんめつ》しているし、何を言われてもその評価が覆《くつがえ》ることはない。

突然の手のひら返しに気持ち悪ささえ感じ、早くこの場から立ち去りたい衝動《しょうどう》にかられた。

「あなたには、可愛い彼女がいるんでしょ。わたしのことはもういいから、その子とどうぞお幸せに」

「――あいつとはもう終わったよ」

杏子は驚き、孝一を見る。彼は苦々《にがにが》しい表情で言った。

「車で事故ったとき、隣に乗ってたんだけどさ。俺はこうして大怪我したのに、女のほうはちょっと顔に傷がついたのと、むち打ちと打撲《だぼく》だったんだ。事故自体は物損にできるかと思ってたのに、それをあの女の父親がガタガタ騒ぎ出して」

――事故当時、助手席に乗っていた彼女は顔に怪我をし、体にも打撲を負ったらしい。

事故の原因が孝一の飲酒運転だと知った彼女の父親は激怒し、物損ではなく人身事故として処理させたという。

　結果、孝一は悪質な運転だとして免許取り消しとなり、罰金三十万の刑事罰処分を受けたのだと語った。

「営業職なのに免許取り消しになって、会社の上司もカンカンだよ。欠格期間は免許の再取得もできないし、ひょっとしたら仕事を変えなきゃいけないかもな。おまけに突っこんだ電柱の賠償金も払えってさ。治療費だけは自賠責から出るけど、もうドン底だよ、俺」

「――」

　呆《あき》れて言葉も出ない。聞けば聞くほど自業自得《じごうじとく》で、杏子は同乗していた彼女のことが気の毒になった。酒に酔っての事故など同情の余地もないと思いながら、淡々と告《つ》げる。

「大変でしょうけど、どうぞがんばって。わたし、もう行くから」

「――待てって」

　孝一が腕をつかみ、突然壁に体を押しつけてくる。思いがけない彼の行動に、杏子は動揺《どうよう》した。

「は、離して」

「冷たいこと言うなよ。今回の件で俺、つくづくわかったんだ。俺にはお前しかいないって」

あまりにも勝手な言い草に、杏子は唖然《あぜん》として言葉を失う。

孝一は笑って言った。

「ここで偶然お前に会ったのも、運命だと思った。やっぱり俺ら、離れられないっていうかさ。たぶんどっかで繋がってるんだよ」

「……っ、いい加減にして」

驚きが過ぎ去ると、ふつふつと怒りが湧いてきた。

孝一の考えが、まるで理解できない。気分次第でコロコロと態度を変え、自分勝手な理由を並べてこちらを思いどおりにしようとしている。

(人のことを……一体なんだと思ってるの)

孝一は壁に押しつけた杏子に、体を寄せてくる。そして猫なで声で言った。

「やり直そう、な？　これからはお前を大事にするし、傷つけるようなことも絶対言わないから」

「――嫌」

「杏子」

「嫌だってば……！」

体を寄せられることに怖気《おぞけ》が立ち、杏子は今すぐ逃げ出したい気持ちでいっぱいになる。

だが強く押したら、脚を怪我している孝一は倒れてしまうかもしれない。そう思うと抵抗するのがためらわれ、杏子は対応に迷う。

そのとき、ふいに孝一の肩が後ろから強く引かれ、勢いよく杏子から引き剥《は》がされた。

突然のことでよろめいた孝一の体を、真後ろにいた背の高い人物が支える。自分を助けてくれた相手を見て、杏子は目を丸くした。

「か、加賀くん？」

孝一を杏子から引き離したのは、ケーシー姿の雪成だ。一瞬どこか剣呑《けんのん》さを感じさせる表情に見えた彼は、すぐにそれを引っこめる。そして孝一に向かって、穏やかに言った。

「争うような声が聞こえたので、来てみたんですが。先日交通事故で入院された木下さんですよね。どうかされましたか？」

いきなり現れた雪成を、孝一はジロジロと無遠慮に眺める。そしてふてぶてしい表情で問いかけた。

「誰だよ、あんた」

「理学療法士《りがくりょうほうし》の加賀です。——木下さん、質問に答えていただいていいですか」

雪成は笑顔であるものの、その口調から有無を言わせない圧力を感じる。孝一はわずかに気圧《けお》された様子で、歯切れ悪く答えた。

「別に……あんたには関係ないだろ。こっちにはこっちの話があるんだよ」

「そうですか、では彼女に聞きます。――杏子さん、大丈夫ですか」

腕を引いて孝一から離された杏子は、雪成に対してどんな態度を取るべきかわからず、言いよどむ。

「あ、あの……」

「メッセージに気づいて、病院の中を探してたんです。お母さんのところにも来てないみたいだったし、一階に戻ってきたら、こっちの廊下から声がしたので」

――そんな言い方をしたら、孝一に自分たちの関係を怪しまれてしまう。

杏子がそう考えた瞬間、孝一が苛立《いらだ》ったように舌打ちをした。

「杏子、一体なんだよこいつ。知り合いなのか？」

孝一の言葉を聞いた雪成が、彼に視線を向ける。そして静かな口調で言った。

「――今は俺の彼女なので、呼び捨てはやめてもらっていいですか」

雪成が笑みを消した顔で孝一を見下ろす。

身長が十センチ近く高い彼から見下ろされた孝一は、驚いた顔をしていた。やがて言葉の内容を理解したのか、「へえ」と顔を歪《ゆが》めて笑う。

「あんた、この病院の職員だろ。いいのか？　患者の家族に手を出したりして。普通モンダイなんじゃねーの」

「別に何も問題はありませんよ。俺は独身ですし、杏子さんとは、彼女のお母さんがここに偶然入院する前からのつきあいですから。そうですよね？　杏子さん」

話を振られた杏子は、慌ててうなずく。孝一は意外な様子で目を丸くしたものの、なおも雪成に食い下がった。

「じゃあここの人間に、言いふらしてもいいわけだ。理学療法士《りがくりょうほうし》のセンセイが、患者の家族とつきあってるって」

「別に隠すつもりはないので、ご自由にどうぞ。――ところで木下さんはご存知ですか？　病院はトラブルを起こす人間に、強制的に退院していただくことができるんです。木下さんは今、嫌がる女性に無理やり迫っていた上、これまでも院内でたびたび喫《きっ》煙《えん》して問題になっていますよね。数日前は廊下でたまたま肩がぶつかった患者さんを恫喝《どうかつ》して、トラブルを起こしたとも聞いています。木下さんはまだ入院加療《かりょう》の必要な状態ですが、今回の件は上の者にも報告させていただきますから、そのつもりでいてください」

立て板に水のような雪成の言葉を聞き、心当たりがあったらしい孝一が押し黙る。

話を聞いていた杏子は、驚いて孝一を見つめた。聞けば聞くほど彼の行動ははた迷惑で、呆《あき》れて言葉も出ない。

やがて孝一はいまいましそうに舌打ちをすると、松葉杖《まつばづえ》をついて踵《きびす》を返し、その場から立ち去ろうとした。そんな彼の背中を、雪成が呼び止める。

「そうだ。もうひとつ言い忘れてましたが、木下さん」

「……なんだよ」

「杏子さんにあなたが借りたお金、先日の分では返済が足りなかったそうです。残りの三万五千円、早急に耳を揃えて返してください。——今度は頭に投げつけたりせずに」

言葉こそ丁寧だが、雪成の声と表情には有無を言わせぬ雰囲気があった。それに当てられたように、孝一がぐっと言葉に詰まる。やがて彼は顔をそむけ、松葉杖《まつばづえ》をついて去って行った。

孝一の後ろ姿を見送った雪成がふっと気配を緩《ゆる》め、杏子に向き直って言った。

「すみません、突然話に割り込んで。何かされたりしませんでしたか？」

「……ううん、平気」

雪成が来てくれて、心底ホッとした。孝一を受け入れるつもりはなかったものの、先ほどの杏子は、迫ってくる彼にどう対応していいかわからずにいた。一方で、トラブルメーカーの孝一とつきあっていた事実が恥ずかしく、いたたまれない気持ちになる。

「何もされてないから……大丈夫。来てくれてありがとう」

「俺のほうこそ、すぐに返信ができなくてすみませんでした。ついさっき見て、もう病院に来てるかと思って探してたんですけど」

雪成は一旦言葉を切り、杏子を見つめた。

「――杏子さんがつきあってたのって、木下さんだったんですね」

「……っ」

杏子は顔を歪《ゆが》め、答えずに目を伏せる。そして雪成に問いかけた。

「あの……彼、いろいろトラブルを起こしてるって」

「ええ。病室やトイレで喫煙《きつえん》をしたり、他の患者さんとトラブルになったのも本当です。一応スタッフもマークしてて、なるべく目を離さないようにしてたんですが」

「……ごめんなさい」

思わず杏子が謝ると、雪成は眉をひそめて言った。

「どうして杏子さんが、謝るんですか」

「わたし……一応つきあってたわけだし」

「でももう別れたんですよね？　それともまだ、彼のことが好きなんですか？」

「ち、違う」

杏子は急いで否定し、雪成を見つめる。

「違う――わたしが好きなのは」

心がぎゅっとして、杏子は一旦口をつぐむ。

――先ほど雪成が「彼女」と言ってくれて、うれしかった。庇《かば》ってくれた背中が頼もしく、以前金を投げつけてきた孝一に対してきっちり釘《くぎ》を刺してくれたことにも、心が疼《うず》いた。

「わたし……加賀くんが好きなの」

気づけば気持ちが溢《あふ》れて、杏子は雪成を見つめ、そう口に出していた。

彼が驚いたように目を瞠《みは》り、杏子を見下ろしてくる。

「あの、今なんて……」

「加賀くんが、好きなの。でもさんざん冷たくしてきたわたしがそんなことを言うのは、どこかおこがましいような気がして……それで今まで、口に出せなかった」

みるみるうちに目が潤《うる》み、涙がポロリと頬を転がり落ちる。雪成が慌てて杏子の肩をつかんで言った。

「ちょっ、待ってください。いきなりそんな——な、なんで泣いてるんですか？」

「……っ、ごめんなさい」

突然泣いたりしたら、雪成が困って当たり前だ。珍しく狼狽《ろうばい》した様子の彼はそんな杏子を呆然と見下ろし、しばらくして言った。

「責めてるんじゃないです、驚いただけなので。あの……俺のことが好きって、本当に？」

聞かれて杏子がうなずくと、雪成は沈黙する。

場所もわきまえずに気持ちを伝えてしまったことに、にわかに気まずさをおぼえていた。沈黙にいたたまれなくなった杏子は、口を開こうとする。その瞬間、若干顔を赤らめた雪成が、視線をそらしながら「すみません」と言った。

「――帰ります。今すぐ着替えてくるので、待っててくれませんか」

「えっ？　でも、実習生は？」

「かまってられません。今日だけは、何がなんでも帰ります」

「………………」

おそらく彼は、今日も居残る予定だったはずだ。それなのに突然「帰る」と言い出す雪成に、杏子は戸惑《とまど》いをおぼえる。

驚いて見つめていると、彼はばつが悪そうな表情になり、ふーっと大きくため息をついた。そして周囲を見回し、人がいないことを確認したあと、突然頭を抱き寄せてくる。病院でそんなことをされるとは思わず、杏子はびっくりして固まった。

「……っ、加賀くん？」

思いの丈《たけ》をこめるように、雪成は杏子の頭に顔を押し当て、しばらくじっとしていた。やがてようやく体を離した彼が、照れくさそうに笑う。

「すみません、つい我慢できなくて。――俺の家で話を聞きますから、いつもの場所で待っててください。着替えてすぐに行きます」

＊＊＊

病院の前で待っていた杏子は、五分ほどしてバイクでやってきた雪成から、ヘルメットを手渡された。

杏子がバイクが苦手なため、最近一緒に行動するときはバスを使っていた彼だったが、今日は待つ余裕《よゆう》がないらしい。

「怖かったら、しっかりつかまっていてください」

そう言われ、顔を伏せてしがみついているうち、さほどかからずにバイクは雪成の自宅マンションに到着した。

ヘルメットをはずし、ホルダーに引っかけた彼は、杏子がかぶっていたものを受け取って後部シートにしまう。そして杏子の手を引き、エントランスをくぐった。

エレベーターで三階まで上がり、玄関の鍵を開けるまで、雪成は終始無言だった。自宅に上がって杏子に向き直った彼は、ようやく大きくため息をつく。

「――いきなり言われて、びっくりしました。本当に突然だったので」

「あの、ご、ごめんなさい……」

確かに雪成からしてみたら、杏子の言葉は唐突だっただろう。考えなしの自分の行動を、杏子は心の中で反省する。

「実習生の子、置いてきて大丈夫だったの？　加賀くん、本当は今日も残るつもりだったんじゃ」

「いいんです。彼も昨日のことで心を入れ替えたみたいですし、レポートも今日は『一人でがんばって書く』って言ってくれたので」

それきり互いに黙りこみ、沈黙が満ちる。

雪成が自分の言葉を待っているのだと気づき、杏子はためらいながら口を開いた。

「病院で言ったことは、本当なの。わたし――加賀くんのことが好き」

「……いつからですか？」

雪成の問いかけに、杏子は答える。

「気持ちを自覚したのは……街で偶然元彼と会って、この家に押しかけたとき。その前から気になることがあって、でも加賀くんには聞けなくて悶々《もんもん》としてて」

「なんですか？」

杏子は意を決して、雪成を見た。

「わたし、松永さんと加賀くんが話してるのを聞いちゃったの。合コンの誘いを加賀くんが断ってて、松永さんが『じゃあ、私と二人ならどうですか？』って言ってたところ。松永さんが加賀くんを好きらしいっていう話は以前から母に聞いていて、しかもそのあと松永さん自身から、『彼氏に発展しそうな相手がいる』って聞いて……それが加賀くんなのかなって思って、それで」

「俺じゃないですよ」

雪成は杏子を遮《さえぎ》って言った。

「彼女の相手は、俺じゃないです。確かに好意を仄《ほの》めかされましたけど、俺は『好きな相手がいる』って言って、断りました。その代わり松永さんには、学生時代からの俺の友達を紹介したんです。二人はすぐ意気投合して、いい雰囲気になってました」

「……えっ」

――松永の相手が雪成だというのは、完全にこちらの誤解だったらしい。

彼の言葉を聞いた杏子は、二人がそういう関係ではなかったことにホッとした。しかしそれと同時に、雪成のことを疑っていた自分に、ばつの悪さがこみ上げる。

気まずくうつむく杏子を見下ろし、彼は言った。

「俺が彼女と、つきあうと思ってましたか？　気になるなら、聞いてくれればよかったのに」

「……松永さん、すごく可愛いから。いつもつんけんしてるわたしより、明るくて加賀くんに合ってる気がして」

「俺が好きなのは杏子さんだけだって、何度も言ってるじゃないですか」

雪成の言葉に心が疼《うず》き、それに背中を押されるように杏子は顔を上げて言った。

「わたし――最初に言ったとおり、恋愛なんてもうしたくないって思ってた。元彼にひどい振られ方をしてから、誰かを好きになるのが怖くて」

杏子は必死に言葉を選びながら、語った。

――長くつきあった孝一に突然振られ、傷つけられるくらいならもう誰も好きになりたくないと思ったこと。そのせいで、ほぼ初対面に等しかった雪成から好意を伝えられたとき、自分でもどうしようもないくらいに苛立《いらだ》って、ひどい言葉で八つ当たりしてしまったこと。

なし崩しに体の関係がはじまって以降、会ううちに次第に雪成と打ち解け、いつしか「好きだ」と言われることが嫌ではなくなっていたこと。

「うちの実家で、加賀くんが『わたしに笑いかけられたのがうれしい』って言ってくれたとき……ああ、この人は本当にわたしのことが好きなんだって思ったの。それからどんどん意識するようになって」

雪成の好意を信じられるようになって以来、杏子の中で彼に対する気持ちが変化した。そんなとき、松永がどうやら雪成のことを好きらしいと知って、気持ちがざわついて落ち着かなかった。二人の関係が気になって悶々《もんもん》とし、でも聞けずに自分が身を引いたほうがいいのかと考えていたところで、街で偶然孝一に会った。

「元彼に、ひどい言葉で傷つけられて……慰《なぐさ》めてほしくて思い浮かべたのは、加賀くんの顔だった。自分は優しくしないくせに、つらいときばかり加賀くんを頼るのはずるいって思ったけど——そのとき気づいたの。いつのまにかそれくらい、加賀くんを信頼してるんだって。松永さんとのことが気になって仕方がなかったのは……加賀くんが好きだからなんだって」

杏子は息をついて、一度言葉を切った。

「わたしね、ずっと……今までの自分の冷たい態度が気になって、言えなかった。さんざん加賀くんを振り回して、恋愛なんてしないって言ってたくせに、今さらわたしが好きって伝えるのが、どこか勝手でおこがましいような気がして」

「いいんですよ。そもそもその気のない杏子さんに、『体だけでも』って言ったのは俺なんですから」

どこまでも自分を甘やかす雪成の言葉を、杏子は罪悪感をおぼえながら受け止める。

「でも、最近はあまり加賀くんに会えなくて——会えないと、ますます想いが募《つの》って」

そんな自分の衝動《しょうどう》を、杏子は恥ずかしく思う。会えないあいだに煮詰まった想いは、会えば溢《あふ》れて止まらなかった。

「元彼とはさっきエレベーターで会って、『復縁しよう』って言われたの。このあいだはひどいこと言って悪かった、俺にはお前しかいないから、やり直そうって。でもわたし、そのつもりはなかった。だからはっきり断るつもりだったんだけど……相手は怪我人だと思うと、強く押しのけることにためらいがあって」

「——俺は」

雪成がばつが悪そうに言う。

「杏子さんがトラブルばかり起こす患者に絡まれてると思って、止めに入ろうとしたんです。でも彼が杏子さんのことを呼び捨てにしたとき、ああ、この人が元彼なんだって気づきました。その瞬間、ものすごい嫉妬《しっと》がこみ上げて……気がついたら彼を、乱暴に引き剥《は》がしてた」

それでも孝一が倒れないように咄嗟《とっさ》に体を支えたのは、彼を気遣ったわけではなく、単に仕事でついたくせだったらしい。

あのとき一瞬、怖いくらいだった雪成の雰囲気を思い出し、杏子は小さく問いかけた。

「嫉妬、した？」

「しますよ、当たり前じゃないですか。だから大人気なく、彼への対抗意識で、杏子さんを『自分の彼女だ』って言っちゃったんです。……本当はそんなんじゃなかったのに」

「うれしかった。加賀くんが彼に、そう言ってくれて」

杏子の言葉を聞いた雪成は、じっと見下ろしてくる。彼が手を伸ばして頬に触れてきて、杏子はドキリとしながら見つめ返した。

雪成が静かな口調で言った。

「杏子さんの気持ちを、もう一度ちゃんと聞きたいです。……俺のこと、どう思ってるんですか?」

「――好き」

杏子はささやくような声で答える。

言葉にすると途端に胸が苦しくなって、じわりと目が潤《うる》んだ。

「加賀くんが好き。気持ちを自覚してからも、こうやって言葉にするのが怖かった。いつか加賀くんが、元彼みたいにわたしのことを鬱陶《うっとう》しくなるかもって想像したら、耐えられなくて……。そうなるくらいなら今のままでいいなんて、ずるいことを考えて」

話を遮《さえぎ》るように、雪成が杏子の体を引き寄せ、強く抱きしめてきた。息もできないほどに腕に力をこめながら、彼が言う。

「そんな心配をするくらいなら、早くそう言えばよかったんです。俺が杏子さんのことを鬱陶しくなるなんて、ありえないですよ。こんなに好きで、欲しくてたまらない人は――他にいないのに」

「なかなか加賀くんを……信じられなかったの。わたしが簡単に落ちないから、加賀くんはむきになってるのかもしれないって考えて。もてるんだし、恋愛には苦労したことがなさそうだから」

「誰にもてたって、好きな人に好かれなければ意味なんてないです。杏子さんは俺にツンとした態度を取ったあと、いつもすぐに後悔したような顔をすることに気づいてましたか？　それを見るたび、俺は早く杏子さんがそんな強がりを捨てればいいのにって考えてたんです。全部俺に預けてくれれば……全力で甘やかしてやるのにって」

「…………」

（そんなの、知らない……）

自分でも知らなかった事実を話され、杏子の頬がじわりと熱を持つ。胸の奥がきゅうっとして、ためらいがちに雪成の体に腕を回した途端、強い力で抱き返された。

「――好きです」

胸がいっぱいになる杏子の耳元で、雪成がささやく。

「意地っ張りで素直じゃない、でもそんな自分にすぐ後悔する杏子さんが……好きです。杏子さんも、俺と同じ気持ちだって思っていいですか」

問いかけにうなずいた瞬間、雪成の腕により一層力がこもる。

自分の気持ちが追いつくまで待っていてくれた雪成は、本当に辛抱強い男だ。そんな彼に申し訳なく思いつつ、杏子は揺るがずに受け止めてもらえるうれしさと、じわじわと湧き起こる幸福感を噛《か》みしめる。

誰よりも安心させてくれる腕の中で、杏子はそっと目を閉じた。

＊　＊　＊

見慣れた雪成の寝室は、相変わらず片づいていて雑多な印象はない。真夏の午後六時、まだ外は充分すぎるほど明るく、カーテンを閉めても寝室はまったく暗くはならなかった。

ベッドの上に杏子を座らせて、雪成が服を脱がせてくる。明るいところで脱がされることに羞恥《しゅうち》が湧いて、杏子はかすかに頬を染めた。

もう何度も抱き合っているのに、まるで初めてのようにドキドキしているのは、気持ちが通じ合ったからだろうか。雪成が杏子の上衣を脱がせ、ブラのホックをはずす。ずり落ちそうになったそれを、杏子は焦って手で押さえた。

「……っ、加賀、くん」

彼は続いてスカートのファスナーにも手をかけてきて、杏子は慌ててもう一度呼びかける。

「か、加賀くんってば」

「なんですか？」

「どうしてわたしばっかり脱がせるの」

「じゃあ、俺の服も脱がせてください」

唇に音を立ててキスをしながらそうささやかれ、杏子は雪成の服に手をかける。

シャツを頭から脱がせると、途端に均整の取れた体があらわになり、ドキリとした。

杏子がモタモタしているうちに、彼は杏子のスカートやストッキング、下着まですべて脱がせてしまう。

「ぁっ……」

全裸でベッドに横たえられ、肌に口づけを落とされた杏子の口から熱っぽい吐息が漏《も》れた。大きな手で体を撫《な》で、雪成はあちこちにキスをする。目が合った瞬間、彼が唇を塞《ふさ》いできた。

「っ……ん、ぅっ……」

入りこんできた舌に絡ませられ、口蓋《こうがい》を舐《な》められて、じわりと体温が上がる。

息継ぎと同時に小さく喘《あえ》ぐと、さらに深く口腔《こうこう》を探られた。ぬめる感触と唾液の甘さにゾクゾクし、吐息を交ぜることに夢中になる。

やがて唇を離した雪成がじっと杏子を見下ろし、ポツリと言った。

「――初めて杏子さんをバス停で見たとき、『きれいな人だな』って思ったんです」

最初に杏子を見たときの印象を、彼はそんなふうに語る。

「ぱっと見はクールなのに、お年寄りにバスの路線について聞かれて、すごく丁寧に教えてた。何度同じことを聞かれても、根気強く笑顔で答えてたのを見て……ずいぶん説明に慣れてる人だなって思いました」

のちに勤務先に入院した杏子の母親によって、職業が図書館勤めの司書だということを知らされた。雪成は「それで説明上手なのか」と合点《がてん》がいったのだという。

「それからバス停で顔を見るたびに、気になってました。一体何歳なんだろう、どうにかして話ができないかなって——そんなとき、雨の中濡《ぬ》れながらバス停に立ってる杏子さんを見て……チャンスだと思った」

「あっ……！」

耳元に口づけられ、耳殻《じかく》を舌先でなぞられると、思わず息が乱れる。

耳の後ろから首筋まで舌を這《は》わされ、杏子は雪成の二の腕をつかんだ。「耳元で喋るのはやめてほしい」と思うのに、彼はそのまま言葉を続ける。

「あのときは本当に、連れこんでどうこうしようと考えていたわけじゃなくて……せめて名前だけでも知りたい、あとに繋がるきっかけにしたいって思って、家に誘ったんです。でも結局誤解されることになったので、うまいやり方ではなかったですよね」

「……っ、あれは」

——あれは確実に、こちらが悪かった。そう考え、口ごもる杏子に、雪成が笑って言った。

「自分の好意をあんなふうに拒絶されるなんて、はっきり言って予想外でした。おかげで変なスイッチが入っちゃいましたし。でも、あのときの杏子さんが本当に痛々しくて、俺が癒《いや》してあげたいって思った。一度触れたらなおさら、『もう会わない』って言う杏子さんを振り向かせたくて、たまらなくなりました」

肌を辿った大きな手が、胸のふくらみに触れる。先端に顔を寄せ、舌先で舐《な》めたあとに吸い上げられると、濡れた舌の感触に息が乱れた。

「はぁっ……あ、……ぁっ」

「それから強引に会う約束を取りつけましたけど、ツンとされるたびに実は少しへこんでました。でも……冷たいことを言ったあとにすぐ後悔したような顔をする杏子さんが可愛くて、どんどん惹《ひ》かれていったんです」

胸のふくらみからわき腹、へそを唇で辿られ、杏子は息を詰める。

触れているのが雪成の手と唇だと思うだけで、体が勝手に反応して奥がトロリと潤《うる》み出していた。

「ようやく慣れてきたと思ったら俺のことを避けるし、そのくせ抱けばトロトロに潤んで、声も甘くて――自分でも呆《あき》れるくらい、杏子さんの言動にいちいち振り回されてました。まだ元彼に気持ちを残してるのかと考えて悶々《もんもん》としたり、それでもなんとなく態度に棘がなくなってきたことをプラスに考えていいのか、それともポジティブに捉えすぎなのか、わからなくなったり。そんなとき、メアドと番号を教えてもらえて、すごくうれしかった」

やはり自分の行動は雪成を振り回していたのだと罪悪感を感じ、杏子は小さく謝る。

「……っ……ごめんなさい、わたし、いつも勝手で……加賀くんを振り回して」

「いいんですよ。初めにそうしていいって言ったのは、俺なんですから」

雪成は滲《にじ》むように笑い、杏子の唇に口づけた。

「直接連絡がとれるようになってからは、ぐっと距離が近くなったような気がして、うれしかったです。それに加えて、昨日は顔を見るだけでよかったのに、家にまで入れてくれて。俺のことを嫌いじゃないなら、もうそれでいいって思ってました。もっと時間をかけて、いつか杏子さんの気持ちが俺に向くのを待てばいい、それまでは今のままで充分だって——そうしたら思いがけず今日、好きだって言ってもらえた」

雪成が本当にうれしそうに笑うのを見て、杏子の胸の奥がぎゅっとする。

ずっと踏みこむ勇気が持てず、杏子は「今のままでいい」という消極的な考えを持っていた。だが雪成の言葉を聞くと、やはりそれは彼の気持ちを顧《かえり》みないずるい考え方だったのだと思う。

「杏子さんに会うたび、触れるたびに……『早く俺の腕の中に転がりこんでくればいい』ってことばかり考えてました。待って待って、ようやく俺のものになったんですから、これからはいつか俺が飽きるかもしれないとかは考えないでください。不安なんて感じないくらい、べったべたに甘やかしてあげます」

「覚悟しててくださいね」と言う雪成を、杏子はなんともいえない気持ちで見つめる。

これまではプライドもあり、自分が抱える不安や戸惑《とまど》いを、彼に見せることに躊躇《ちゅうちょ》していた。

だがこんなふうに揺るがずに受け止める姿勢を提示され、今は安堵《あんど》をおぼえる。思い切ってさらけ出してよかったのだと、心から思えた。

「――好き、加賀くん」

杏子のささやくような告白に、雪成はうれしそうに笑う。

「俺もですよ。大好きです」

軽く触れ合うキスに顔を赤らめた途端、すぐにそれは深さを増す。

じれったいほど丁寧に体中を手と唇で辿られ、喘《あえ》がされて、杏子は感じすぎてぐったりした。やがてさんざん溶かされた蜜口から雪成が中に押し入ってきたとき、杏子は待ち望んでいた熱に声を上げた。

「あっ……はっ、……ぁっ……！」

硬く熱い屹立《きつりつ》の感触に、肌が粟立《あわだ》つ。埋めつくされる感覚にゾクゾクし、一気に体温が上がるのを感じながら杏子が雪成を見ると、彼が言った。

「中、すっごいですよ。このまま動かなくても達《い》けそうです、俺」

「ん……ぁっ……」

「動いてほしいですか？」

焦《じ》らす言葉に杏子は瞳を潤《うる》ませ、雪成に強く体をすり寄せた。

「も……焦らさない、で……っ……ぁっ」

「普段はツンとしてるくせに、こういうときの杏子さんは素直に甘えてくるんですよね。……そんなところも可愛いんですけど」

挿《い》れたものを馴染《なじ》ませるように、ゆるゆると動かれる。硬く重量感のある昂《たか》ぶりが熱を持った柔襞《やわひだ》と擦《こす》れ、気持ちいいのにもどかしさが募《つの》って、内部がビクビクと雪成を締めつけた。

足先でベッドカバーを乱す杏子を見て、雪成が笑う。

「ほんとにすぐ達っちゃいそうなんで、あんまり煽《あお》らないでください」

「加賀くん……ぁっ、も、早く……」

雪成の首にしがみつき、杏子は腰を揺らしながらささやく。

中が勝手にうねるように蠢《うごめ》いて、繰り返し屹立《きつりつ》を締めつけていた。好きで触れたくて、もっと欲しいという思いが溢《あふ》れて、止まらない。

もどかしい気持ちを涙目で必死に訴えると、雪成が「参ったな」と苦笑した。

「甘えてほしいとは思ってましたけど、実際にこんなにデレてくれるなんて、予想外です。……本当に可愛くて、しょうがない」

「あっ……！」

急に深く突き上げられて、杏子の口から悲鳴のような声が上がった。焦らしていたのが嘘のように激しい律動《りつどう》に揺らぶされ、奥を突かれるたびに怖いくらいの快感が走って、杏子は雪成にしがみつく。

「ぁっ……はっ、あんっ……加賀、くん……！」

「名前呼ばれるの、いいですね。ほんとは下の名前のほうがいいですけど」

「あ、あっ！」

雪成の瞳の奥底に見える灼《や》けつくような熱情に煽られ、腰を使われるたびに体の奥に重い愉悦《ゆえつ》がわだかまる。いとしさで胸がいっぱいになり、杏子は揺さぶられながらささやいた。

「……好き、……加賀くん……」

言葉にするだけで、思いが溢れて止まらなくなる。目を潤ませる杏子を見て、雪成は律動を緩《ゆる》めないまま微笑《ほほえ》み、頭を抱えこんで髪にキスをした。

「俺もです」

感じるところばかりを狙って動かれ、杏子が声を上げて達する。その直後、雪成もぐっと奥歯を噛《か》んで体を強張《こわば》らせ、息を詰めた。

奥で熱が放たれたのを感じた杏子は、荒い息をついて彼を見つめる。雪成はなぜか悔しそうな顔で、唸《うな》るように言った。

「まだ終わりじゃないですよ。俺の本気は、全然こんなもんじゃないですから」

「――……」

どうやら不本意なタイミングで達してしまったらしい彼の言い分に、杏子は思わず噴き出す。それを見た雪成は、ボソリと「笑わないでください」とつぶやいた。

拗《す》ねたように言う雪成が可愛くて、杏子は目を細める。想いが通じ合った幸せが、じわじわと胸にこみ上げていた。

（……加賀くんが好き）

――彼に気持ちを伝えられて、本当によかった。

そう思いながら杏子は雪成の頭を引き寄せ、彼の唇にキスをした。

＊　＊　＊

閉館間際、人の気配がひそやかになる時間帯の図書館が、杏子は好きだ。

昼の喧騒の中ではわからない、大量の書物が放つ静謐《せいひつ》な気配を感じると、つくづく自分は図書館の仕事が好きだと思う。

カラカラと音を立てるワゴンを押し、杏子は返却図書を順次、棚に戻していった。普段はほとんど人がいない書架の狭間に入ると、その先に本を立ち読みしている背の高い男がいる。何気なくワゴンを押し、杏子は彼の後ろを通り過ぎ際、チラリと持っている本を覗きこんだ。

（……美術評論家の本？）

こんなジャンルにも興味があるのが意外で、杏子はひそめた声で問いかけた。

「……加賀くんって、美術にも興味があるの？」

「この人は評論家なんですけど、語り口がどこか哲学的なんです。読んでみると、なかなか面白いですよ」

振り向いて答えた雪成は、杏子を見つめて微笑《ほほえ》む。

活字中毒だという彼は、最近は杏子の仕事が終わるまでの時間を、こうして図書館で過ごしている。彼が面倒を見ていた実習生はようやくコツをつかみ、一人でがんばれるようになってきたらしい。バイザーの先輩も反省して態度が和《やわ》らいだため、雪成は以前ほど忙しくはなくなったのだという。

看護師の松永は雪成の友人と、晴れて恋人同士になったと言っていた。見るからに幸せそうで、いつも親子ほども歳の離れた杏子の母親と、テンション高く恋愛話をしているのが印象的だ。

そんな母親はお盆前に無事退院し、現在は週に何度か外来に通ってリハビリを継続している。つい最近、杏子が雪成とつきあっていることを打ち明けたとき、案の定彼女は大騒ぎした。

『どうして黙ってたの？　しかも私が入院する前からつきあってたなんて、ひどいじゃないの』

「二人にすっかりだまされた」としばらく不貞腐《ふてくさ》れていた母親だったが、そのあとはしきりに「加賀先生をうちに連れてきなさい」と杏子に催促している。

だが実際に連れていけばさらに大騒ぎすることは目に見えていて、気が進まない。母親の興味の矛先《ほこさき》をどうかわすかが、杏子の目下《もっか》の悩みの種になっていた。

孝一には、あれから会っていない。どうやって話をつけたのか、あのあと雪成は杏子が孝一に貸した金の残金を、きっちり全額取り立ててきた。飲酒運転のツケでどうやら転職まで余儀《よぎ》なくされそうな孝一に同情する気は、杏子には微塵《みじん》もない。

ただ、過去に浅からず関係を持った身としては、彼が今後の人生についてしっかりと考え、生き方を改めていってくれるのを願うばかりだ。

ふと視線を上げて、杏子は窓を見つめた。

（あ、雨……）

いつのまにか降り出した雨の雫《しずく》が、窓を伝って流れている。天気予報では降る予定ではなかったはずだから、通り雨だろうか。

もう天気は関係なくそばにいるようになった恋人は、杏子の後ろにまとめた髪のひと房《ふさ》を手に取り、口づけた。杏子は慌てて周囲に目をやり、ささやき声で抗議する。

「……もう、やめて。こんなところで」

「しーっ、誰も来ませんよ」

いたずらっぽい顔の雪成に顔を寄せられ、杏子は書架の狭間で唇に触れるだけのキスをされる。自分を見つめる瞳の甘さが恥ずかしく、杏子は彼から顔をそむけると、少し怒った顔でワゴンを押して歩き出した。

背後で雪成が微笑《ほほえ》む気配がするのが、腹立たしい。離れた書架のあいだに入ったところで立ち止まり、杏子はじんわりと熱くなった頬を押さえてため息をついた。――本当は嫌ではなかったことは、きっと彼にはばれているに違いない。

（……明日は晴れるかな）

窓の外、静かに降り続く雨を、しばらくぼんやりと見つめる。

鬱陶《うっとう》しかったはずの雨が、今はそんなに嫌いじゃない。そう思いながら杏子は小さく微笑み、閉館までのわずかな時間の仕事に戻った。

書き下ろし番外編

俺の好きな人

九月の下旬となった最近、街路樹はすっかり紅葉し、秋が深まりつつあった。日中気温が上がる日があっても、夜ともなればぐっと気温が下がり、ひんやりとしている。

金曜の午後六時、加賀雪成は自宅近くにある酒屋に来ていた。バス通りに面したそこは和風の店構えがおしゃれで、外にはしっとりとした雰囲気の植栽《しょくさい》や水鉢《みずばち》があり、目を引く。日本酒が所狭しと並ぶ店内に足を踏み入れた恋人の佐伯杏子が、目を輝かせた。

「わ、すごい。こんなにたくさん揃ってるんだ」

「俺も来たのは、初めてなんですけどね」

店は雪成と杏子の家の、ちょうど中間あたりに位置している。互いの仕事が終わってから待ち合わせ、このあとは杏子の自宅で過ごす予定だった。

つきあい始めて一カ月、週に四、五回は顔を合わせている。今日はたまたま自宅近くにあるこの店を思い出し、雪成が「行ってみませんか」と誘って初めてやってきた。

「いつもバスの中から見て、このお店のことは知ってたの。興味はあったんだけど、わざわざ途中でバスを降りるのもなんだなーと思って」

「じゃあ、来れてよかったですね」

無類の酒好きの杏子は、ずらりと並んだ酒の銘柄を楽しそうに眺めている。それを見つめる雪成は、思わず微笑《ほほえ》んだ。

（……可愛いな）

雪成よりふたつ年上の杏子は、図書館の司書をしている。くせのない艶《つや》やかな黒髪が美しく、清楚で知的な雰囲気の持ち主だ。体つきはすんなりと細く、一六三センチという身長よりも高く感じる。顔立ちはきれいに整っていて、黙っているときはどちらかといえばクールな印象だった。

しかし図書館で仕事をしているときの彼女はいつも柔和《にゅうわ》な微笑みを浮かべ、丁寧な説明ぶりに好感が持てる。

正式につきあうまでの約三カ月、杏子に素っ気ない態度を取られ続けていた雪成は、彼女から笑顔を向けてもらえる来館者がひそかにうらやましかった。

だが想いを通じ合わせて以降、杏子はそうした棘《とげ》を明確に和らげている。

こうして目の前で自然な笑みを浮かべてくれる様子を見るにつけ、雪成はつくづく彼女を「好きだなあ」と思っていた。

（ほぼ毎日会ってるのに、そのたびに「可愛い」と思うなんて……俺はどれだけこの人

に惚れてるんだか）

杏子の失恋をきっかけに、体の関係ができてから約三カ月、もともと彼女に好意を抱いていた雪成は、恋人になるためにかなりの努力をした。そのときの渇望《かつぼう》があるせいか、正式に交際して一カ月が経っても、杏子への気持ちはまったく冷める気配がない。現に今も彼女の笑顔を前にして、早く彼女に触れたい思いがこみ上げて仕方なかった。

「ね、加賀くんはどっちがいいと思う？」

突然杏子に問いかけられ、雪成はふと我に返った。

「何ですか？」

「こっちと、こっち。日本酒度が違うの」

杏子が手にしているのは日本酒度がプラス八度の超辛口と、マイナス四度の甘口だ。どうやら本気で悩んでいるらしい彼女を見て噴き出しながら、雪成は答えた。

「四合瓶にして、両方買ったらどうですか？　値段も手頃ですし」

「加賀くんの、好みのほうにしようかと思ったんだけど……」

「杏子さんに合わせますよ。どっちも飲みたいんですよね？」

結局日本酒の四合瓶を二本とワインを一本購入し、途中でスーパーに寄って買い物をした。杏子の自宅に着いたのは午後七時で、それから二人で酒のつまみ兼夕食を作り始める。

特売のいわしの三枚おろしは塩と酒を振ったあと、トマトソースとチーズを載せてトースターで焼いた。その他のメニューはイカとわけぎの酢味噌和《すみそあ》え、厚揚げと小松菜の生姜《しょうが》炒め、大根の梅肉和えなど、簡単だが酒に合うものばかりだ。

「加賀くん、何から飲む？」

「じゃあ、ビールでお願いします」

リビングのテーブルに出来上がった料理を並べ、乾杯する。のっけから日本酒を飲み出した杏子が、一口飲んで言った。

「ん、この辛口、美味《おい》しい。ツンとしたアルコール臭がなくて、キレもいい感じ」

「あ、ほんとだ。辛いけど後味がさっぱりしてますね。熱燗《あつかん》でもいけそうだな」

ビール党の雪成は、日本酒は味見程度に留める。杏子はガラスのおちょこに注いだ酒を、上機嫌で飲んでいた。

辛口を飲みきったあとに手を出した甘口のほうは熟したバナナのように豊潤な香りで、口当たりが柔らかくワインに似た味わいだ。それを飲む杏子は、見るからにご満悦《まんえつ》だった。

（……これだけ飲んでも、全然酔わないんだもんな）

酒豪の杏子は、どれだけ飲んでもまったく酔わない。雪成も弱いほうではないが、彼女の飲みっぷりを前に、とうに張り合うことは諦めていた。

気づけば微笑《ほほえ》んで眺めていたらしく、それに気づいた杏子が不思議そうな顔をする。

「どうしたの？」

「ん？　杏子さんは酒を飲んでるとき、本当にうれしそうな顔をするなーって」

「そ、そんなの……今さらでしょ」

照れたように目を伏せる様子が可愛く、雪成は「ところで、前から聞いてみたかったんですけど」と話を振る。

「何？」

「杏子さんって、俺のどこが好きなんですか？」

杏子はきょとんとし、思いがけないことを聞かれた様子でつぶやく。

「どこ、って……」

「そういえば、詳しく聞いたことがなかったなと思って。具体的に聞かせてください」

杏子は「そ、それは」と言いよどみ、小さく答える。

「えっと……優しいところ、とか？」

「結構普通の答えですね。もっと他にないんですか」

「え？　うーん……」

彼女は雪成から視線をそらし、なかなか答えない。雪成はため息をつき、わざとがっかりした口調で言った。

「つれないな。俺は杏子さんの好きなところ、軽く十個は言えますけどね」

「そうなの？」

「本当に俺のこと好きなんですか？」

雪成の言葉に杏子は顔を上げ、慌てたように答えた。

「……っ、す、好き」

「じゃあ言ってください」

途端に「あの……」と口ごもり、彼女はじんわりと頬を赤らめる。それを見た雪成の中で、スイッチが入った。雪成は杏子の手をつかみ、突然立ち上がる。

杏子がびっくりした顔でこちらを見上げてきた。

「どうしたの？」

「そこまで頑《かたく》なだと、かえって何がなんでも聞きたくなっちゃいました。なので、杏子さんが言いたくなるようなシチュエーションにしようかなと思って」

戸惑った顔で見つめる杏子に、雪成はニッコリ笑って言った。

「――さ、寝室に行きましょうか」

＊　＊　＊

「ちょっ……加賀くん、待っ……」

「待ちません」

「ま、まだシャワー浴びてないし、だから……っ」

「そんなの、あとで全部洗ってあげますよ」

寝室に連れ込み、ベッドに杏子の体を押し倒した雪成は、問答無用で彼女の唇を塞《ふさ》ぐ。

そして「んっ」と喉奥《のどおく》でくぐもった声を漏《も》らす杏子の口腔《こうこう》に、舌をねじ込んだ。

日本酒の匂いがする彼女の舌は甘く、絡めるとビクッと震える。ぬめる表面を擦《こす》り合わせて軽く吸った途端、抵抗が目に見えて弱まった。

雪成は角度を変え、杏子の唇を貪《むさぼ》った。口蓋《こうがい》を舐《な》め、舌の側面をなぞり、混ざり合った唾液をすする。何度も口づけてようやく唇を離した頃には、杏子はすっかり潤《うる》んだ目をしていた。雪成の顔を見つめた彼女が、ポツリと言う。

「……………キス」

「なんですか？」

「加賀くんの、キスは――好き」

杏子の言葉がさっきの答えだと知った雪成は微笑《ほほえ》み、彼女の目元に口づけながら問いかける。

「あとは？」

「ん……か、顔も……」

そういう杏子の顔のほうが、ふるいつきたくなるほど可愛い。そう思いつつ、雪成は彼女の胸のふくらみを握りこみ、細い首筋に唇を這《は》わせた。

「……ぁ、っ」

適度な大きさの胸は弾力があって、握る手に力を込めるたびに杏子が熱っぽい息を吐く。カットソーを脱がせるとほっそりした上体があらわになり、その華奢《きゃしゃ》さと白い肌、胸の谷間が雪成を煽《あお》った。

ブラのカップを引き下ろし、こぼれ出た先端を舌先でなぞる。薄桃色の乳暈《にゅううん》をぬるぬると舐め、頂《いただき》を音を立てて吸った瞬間、杏子が「あっ」と声を上げた。芯《しん》を持って尖り出したそこを舐めながら、もう片方のふくらみを揉みしだくと、彼女は膝で強く雪成の体を挟みこんでくる。

「んっ……加賀、くん……」

「杏子さんの胸、きれいですよね。真っ白で柔らかくて、それに感じやすくて」

先端に軽く歯を立てた途端、杏子の体がビクッと強張《こわば》った。雪成はなだめるように、優しくそこを舐める。彼女の腕が雪成の頭を抱えこみ、髪を乱してきた。そのまま雪成は腕を伸ばし、スカートをまくり上げて脚の間に触れる。

下着越しにすでに熱く湿《しめ》った感触がして、思わず笑みが漏れた。杏子が居心地悪そうに足先を動かしたが、雪成はかまわず下着の横から指を入れて直接そこに触れる。狭間を辿ると、粘度のある愛液を溢《あふ》れさせた蜜口がかすかな水音を立てた。

「あ……っ」

「キスと胸だけでこんなに濡《ぬ》らすなんて……杏子さんは本当にやらしい」

「ん、……や、ぁっ……」

ゆるゆると指でなぞると、蜜口が物欲しげにヒクリと動く。体を起こした雪成は杏子の脚を押し広げ、ずらした下着の横から蜜をこぼす秘所に舌で触れた。

「あっ……！」

愛液を舐《な》め、ことさら音を立ててすする。白い太ももが震えるのを押さえつけ、敏感な尖りを舌で押し潰した瞬間、彼女の腰が大きく跳ねた。

「やっ……ぁっ、加賀、くん……っ」

「嫌？　俺の舌は嫌いですか？」

「ちが……そうじゃなくて……っ」

「ああ、じゃあ、指ならどうですか」

愛液で濡れた唇の端を舌でペロリと舐め、雪成は蜜口にゆっくりと指を埋めていく。温かく潤《うる》んだ内襞《ひだ》を掻き分けて奥まで挿《い》れる動きに、杏子がぎゅっと顔を歪《ゆが》めた。濡れそぼった隘路《あいろ》が指を包みこみ、わななきながら締めつけてくる。根元まで埋めこんだ雪成は、中で指を軽く曲げ、奥の一点を刺激した。

「ぁっ……！」

「ここ、杏子さんがいつも感じちゃうところですよ。ほら、ビクビクして……可愛い」

「あっ、あっ」

柔らかな内襞が指に絡みつき、中を掻き回すたびに愛液が淫靡《いんび》な音を立てる。体を震わせながら身を捩《よじ》った杏子が、ベッドカバーに上気した頬を擦《こす》りつけた。

「うっ……ん、は……っ」

「気持ちいいですか？」

杏子が涙目でうなずき、素直なその様子を見た雪成の中に、いとおしさが募《つの》る。溢れる愛液や蠢《うごめ》く襞、それに表情から、彼女が感じていることがつぶさに伝わってきた。

中を掻き回す指を止めないまま、雪成は言った。

「なら、言ってください。俺の好きなところをもっと」

「ぁ……っ、指、……長くて、好き……っ」

「あとは？」

「んん、腰のラインと、肩甲骨《けんこうこつ》……っ……ぁっ……！」

意外なところが出てきたことに眉を上げた瞬間、最奥がぎゅっと強く指を締めつけ、次いでビクビクッと激しく震える。

息を乱した杏子が、ぐったりと体を弛緩《しかん》させた。

「はぁっ……」

しどけない姿を眺めた雪成は、張りつめて痛いくらいの自身がつらくなり、彼女の体内から指を引き抜く。そして杏子の服を脱がせ、ベッドサイドから避妊具を取り出した。前をくつろげて、すでにいきり立っていた怒張《どちょう》に薄い膜をかぶせる。ぬかるんだ蜜口を先端でなぞったあと、雪成は杏子の中にゆっくりと押し入った。

「っ……あ……っ！」

丸い先端が埋まり、張り出した傘の部分が隘路《あいろ》を擦《こす》る。一度奥まで挿《い》れて中の狭さを堪能したあと、入り口近くまで戻った雪成は、ごく浅いところで抜き差しした。

「あっ……あ、っ」

こね回される媚肉が、とろみを含んだ淫《みだ》らな音を立てた。内襞《ひだ》がわななきながら締めつけてくるが、雪成は昂《たか》ぶりの先端部分だけで杏子を喘《あえ》がせる。

やがて焦《じ》れた様子の彼女が、息を乱して言った。

「……っ……加賀くん、……なんで……っ」

「なんですか？」

「も……っ」

こね回された蜜口はトロトロと愛液を溢《あふ》れさせ、ベッドカバーまで滴《したた》っている。淫靡《いんび》な感触にじわりと体が汗ばみ、ほぼ着衣を崩していない雪成は熱っぽい息を吐いた。

（あー、すっごい。……エロい眺め）

足先をもどかしく動かしていた杏子が、雪成を見る。潤《うる》んだその瞳と泣き出しそうな顔に強く劣情を刺激された瞬間、彼女がすがるように手首をつかんで言った。

「や……意地悪しないで、……っ、ぁっ……！」

「……っ」

煽《あお》られた雪成は強く腰を打ちつけ、一気に奥まで昂ぶりを突き入れる。途端に眩暈《めまい》がするほどの愉悦《ゆえつ》が、雪成の背すじを駆け上がった。

雪成は彼女の上に覆《おお》いかぶさり、片方の膝裏をつかんで律動《りつどう》を送りこんだ。

「あっ、あっ……！」

「杏子さん――すごくいい……」

「うっ……あっ、加賀、くん……っ」

細い体を組み敷いて狭い肉筒に自身を出し入れするのは、雪成の中の征服欲を強烈に満たす。もう数えきれないくらいに何度も抱いているのに、杏子のすべてが欲しくて仕方がない。うんと焦らして、自分を欲しがる様子が見たくてたまらなくなる。

激しい抽送《ちゅうそう》を続ける雪成の首に、杏子の腕が回される。彼女は腕に力をこめ、吐息の触れる距離で雪成の顔を見つめて言った。

「好き……っ」

「──……」

「加賀くんが好き。手も顔も声も、わたしを好きでいてくれる加賀くんが、全部好きなの……」

切実さを滲《にじ》ませたその表情を前に、雪成は束の間言葉を失くす。やがて胸にじわじわと面映《おもは》ゆさがこみ上げ、目の前の細い体を強く抱きしめた。

「俺もです。──大好きですよ」

──杏子が自分を好きでいてくれるのは、わかっていた。それなのに聞かずにいられなかった己の狭量《きょうりょう》さを、雪成は心の中で反省する。

そして際限なく「欲しい」と思ってしまう部分を律さなければと、強く思った。

(「これだから年下は」って思われるの、嫌だもんな……)

雪成は彼女の頭を抱えこみ、その髪に顔を埋めながらささやいた。

「すみません。杏子さんが可愛くて、つい苛《いじ》めたくなってしまって」

「……っ」

杏子が不本意なことを言われたように、微妙な表情になる。「そんな顔も可愛い」と思いつつ、雪成は苦笑し、その唇に軽くキスをした。

「本当にすみません。もう焦《じ》らさないので、怒らないでください」

「んっ、あ……っ」

突き入れた先端で感じやすい部分を的確に抉《えぐ》ると、杏子が高い声を上げ、雪成にしがみついてくる。

「ぁっ……はっ、……も、達《い》っちゃ……」

「いいですよ、達って。……っ、ほら」

「っ……あ、……ぁ……っ！」

ビクッと杏子が体を強張《こわば》らせ、体内にある雪成の雄をきつく食い締める。雪成は根元まで深く彼女の中に自身を埋め、最奥で熱を放った。

「……っ」

快楽の余韻が、甘ったるく体の内を満たす。互いに息を乱して見つめ合い、雪成はいとしい恋人の体を想いを込めて抱きしめた。

＊＊＊

その後雪成は杏子をバスルームに連れて行き、髪も体も丁寧に洗って、甲斐甲斐《かいがい》しく世話をした。さんざん乱されたのが恥ずかしかったのか、言葉数が少なかった杏子は、長い髪をドライヤーで乾かす頃になってようやく機嫌を直した。

「……ありがと」

照れを含んだその声を聞き、雪成は笑う。そして杏子の髪に温風を当てながら言った。

「いいえ。こうして杏子さんにいろいろしてあげるの、俺、好きですから。気にしないでください」

明日の土曜は雪成は休みだが、杏子は仕事だ。日中はシーツなど大きいものを洗濯したり、食材の買い出しに行ったり、仕事に関する勉強をしたりと、休みとはいえまったく暇ではない。

翌日の段取りについて考えていると、杏子が物言いたげな顔をしてじっとこちらを見ていた。雪成はドライヤーのスイッチを切り、「なんですか？」と問いかける。

「……明日の朝、加賀くんが作ったオムレツが食べたい」

雪成は目を丸くし、杏子を見る。どうやら彼女は以前、雪成が「オムレツに凝《こ》った時期があって、上手に作れるように練習した」と言った会話を覚えていたらしい。

（……ああ、幸せだな）

ふと笑みがこぼれた。

こんなふうに、杏子が甘えてくれるだけでうれしい。かつては素っ気なく振る舞い、自分の気持ちを隠していた彼女が、今はこうして無防備な姿を見せてくれる。その事実に、雪成は幸せを感じていた。

「いいですよ。具入りがいいですか、それともプレーンなやつ？」

「うーん、どっちでもいいかな」

「せっかくなので、うんと豪華な朝ご飯を作ります。楽しみにしていてください」

雪成の言葉を聞いた杏子が、うれしそうに笑う。

ツンとした顔もきれいだが、笑うと杏子は本当に可愛い。じんわりとしたいとおしさをおぼえ、「こんな何気ない日常を、今後も一緒に積み重ねていきたい」と考えながら、雪成は彼女の唇に甘いキスをした。

OLの華《はな》は近々、退職して留学する予定。…のはずが、留学斡旋会社が倒産し、払った費用を持ち逃げされてしまった。留学も仕事も住むところもなくなる華。そんな中、ひょんなことから営業部のエース外山《とやま》と一夜を共に！　さらに、自分のどん底状態を知った彼から「住み込み家政婦として俺の家で働かないか？」と提案されて――!?

B6判　定価：640円＋税　ISBN 978-4-434-23649-5

EB エタニティ文庫

俺様上司にお持ち帰りされて⁉

わたしがヒロインになる方法

有涼 汐

エタニティ文庫・赤

装丁イラスト／日向ろこ

文庫本／定価 640 円＋税

地味系OLの若葉は、社内で「お母さん」と呼ばれ恋愛からも干され気味。そんな彼女が突然イケメン上司にお持ち帰りされてしまった！　口調は乱暴で俺様な彼なのに、ベッドの中では一転熱愛モード。彼の溺愛ぶりに、若葉のこわばった心と身体はたっぷり溶かされて――⁉

※エタニティブックスは大人の女性のための恋愛小説レーベルです。ロゴマークの色で性描写の有無を判断することができます（赤・一定以上の性描写あり、ロゼ・性描写あり、白・性描写なし）。

詳しくは公式サイトにてご確認ください。
http://www.eternity-books.com/

携帯サイトはこちらから！

NB ノーチェ文庫

迎えた初夜は甘くて淫ら♥

蛇王さまは休暇中

小桜《こざくら》けい　イラスト：瀧順子

価格：本体 640 円+税

薬草園《ハーブガーデン》を営むメリッサのもとに、隣国の蛇王さまが休暇にやってきた！　たちまち彼と恋に落ちるメリッサ。だけど魔物の彼と結ばれるためには、一週間、身体を愛撫で慣らさなければならず……絶え間なく続く快楽に、息も絶え絶え!?　伝説の王と初心者妻の、とびきり甘～い蜜月生活！

詳しくは公式サイトにてご確認ください

http://www.noche-books.com/

携帯サイトはこちらから！

本書は、2015年 4月当社より単行本として刊行されたものに書き下ろしを加えて文庫化したものです。

エタニティ文庫

秘《ひ》め事《ごと》は雨《あめ》の中《なか》

西條六花《さいじょうりっか》

2017年 10月 15日初版発行

文庫編集ー西澤英美・塙綾子
発行者ー梶本雄介
発行所ー株式会社アルファポリス
〒150-6005 東京都渋谷区恵比寿4-20-3 恵比寿ガーデンプレイスタワー5階
TEL 03-6277-1601（営業） 03-6277-1602（編集）
URL http://www.alphapolis.co.jp/
発売元ー株式会社星雲社
〒112-0005東京都文京区水道1-3-30
TEL 03-3868-3275
装丁イラストー小島ちな
装丁デザインーansyyqdesign
印刷ー大日本印刷株式会社

価格はカバーに表示されてあります。
落丁乱丁の場合はアルファポリスまでご連絡ください。
送料は小社負担でお取り替えします。

ISBN978-4-434-23788-1 C0193